Druga Szansa

Druga Szansa

Anna Głowacz

Copyright © by Anna Głowacz, 2024
Copyright © by Wydawnictwo YRIAH, 2024

All rights reserved
Wszelkie kopiowanie oraz udostępnianie
bez zgody autora jest zabronione.

Redakcja
Monika Pertek-Koprowska

Korekta
Weronika Malczyk

Projekt okładki
Damian Buczniewicz @bucz_art

Skład i przygotowanie do druku
Damian Buczniewicz @bucz_art
www.bucz.art

ISBN
9798326359285

www.gwiezdnedzieci.pl

Zbieżność imion i nazwisk użytych
w książce jest przypadkowa.

*I ktoś zapukał do drzwi,
tak cichutko
niby przypadkiem
nieśmiało
A ty ich nie otwarłeś,
Bo nikogo się nie spodziewałeś,
Bo nie słyszałeś,
Bo nie miałeś czasu.
Bo istnieje wiele „bo"...
A za tymi drzwiami czekała druga szansa,
czekała tak długo, aż straciła nadzieję,
A ty straciłeś szansę na nią...*

*Życie wielokrotnie daje nam drugą szansę…
I tylko od nas zależy, czy z niej skorzystamy...*

Książkę tę dedykuję swojemu mężowi. Los dał nam drugą szansę, a my, nie wahając się, pochwyciliśmy ją w lot!

Oczami Laury

Obudziłam się z okropnym bólem głowy. Czoło pulsowało i piekło, ból promieniował niemalże na całą twarz. Powoli próbowałam otworzyć oczy. Jedno z nich stawiało lekki opór. Dookoła widziałam jedynie ciemność. Kierowana instynktem chciałam unieść dłoń do miejsca bólu, ale ta została, gdzie była. Coś ją blokowało. Byłam przywiązana do krzesła, jakikolwiek ruch sprawiał ból – od sznura wpijającego się w ciało. Po kilku próbach moje nadgarstki były już całkowicie obolałe. Ktokolwiek je związywał, nie przejmował się możliwością zatrzymania przepływu krwi, tak mocno zacisnął więzy. Bezsilna próbowałam sobie cokolwiek przypomnieć. Co ja tu robię? Jak się tu znalazłam i gdzie to w ogóle jest? Oblał mnie zimny pot i zaczęłam się bać. Oczy wolno przyzwyczajały się do ciemności.

Pomieszczenie było małe. Siedziałam na samym środku na krześle, przodem do obskurnych metalowych drzwi. Obraz jak z horroru, brakowało tylko śladów paznokci na ścianach, wskazujących jednoznacznie, że nie ma stąd ucieczki. Czy to będzie miejsce mojej śmierci? Wyobraźnia podsuwała mi coraz to gorsze scenariusze. Byłby tylko jeden plus całej sytuacji. Jeśli tu zginę, szybko spotkam się z Marcinem. Na krótką chwilę przygniotły mnie tęsknota i smutek, otrząsnęłam się jednak – postanowiłam jeszcze się nie poddawać. Nie mogłam. Jeśli umierać, to epicko. A sytuacja, w jakiej się znajdowałam, na pewno do takich nie należała. Wciąż próbowałam się jakoś uwolnić, ale bezskutecznie. Szukałam w głowie jakichś fantastycznych wyjść z tego typu opresji – przypominałam sobie kadry obejrzanych filmów. Każdy sposób wymagał jednak umiejętności, jakich nie miałam. Byłam więc w pułapce. Miałam ochotę krzyczeć na całe gardło, wzywać pomocy, ale coś mnie powstrzymywało. Podświadomie wyczuwałam, że jeśli to zrobię, pogorszę tylko swoje położenie. W ciszy próbowałam wrócić do ostatniej chwili, którą pamiętałam. W tym samym momencie w oddali, za zamkniętymi drzwiami usłyszałam głosy.

– Jeszcze się nie ocknęła – powiedział ktoś. Brzmiał jakoś pusto. Jakby przekazywał informację, że woda na herbatę jeszcze się nie zagotowała i trzeba chwilę poczekać. Nie było w nim żadnych emocji, które pozwoliłyby mi jakkolwiek wyczuć powagę sytuacji.

– To jej pomóż! – wrzasnął drugi tak zjadliwie, że aż zadrżałam, a całe moje ciało skurczyło się w panice pod wpływem gwałtowności jego tonu.

Teraz już wiedziałam, że jestem w poważnych tarapatach. Wszystko nagle do mnie wróciło. Słyszałam już ten głos. Wiedziałam, do kogo należy. Wyobraźnia przywołała w pamięci obraz, w którym właściciel tego głosu wkłada mnie do bagażnika samochodu. Krzyczałam. Wołałam o pomoc. Nie było mu to na rękę. Chyba w obawie, że ktoś może mnie usłyszeć, uciszył mnie skutecznie mocnym uderzeniem w głowę. I tak znalazłam się tutaj. Nie wiedziałam tylko jeszcze, dlaczego tu jestem i jakie są zamiary dwóch mężczyzn znajdujących się za drzwiami. Podejrzewałam, że może chodzić o pieniądze. Chęć wyłudzenia okupu…

Usłyszałam coraz głośniejszy stukot butów o drewnianą posadzkę, zamknęłam więc oczy i oparłam głowę na ramieniu, by symulować nieprzytomność. Miałam cichą nadzieję, że zostawią mnie w spokoju, a ja będę miała czas, aby pomyśleć.

Drzwi skrzypnęły przeraźliwie, otworzyły się, a klamka z impetem uderzyła w ścianę. Przez zamknięte powieki próbowało przedrzeć się światło dochodzące z pomieszczenia za drzwiami.

– Dalej jest nieprzytomna – skwitował sytuację pusty głos, ponownie nie okazując przy tym żadnych emocji.

– Nie mamy czasu na ceregiele. Obudź ją!

Znów ten ton... Musiałam mocno się skupić, aby nie zatrząść się ze strachu.

– Niby jak mam to zrobić? – zapytał ten pierwszy.

– Z choinki się urwałeś? Uderz ją! Oblej wodą! Cokolwiek, byle się ocknęła! – zagrzmiał.

Zdecydowanie nie chciałam być polewana wodą, a tym bardziej bita. Postanowiłam zmierzyć się z sytuacją i aktorsko udałam, że powoli się wybudzam. Gdy otworzyłam oczy, oślepiło mnie jasne światło. Kiedy już mój wzrok wyostrzył się wystarczająco, zobaczyłam stojącego przede mną mężczyznę. Na twarzy miał czarną kominiarkę, a na dłoniach skórzane rękawiczki. Był ogromny. W myślach podziękowałam sobie za tę krótką chwilę odwagi. Po ciosie od tego człowieka mogłabym pozostać nieprzytomna przez dwadzieścia cztery godziny. Musiał zobaczyć przerażenie malujące się na mojej twarzy, bo miałam wrażenie, że przez sekundę, może dwie, widziałam w jego oczach litość.

– Obudziła się! – krzyknął do drugiego mężczyzny, który już po chwili zjawił się w progu.

Był zdecydowanie chudszy od swojego towarzysza, ale za to wyższy. Kominiarka zakrywała także jego twarz, ukazując tylko niebieskoszary odcień oczu. Biło od nich jedynie zło.

– Nareszcie! – powiedział, wziął jedno z krzeseł stojących pod ścianą i postawił dokładnie naprzeciwko mnie. Usiadł na nim gwałtownie, co prawdopodobnie było zamierzone, aby wzbudzić we mnie jeszcze większy strach. Popatrzył mi głęboko w oczy, po czym rozpoczął przesłuchanie.

– Gdzie jest Marcin?

Niemalże udławiłam się własną śliną. Nie wytrzymałam. Po policzku poleciało mi kilka łez.

– Gdzie jest Marcin? – ponowił pytanie jeszcze ostrzejszym tonem, choć nie przypuszczałam, że to w ogóle możliwe.

– Marcin nie żyje – odpowiedziałam cicho. Łzy spływały coraz gęściej, aż wstrząsnął mną przeraźliwy wręcz szloch.

– Zamknij się! Kłamiesz! – napierał, nie robiąc sobie nic ze stanu, do jakiego mnie doprowadził.

– Nie kłamię. Zginął pięć miesięcy temu w wypadku. Pisali o tym chyba we wszystkich gazetach. Jeśli to jakiś durny sposób moich przyjaciół na to, aby wyciągnąć mnie z żałoby, to możesz być pewny, że nie poskutkuje! – Smutek, który się we mnie narodził, zamienił się nagle w złość. – Chcę do domu! Natychmiast!

– Nigdzie nie pójdziesz, dopóki nie powiesz nam, gdzie on jest.

– No przecież mówię!

– Chodzi nam o konkretną lokalizację. – Nie ustępował.

Zaczęłam się zastanawiać, o co w tym wszystkim chodzi. Po co w ogóle szukali Marcina? Czego mogli od niego chcieć? Wzięłam głęboki oddech, aby się nieco uspokoić, i opanowanym tonem powiedziałam:

– Konkretnie znajduje się na cmentarzu miejskim, kwatera numer dziewiętnaście, grób po prawej stronie od wielkiego świerku. Codziennie są na nim świeże kwiaty. Atramentowe róże. Sama je tam zanoszę. Na pewno nie uda wam się go ominąć!

Lepszej lokalizacji nie mogli dostać. Ta była jedyną, jaką znałam.

– Przestań chrzanić mi tu o jakimś cmentarzu. Gadaj! Gdzie on jest!?

Do tego idioty zupełnie nie docierało to, co mówię.

– Nie żyje! Ile razy jeszcze muszę to powtórzyć? – odpowiedziałam już całkowicie zrezygnowana. – Możesz mnie podpiąć pod wykrywacz kłamstw, jeśli musisz. Nie podam wam innej lokalizacji, bo taka nie istnieje, choć sama chciałabym, żeby było inaczej.

– Stary, może ona mówi prawdę? Dawno go nikt nie widział – wtrącił się nagle tamten potężny gość, wydawał się wyraźnie skołowany.

– Zamknij się! Jak go nie dorwiemy, to Diablo nam nie zapłaci – odpowiedział mu ten, który mnie przesłuchiwał. – A ty lepiej otwórz tę piękną buźkę, zanim sprawię, że nie będziesz już tak chętnie przeglądała się w lustrze! – zwrócił się ponownie do mnie, próbując mnie zastraszyć.

Trochę podziałało, ale żądali niemożliwego, nie byłam w stanie sprostać ich wymaganiom. Prawie się poddałam.

– Rób, co chcesz. Jedyną lokalizacją, jaką znam, jest cmentarz. I od chwili, gdy zginął, wszystko mi już obojętne. Równie dobrze możesz mnie zabić. Nie dbam o to. Wiedz jednak, że robiąc to, odbierzesz dwa życia – odpowiedziałam, wskazując oczami na zaokrąglony już brzuch. Próbowałam grać na litość.

– O kurwa! – jęknął wielki mężczyzna. – Stary, musimy ją wypuścić. Tego nie było w umowie.

– Nic nie musimy. Potrzebujemy tej kasy! – Spojrzał na mnie groźnie, moja twarz pozostawała jednak niewzruszona.

Od kiedy zabrakło Marcina, trudno było komukolwiek wzbudzić we mnie jakiekolwiek emocje, prócz płaczu. Ale i łzy w końcu mi się skończyły. Życie całkowicie straciło sens. Gdyby nie ta mała istota zamieszkująca w środku, gdyby nie to, że była nasza, jego... Już dawno bym się poddała. Żyłam już tylko dla niej. Dla tej jedynej cząstki, która mi po nim pozostała. Nasze przeznaczenie wiedziało, co nas czeka. Los zostawił mi więc kogoś do kochania, bo tylko w ten sposób mogłam przetrwać. I to była prawda...

– Jeszcze tu wrócimy! – zagroził, wyszedł z pokoju i trzasnął drzwiami.

Zostałam sama, pochłonięta przez ciemność, nic nie wskazywało na to, aby w najbliższym czasie coś miało się zmienić. Musiałam się uspokoić, dziecko wyczuwało mój strach – otaczał mnie całą. Był jak czarna chmura, w której środku strzelają pioruny i raz za razem mrożą krew w żyłach. Zamknęłam oczy i wróciłam wspomnieniami do momentu, gdy zobaczyłam Marcina po raz pierwszy. Obraz ten wywołał delikatny uśmiech. Spojrzałam na swój brzuch i powiedziałam szeptem:

– Nie bój się. Wszystko będzie dobrze. A tymczasem opowiem ci naszą historię.

Tonąc we wspomnieniu głębi oczu Marcina, zaczęłam cicho opowiadać…

***

Gdy pierwszego dnia studiów weszłam na salę wykładową, ogarnęło mnie podekscytowanie. Znajdowałam się dokładnie tam, gdzie chciałam być, odkąd pamiętam. Cały wysiłek i lata nauki nie poszły na marne. Dopiero teraz zdałam sobie sprawę, jak wracają do mnie te wszystkie imprezy, na które się nie wybrałam, wypady znajomych nad jezioro, na których mnie nie było. Wszystko miało w końcu sens. W chwili gdy przyszedł list z uczelni informujący o tym, że zostałam studentką pierwszego roku prawa na Uniwersytecie Jagiellońskim w Krakowie, przestałam żałować tego, co mnie ominęło. Wiedziałam, że to jeszcze nie koniec ciężkiej pracy i pogoni za sukcesem i że tak naprawdę dopiero zaczynam. Postanowiłam jednak spróbować pogodzić tym razem naukę z odrobiną prywatnego życia. Choćby z maleńką drobiną – taką wielkości jednego procenta. Miałam dziewiętnaście lat. Moje życie dopiero się tak naprawdę zaczynało. Chciałam w końcu dowiedzieć się, jaki ma rzeczywiście smak. Teraz, z daleka od rodziców, liczyłam na to, że w końcu mi się to uda. Życie w akademiku stwarzało wiele nowych możliwości.

Rozejrzałam się dookoła. Kilku chłopców przykuło moją uwagę, ale nie na długo. Zganiłam się w myślach za tak niecne zagrania – już pierwszego dnia na uczelni. Chyba te lata z dala od ludzi sprawiły, że powodowała mną desperacja i wielkie pokłady czystej ciekawości. Miłość do tej pory widziałam jedynie na filmach i szkolnych korytarzach mojego liceum. Sama jednak nigdy nie byłam zakochana. Nie miałam na to czasu. I mimo że wielu chłopców próbowało, każdy już w pierwszej rundzie przegrywał z książką. Nikt nie był wart takiego poświęcenia. A przynajmniej tak próbowałam sobie to tłumaczyć. A tak naprawdę – po prostu się wstydziłam. Należałam do ubogiej rodziny i od samego początku musiałam walczyć, aby cokolwiek osiągnąć. Nie chciałam, żeby się nade mną litowano lub oceniano mnie na podstawie warunków mieszkalnych czy materialnych. Póki nikt nie znał mnie wystarczająco dobrze, łatwo mi było to ukrywać. Więc siedziałam całe życie w przysłowiowym kącie i patrzyłam na wszystko z boku, a życie mnie omijało. Powtarzałam sobie jednak, że robię to dla siebie. I dziś, siedząc w tej auli, wiedziałam, że miałam rację. Nie znalazłabym się tu, gdyby nie moja determinacja i to, że wielu rzeczy sobie odmówiłam. Teraz jednak chciałam od życia czegoś więcej. Rozmarzyłam się, wyobrażając sobie scenę rodem z filmów...

Gdybyś wszedł teraz na salę, zobaczyłbyś wysoką brunetkę o długich, sięgających pasa włosach, które kręcą się delikatnie na końcach. W twoich oczach odbiłby się ciemnozielony blask moich oczu, lekko nakrapianych żółtymi plamkami. Pełne usta uśmiechnęłyby się do ciebie, ukazując szereg prostych białych zębów, które zawdzięczam licznym i systematycznym wizytom u dentysty. Prosta i smukła sylwetka zadziwiłaby cię zapewne, bo skąd niby miałbyś wiedzieć, że trenuję systematycznie, powtarzając w głowie artykuły i paragrafy. Zobaczyłbyś więc moją zewnętrzną powłokę. I choć próbowałbyś prześlizgnąć się od razu do odkrywania mojej duszy, zapewne byłbyś zaskoczony, że nikt dotąd jeszcze tego nie dokonał – zauważyłbyś ten brak wydeptanej przez innych ścieżki. Obudziłoby się w tobie nagłe wyzwanie, aby być tym pierwszym. Przedzierałbyś się przez powłoki, jedna po drugiej, i byłbyś coraz bliżej. A że dziś jest ten dzień, w którym pozwoliłam sobie na ten jeden procent prywatności, kto wie, może ci się to nawet uda. Musisz tylko wejść do sali...

Wykład rozpoczął się dokładnie punkt dwunasta. Wykładowca poprosił wszystkich, aby przedstawili się z imienia i nazwiska i powiedzieli kilka słów o sobie. Ze zdziwieniem zauważyłam, że w naszej grupie są tylko trzy dziewczyny. Gdy nadeszła moja kolej, wstałam powoli i nieco zawstydzona przedstawiłam się, zgodnie z prośbą wykładowcy.

– Cześć wszystkim. Nazywam się Laura Kos. Mieszkam w małym miasteczku na obrzeżach Wrocławia. Interesuję się muzyką i literaturą. Uwielbiam zwierzęta. Szczególnie... – Gdy kontynuowałam przemowę, do sali wszedł wysoki brunet o orzechowych oczach. Speszyłam się, zauważywszy, że jego wzrok skupia się na mnie, skończyłam szybko swoją krótką prezentację i usiadłam na krześle.

– Witamy pana...? – zapytał nagle wykładowca delikatnie karcącym tonem.

– Marcina Maneckiego – odpowiedział spóźnialski, a jego głos rozszedł się po sali, co sprawiło, że na całym ciele poczułam ciarki.

Wpatrywałam się w niego nieustannie. Nie byłam w stanie przestać. Po raz pierwszy ktoś na mnie tak podziałał. Byłam w szoku. Jakby jakaś dziwna moc przyciągała mnie do niego. Dotąd nawet nie wiedziałam, czy jakikolwiek mężczyzna jest w stanie mnie pociągać. On był moją odpowiedzią. Wyczekanym ideałem. Jakbym wywołała go siłą świadomości. Poczułam, jak na tę myśl moje policzki robią się coraz bardziej czerwone. Byłam zadowolona, że postanowiłam usiąść w pierwszej ławce. Spuściłam głowę, aby się trochę uspokoić, zanim ktokolwiek zauważy, co się ze mną dzieje.

– Cześć. – Usłyszałam po chwili po raz kolejny piękny ton jego głosu, tym razem tuż koło swego ucha, i podskoczyłam na krześle jak oparzona. Kątem oka dostrzegłam, że przysiada się do mojej ławki.

– Cześć – odpowiedziałam tak cicho, że sama się zastanawiałam się, czy słyszałam swoje słowa, czy tylko myśli. Skarciłam się w duchu za swoją nieśmiałość.

– Jestem Marcin – dodał i patrzył na mnie wyczekująco.

– Laura, miło mi – mówiąc to, podałam mu rękę, którą uchwycił i energicznie potrząsnął.

– Nigdy jeszcze nie widziałem takich pięknych oczu. Nosisz soczewki? – zapytał, wciąż trzymając moją rękę. Uścisk był już delikatniejszy, ale za to coraz bardziej gorący.

Popatrzyłam mu prosto w oczy, zaintrygowana oraz lekko rozwścieczona tak szybkim i pochopnym stwierdzeniem.

– Nie, nie noszę – odpowiedziałam krótko, po czym skupiłam się na rozpoczynającym się właśnie wykładzie.

Nie było to jednak łatwe. W powietrzu unosiła się woń markowych perfum. Była tak odurzająca, że miałam ochotę przywrzeć do niego mocno, aby móc bardziej się nią nasycić. Co rusz zerkałam na niego, licząc na to, że tego nie dostrzeże. Wyciągnęłam notes i zaczęłam robić notatki. Były jednak bardzo chaotyczne. Pomimo prób nie mogłam się skoncentrować. Nie, kiedy on siedział tuż obok.

– Pożyczysz długopis? – zapytał nagle i wyjął mały notesik z kieszeni kurtki. Dopiero teraz zauważyłam, że wciąż ma ją na sobie.

– Jasne – odpowiedziałam. Wydobyłam z etui jeden ze starannie ułożonych długopisów. Gdy zerkałam na mały notesik nowego kolegi, nie mogłam się oprzeć chęci odwdzięczenia się jakąś uszczypliwą uwagą za soczewki kontaktowe, więc niewiele myśląc, dodałam: – Masz zamiar na każde zajęcia zakładać osobny notesik? Bo w tym za dużo się chyba nie zmieści.

Popatrzył na mnie zaskoczony, a na jego twarz powoli wypełzł figlarski uśmiech. Facet zdecydowanie należał ludzi, którzy chodzą do dentysty co najmniej tak samo często, jak ja sama. W dodatku zapewne prywatnie. Wręcz powalał uśmiechem. Nie mogłam nie zauważyć, jak pociągające były jego usta.

— Widząc grubość twojego, dochodzę do wniosku, że mój w ogóle nie będzie mi potrzebny.
— A to dlaczego? — zapytałam zdziwiona jego odpowiedzią.
— Skopiuję sobie twoje notatki — odpowiedział całkowicie bez ogródek.
— Skąd pomysł, że na to pozwolę? — wypaliłam, bo był zdecydowanie zbyt pewny siebie.
— Już ja znajdę sposób na to, byś się zgodziła. — Puścił mi oczko.

Pomimo fali gorąca, która mnie oblała, uniosłam wysoko głowę, przyjęłam aktorską pozę urażenia i postanowiłam tym razem porządnie skupić się na wykładzie, całkowicie chłopaka ignorując. Już po chwili historia prawa pochłonęła mnie zupełnie, a Marcin był jakby za zasłoną dymną, niemalże niedostrzegalny.

Po pierwszym męcząco długim wykładzie miałam trzydziestominutową przerwę, którą postanowiłam wykorzystać na zjedzenie drugiego śniadania. Przysiadłam na marmurowych schodkach zaraz przy oknie, aby móc podziwiać widoki na miasto z trzeciego piętra uniwersytetu. Aura Krakowa zamglona była od smogu, który totalnie niszczył urokliwy krajobraz, zasłaniał go duszącą szarością. Wpatrywałam się w okno, próbując przedrzeć się wzrokiem przez tę barierę i dostrzec wyraźniej piękno, które się za nią kryło, i wtedy w oknie zobaczyłam odbicie orzechowych oczu. Spojrzałam w nie, ale nie odwracałam się do ich właściciela. Wpatrywaliśmy się tak w siebie przez prawie minutę. Było to bardzo dziwne doznanie, niemal intymne. Przez chwilę miałam nawet wrażenie nagości. Jakby przejrzał mnie na wskroś. Coraz bardziej kusiło mnie, by się odwrócić, ale nie chciałam się poddać w tej naszej dziwnej walce. Na widok mojej zawziętości uśmiechnął się do mojego odbicia w szybie, po czym odszedł tak szybko, jak się pojawił, a ja poczułam rozczarowanie. Do tej pory uczucie to nawiedzało mnie tylko wówczas, gdy nie byłam w czymś wystarczająco dobra. Tym razem jednak było inaczej. Nie chciałam, aby odchodził. Czułam potrzebę wpatrywania się w jego oczy i w ten szeroki, piękny uśmiech. Zerknęłam tęskno w okno. Już go nie było. Został jedynie jego zapach. Otulał mnie niczym przynosząca wewnętrzne ciepło kołdra.

Kolejnym przedmiotem była logika. Jak zawsze sumienna – byłam pierwsza na sali, w której miał się odbyć wykład. Tym razem usiadłam w jednej z ostatnich ławek. Do auli powoli schodzili się studenci. Niektórzy tworzyli już małe grupki. Ja nie należałam do osób, które tak szybko nawiązują znajomości. Żałowałam tego, gdy widziałam, jak inni wspólnie się śmieją i wymieniają poglądy. Wpatrywałam się w drzwi auli, czekając, aż pojawi się w nich Marcin i będę mogła spojrzeć na niego zupełnie naturalnie, ze zwykłą ciekawością. Poczułam lekki wstyd, że uciekam się do takich tanich sztuczek, aby utrzymywać pozory braku zainteresowania jego osobą.

Kiedy wszedł do auli, ponownie oblała mnie fala ciepła. Zadziwiły mnie szerokość jego ramion i wyjątkowo dobrze zbudowana sylwetka. Zdecydowanie nie wyglądał na chłopaka w moim wieku. W myślach modliłam się, by usiadł gdzieś blisko. On jednak, nawet nie rozejrzawszy się po pomieszczeniu, usiadł ponownie w pierwszej ławce. Obserwowałam jego swobodną postawę. Wciągnęłam głęboko powietrze, mając nadzieję, że uda mi się pochwycić zapach jego perfum. Siedział jednak zbyt daleko. Poczułam kolejne rozczarowanie. Tuż przed przyjściem wykładowcy Marcin odwrócił się przez ramię i spojrzał mi od razu prosto w oczy – nawet nie szukał mnie po auli. Nie miałam pojęcia, skąd wiedział, gdzie siedzę. Próbowałam ukryć zaskoczenie. Wyglądało na to, że tym razem on nie chciał dać za wygraną. Rozweseliło mnie to i uśmiechnęłam się do niego delikatnie, zaraz potem spuściłam wzrok. Było jeden-jeden.

Wykład ciągnął się w nieskończoność. Chyba po raz pierwszy w życiu chciałam, aby lekcja w końcu się skończyła.

Byłam wyczerpana ilością emocji tego dnia. Cieszyłam się, że nie mam już w planie innych wykładów.

– Na dziś skończymy – odezwał się wykładowca. – Na kolejny wykład proszę dobrać się w pary. Poćwiczycie logiczne myślenie wspólnie. – Wyszedł z sali i pozostawił po sobie lekkie zamieszanie.

Wszyscy w popłochu szukali pary. Popatrzyłam w stronę Marcina. A on już jakby na mnie czekał. Wymieniliśmy spojrzenia i oboje w samotności opuściliśmy aulę – już wiedzieliśmy, że każde z nas ma swojego partnera.

Gdy wychodziłam z uniwersytetu, zobaczyłam go, jak stoi oparty o kolumnę. Pomimo chęci zatrzymania się postanowiłam przejść obok jak gdyby nigdy nic. Kiedy się z nim zrównałam, krzyknął:

– Mam coś, co należy do ciebie! Chcesz to odzyskać? – Uniósł długopis i patrzył na mnie pytająco.

– Nie. Możesz go zatrzymać – odpowiedziałam i zmusiłam nogi do ruchu, choć te uparcie stawiały opór.

Do akademika miałam dwadzieścia minut na piechotę. Szłam powoli. Nigdzie mi się nie spieszyło. Jesienne słońce świeciło wyjątkowo mocno. Przeszłam zaledwie kilkaset metrów, kiedy usłyszałam hamujący samochód. Spojrzałam w bok i zobaczyłam przejeżdżającego wolno Marcina. Jego wzrok całkowicie skupiony był na mnie. Patrzył jak zahipnotyzowany. Jechał z prędkością moich kroków. Byłam w takim szoku, że nie potrafiłam wydusić z siebie ani słowa. Zauważył to i postanowił przejąć pałeczkę.

– Podrzucić cię gdzieś? – zapytał grzecznie i dopiero wtedy zauważyłam, czym jedzie. Porsche nie należało do samochodów mieszczących się w budżecie przeciętnego studenta.

– Nie, dziękuję. Nie mam daleko, a pogoda jest ładna – odpowiedziałam równie grzecznie, w duchu obawiając się, że pod ciężarem mojego ubóstwa jego samochód rozkraczyłby się zapewne po kolejnych kilkuset metrach.

– Jak wolisz. Do zobaczenia jutro – rzucił, posyłając mi jeden ze swoich uśmiechów.

– Do zobaczenia – odpowiedziałam, a on odjechał z piskiem opon za kilka tysięcy złotych.

***

Moją opowieść przerwały otwierające się z głośnym skrzypnięciem drzwi. Do pomieszczenia wszedł ten potężny mężczyzna. W dłoniach trzymał szklankę wody i jabłko. Popatrzył najpierw na moją twarz, potem na brzuch.

– Pewnie jesteś głodna – powiedział; tym razem w jego głosie dało się wyczuć emocje.

– Zgaduję, że nie uważasz, że tym stwierdzeniem odkryłeś Amerykę – odpowiedziałam z lekką złośliwością. – Potrzebuję też skorzystać z toalety – dodałam.

Odłożył jabłko i szklankę na stojące nadal naprzeciwko mnie krzesło. Stanął za mną i rozwiązał mi ręce, potem nogi. Palcem wskazał drzwi za moimi plecami.

– Toaleta – dodał, widząc moje pytające spojrzenie.

– Miło wiedzieć, że to więzienie posiada takie udogodnienia jak własna toaleta – powiedziałam, wstając powoli z krzesła.

Całe moje ciało było zdrętwiałe od siedzenia w jednej pozycji. Nogi lekko się pode mną ugięły, porywacz wyciągnął ręce, aby w razie czego mnie złapać. Utrzymałam jednak równowagę i powoli ruszyłam w kierunku drzwi. Otwierając je, czułam na sobie baczne spojrzenie porywacza. Były w nim chyba jednak jakieś pokłady ludzkich uczuć. Postanowiłam to wykorzystać.

Opadłam na deskę klozetową z taką wdzięcznością, jakiej nie czułam już dawno. Po moim ciele rozeszło się przyjemne uczucie ulgi. Zaraz potem zaburczało mi w brzuchu.

– Zaraz zjemy jabłko – powiedziałam do mojej małej istoty. Żeby rozciągnąć czas mojej pseudowolności, ręce postanowiłam umyć aż dwa razy. Pomimo obskurnego pomieszczenia toaleta wyglądała na wysprzątaną, co też przyjęłam z wielką ulgą.

Kiedy wyszłam, zobaczyłam strażnika siedzącego na krześle. W wyciągniętej ręce trzymał jabłko.

– Jedz! – rozkazał.

Nie musiał się powtarzać. Byłam już naprawdę głodna. Nie wiedziałam, która jest godzina, ale na pewno nie jadłam już ponad dobę. Zdecydowanie za długo jak na stan, w którym się znajdowałam. Jabłko smakowało mi tak bardzo, jakbym od wieków ich nie jadła. Jednym haustem wypiłam całą szklankę wody, żałując, że to nie sok. Potulnie oddałam ją mięśniakowi.

– Kiedy będzie następny posiłek? – zapytałam, wciąż czując głód.

– Nie wiem. Zjadłaś właśnie moje śniadanie – odpowiedział.

Widziałam w jego oczach, że jest świadomy, iż jabłko tylko pobudziło moje ślinianki. Nie zmieniało to jednak faktu, że byłam mu wdzięczna.

– Czy mógłbyś zrobić sobie jutro jakąś bułkę? – zapytałam proszącą. Nie chciałam się kajać, ale tu nie chodziło tylko o mnie. Musiałam być przede wszystkim odpowiedzialna za maleństwo rosnące w moim brzuchu.

– Zobaczymy – odpowiedział, i choć nie mogłam tego widzieć przez materiał kominiarki, to wydawało mi się, że powiedział to z delikatnym uśmiechem.

– Czy mógłbyś nie związywać mi rąk? – Próbowałam w pełni wykorzystać sytuację. – Chciałabym móc się nimi posługiwać – mówiąc to, pogładziłam się z uczuciem po brzuchu. Liczyłam na to, że odwołując się do jego bardziej ludzkiej strony, wzbudzę w nim litość.

– Nie wiem... On nie będzie zadowolony – odbąknął zmieszany.

– Przecież nie ucieknę. Drzwi są zamknięte od zewnątrz, więc niby jak? Bądź człowiekiem. Nie dość, że porwaliście kobietę w ciąży będącą w żałobie po mężu, którego próbujecie znaleźć, co jest niemożliwe, bo on nie żyje, to jeszcze będziecie mnie tu trzymać związaną? Poza tym muszę teraz częściej korzystać z toalety. Chyba że wolisz, żebym wołała cię tu co pięć minut.

– Niech ci będzie – odpowiedział zrezygnowany. Gdy wychodził, usłyszałam już tylko, jak mówi do siebie: – Na bank dostaną mi się za to baty.

Oparłam się wygodnie i rozejrzałam po pomieszczeniu. Oprócz paru krzeseł i małego stolika nie było tu kompletnie nic. Złączyłam ze sobą kilka krzeseł i położyłam się na boku z wyprostowanymi nogami. Zanim zasnęłam, postanowiłam kontynuować opowieść i przenieść się do przeszłości, gdzie było zdecydowanie milej niż tu.

***

Pierwszy tydzień studiów był zdecydowanie najbardziej ekscytującym czasem w moim życiu. Nie było to spowodowane wyłącznie spełniającym się marzeniem i mieszkaniem w akademiku. Duża część tej ekscytacji pochodziła z zupełnie innego źródła. Był nim Marcin. Wymieniliśmy zaledwie parę zdań przez tych kilka dni. Mijaliśmy się wciąż, jednocześnie będąc cały czas razem. Dziwne było to uczucie. Oboje trzymaliśmy się na dystans. Pomimo tego miałam jednak wrażenie, że istnieje pomiędzy nami jakaś psychofizyczna więź, której nie byłam w stanie w żaden sposób racjonalnie wytłumaczyć. Zawsze gdy wchodził na aulę, przestawałam odczuwać samotność. To działo się automatycznie, jakby nagle ktoś włączył światło w ciemności. Mało tego, miałam w sobie poczucie bezpieczeństwa. Jakby jego obecność okrywała mnie zasłoną, przez którą nic, co złe, nie mogło się przedrzeć. Gdy był obok, świat stawał się inny, lepszy. Bez jego obecności weekend zdawał się dłużyć boleśnie. Odczuwałam tęsknotę, co dziwiło mnie tym bardziej, bo przecież nie znałam tak naprawdę tego człowieka. Śniły mi się nocami jego orzechowe oczy wzbudzające moje zaufanie i powalający uśmiech, na który zawsze niemalże bezwiednie odpowiadałam.

W akademiku mieszkałam w pokoju z Anią. Studiowała matematykę. Była wesoła i zdecydowanie bardziej rozrywkowa niż ja. W akademiku dosłownie tylko sypiała, nie mogłam się więc zbyt długo cieszyć jej towarzystwem. Głównie przesiadywałam więc sama, snując w głowie marzenia senne o Marcinie. Nie mogłam się już doczekać poniedziałku. Nie tylko dlatego, że był szansą na ponowne zobaczenie go, ale także dlatego, że oznaczał wspólną pracę na ćwiczeniach z logiki. Liczyłam na to, że ta sytuacja zmusi nas w końcu do dłuższej rozmowy.

Wykłady zaczęły się od historii prawa. Usiadłam ponownie w pierwszej ławce, tak jak przed tygodniem. Liczyłam po cichu na to, że Marcin się do mnie przysiądzie i nie będzie czekał aż do zajęć z logiki. Zanim go zobaczyłam, poczułam w powietrzu zapach jego perfum. Wiedziałam, że jest dość blisko. Bałam się jednak podnieść wzrok. Nie chciałam zostać przyłapana na wypatrywaniu go. On zawsze w ułamek sekundy wyłapywał mnie wśród tłumu, tylko po to, by spojrzeć mi w oczy, rozegrać naszą walkę, po czym skwitować ją uśmiechem. To był jakiś nasz dziwaczny rytuał. Nie wiedziałam już nawet, jaki był wynik, tylko tyle, że on wygrywał. Niemalże za każdym razem. Postawiłam mu się na ostatnim wykładzie w piątek. Nasza próba trwała wtedy chyba z pięć minut. W końcu się poddał, a ja poczułam satysfakcjonujący smak zwycięstwa. Miałam nadzieję, że ta ostatnia potyczka dała mu do zrozumienia, że będzie musiał dużo bardziej się postarać, aby mnie złamać.

– Witaj, Lauro. – Usłyszałam koło siebie jego męski głos.

Całe moje ciało przeszły ciarki. Uniosłam lekko głowę, aby na niego spojrzeć. Wyglądał bosko w szarym swetrze w serek, czarnych jeansach i skórzanej kurtce.

– Witaj, Marcinie – odpowiedziałam krótko.

– Można się dosiąść?
– A widzisz tu gdzieś tabliczkę z napisem zarezerwowane? – zapytałam i roześmiałam się, w duchu wiedząc, że ona tam była, i to specjalna rezerwacja tylko dla niego.

Przestał się wahać i usiadł koło mnie, co sprawiło, że na policzki wypłynęły mi lekkie rumieńce. Skarciłam się w myślach i wyprostowałam się dumnie na krześle. Odwróciłam się w bok, by na niego popatrzeć, i nasze spojrzenia się spotkały. Cudowne orzechowe oczy błyszczały, odbijając światła sufitowych lamp. Pomimo tego, że mnie zaskoczył, nie przerywałam naszej gry. Wpatrywałam się w niego dalej w zachwycie, zupełnie się nie krępując. Nie poznawałam samej siebie. Wyzwalał we mnie odwagę, na jaką wcześniej nigdy bym się nie zdobyła.

– Tak piękne oczy widziałem tylko raz. Tu, na tej sali, tydzień temu – przerwał w końcu, nieznośną już powoli, ciszę.

Zalałam się rumieńcem dosłownie w sekundę.

– Twoje też są niczego sobie. – Uśmiechnęłam się do niego szeroko, nie wiedząc, jak inaczej powinnam przyjąć komplement.

Odwzajemnił uśmiech. Serce zaczęło bić mi mocniej i szybciej. Ze sportowego plecaka wyciągnął duży zeszyt i dwa długopisy. Jeden z nich należał do mnie. Widząc, jak mu się przyglądam, zapytał:

– Pożyczyć ci długopis?
– Poproszę – odpowiedziałam, choć miałam nimi wypełniony cały futerał.

Marcin chwycił jeden z długopisów i podał mi go, nie spuszczając ze mnie wzroku.

– To nie mój – zauważyłam.
– Tamtego nie oddam. Za bardzo się już do niego przywiązałem – mówiąc to, figlarsko się uśmiechnął, a ja speszyłam się i spuściłam głowę, aby nie zobaczył, jak mocno palą mnie teraz policzki.

Sytuację uratował wchodzący na aulę profesor, który bezzwłocznie rozpoczął wykład.

Robiąc notatki, czułam na sobie cały czas ukradkowe spojrzenia Marcina. On sam notował wyjątkowo mało. W większości skupiony był raczej na słuchaniu. W jego notesie widniały tylko zapiski dotyczące najważniejszych zagadnień. Gdy wykład powoli dobiegał końca, przejrzałam pobieżnie notatki, zastanawiając się, czy o niczym nie zapomniałam. Schyliłam się po plecak, aby schować notatnik, po czym spakowałam się i byłam gotowa do wyjścia. W ręce trzymałam pożyczony od Marcina długopis.

— Mam coś, co należy do ciebie — powiedziałam, przedrzeźniając go.

— Zachowaj go. Kto wie, może się do niego przywiążesz? — powiedziawszy to, wstał i opuścił aulę zaraz za profesorem.

Śledziłam Marcina wzrokiem tak długo, jak tylko było to możliwe. Upajałam się samym widokiem szerokości jego ramion. Przyłapałam się nawet na wszechogarniającej chęci wtulenia się w nie. Ciekawa byłam, jakie byłoby to uczucie. Wiedziałam tylko, że na pewno dobre.

Udałam się na ulubione schodki na trzecim piętrze, aby w samotności zjeść śniadanie. W głębi duszy liczyłam jednak na to, że Marcin znów się pojawi — że mój spokój zmącony zostanie jego obecnością. Po raz kolejny podziwiałam zamglony krajobraz Krakowa. Na widok smogu otaczającego miasto nachodził mnie smutek. Nie chciało się nawet oddychać pełną piersią. Tego jednego brakowało mi z mojego wiejskiego miasteczka. Czystego powietrza, mimo iż przesiąkniętego zapachem zwierząt gospodarskich.

— To nie to, co Wrocław, co? — Usłyszałam pytanie i w myślach radowałam się już, bo rozpoznałam głos, który je zadał.

— Nie. Tu jest pięknie, ale szaro. Jakby wszystko było za zadymionym szkłem — odpowiedziałam, wciąż wyglądając przez okno. W mojej głowie pojawił się także pytajnik. Skąd wiedział, że pochodzę z Wrocławia? Z tego, co pamiętałam, pojawił się w auli dopiero pod koniec mojego przedstawiania się, nie mógł więc tego usłyszeć. Nie chciałam, aby ponownie zniknął, odwróciłam się więc do niego z uśmiechem. – Może się przysiądziesz? Masz ochotę na kanapkę? – Miałam w zwyczaju szykować sobie zawsze jedzenie na zapas. Niejednokrotnie oszczędzało mi to zachodu z robieniem kolacji. Mogłam się z nim podzielić, co mogło być doskonałą okazją do rozmowy dłuższej niż zazwyczaj.

– Chętnie – odpowiedział, a ja unosiłam się już na małej tęczowej chmurce szczęścia. Wyciągnęłam z plecaka kanapkę i wręczyłam mu ją.

– Smacznego – powiedziałam z nadzieją, że mu zasmakuje.

– Dzięki. – Wyciągnął zwinnie kanapkę z woreczka śniadaniowego, po czym odgryzł wielki kęs. – Dobłe! – wyseplenił, lekko zdziwiony. – Zrobisz mi na jutro śniadanie?

Roześmiałam się głośno, a on mi zawtórował. Dźwięki naszej radości niosły się po korytarzach i odbijały od ścian budynku.

– Mówię serio– dodał już z powagą w głosie.

– Zastanowię się – odpowiedziałam, ale w głowie planowałam już skład kanapki na jutro.

– Jak słowo daję. Takiej dobrej jeszcze nie jadłem. A trudno mnie zaskoczyć.

– Dzięki. Lubię przyrządzać jedzenie – odpowiedziałam, nie będąc do końca pewną, czy tak właśnie wygląda proces powolnego poznawania się dwojga ludzi. – A ty skąd jesteś? – dopytałam. – Uniknąłeś przedstawienia się na pierwszym wykładzie.

– Jestem z Krakowa. Wychowałem się pośród tej szarości, którą widzisz za oknem. Mam dwadzieścia pięć lat, to jest już mój trzeci kierunek studiów. W tamtym roku skończyłem AWF i kryminalistykę.

– Wow! – wyfrunęło ze mnie niekontrolowanie. Tak myślałam, że jest starszy. W porównaniu do innych chłopaków z grupy wyglądał jak Apollo. AWF tłumaczył w stu procentach jego świetną sylwetkę. Ciekawa byłam, co kryje się pod warstwą swetra. Poczułam lekki dystans. Nie mogłam dorównać mu wiedzą. Obawiałam się, że przebywając z nim, znów będę czuła się w pewien sposób gorsza. – To wyjaśnia małe notesiki. Zapewne większość rzeczy masz już w głowie – dodałam, próbując w zabawny sposób zakamuflować swój wcześniejszy wybuch podziwu.

– Nikt nie wie wszystkiego – odpowiedział.

Odniosłam wrażenie, że chciał coś jeszcze dodać, wyczekiwałam więc w ciszy.

– Na przykład nie wiedziałem, że uda mi się spotkać kogoś takiego jak ty – dorzucił po chwili, a mnie ponownie oblał rumieniec.

– Chodźmy już lepiej na aulę. Za chwilę zacznie się wykład – próbowałam wybrnąć jakoś z tej niezręcznej sytuacji.

– Jasne – odparł.

Tym razem już się nie mijaliśmy. Byliśmy razem. W stu procentach. I może to tylko moja wyobraźnia, ale miałam wrażenie, że widzę smugę słońca przedzierającą się przez krakowski smog.

***

– Pobudka! – Obudził mnie niski głos jednego z porywaczy.

Nawet nie wiedziałam, kiedy zasnęłam. Spojrzałam w górę i ucieszyłam się, że głos należał do porywacza, który miał w sobie jeszcze szczątki dobroduszności. Podniosłam się do pozycji siedzącej.

– Przyniosłem kanapkę. I sok. – Podał mi dużą bułkę owiniętą w folię aluminiową i soczek pomarańczowy dla dzieci, w kartoniku ze słomką.

– Dziękuję – odpowiedziałam, a mój brzuch zaczął wydawać dźwięki przypominające próbę odpalenia fiata 126p w zimie. Przez chwilę w oczach porywacza widziałam rozbawienie. – Jak mam cię nazywać? – zapytałam.

– Nie mogę podać ci imienia.

– Wiem, dlatego nie spytałam cię o imię, tylko o to, jak mam się do ciebie zwracać.

– Nie mam pojęcia. Wymyśl sobie coś – powiedział z nutą obojętności w głosie.

– OK, zatem do ciebie będę mówić Dobry, a do twojego towarzysza Zły. – Nie byłam zbyt oryginalna, ale to musiało wystarczyć.

– Niech ci będzie.

Znów ta obojętność, a myślałam, że spodoba mu się fakt, że jest tym dobrym.

– Jak wam idą poszukiwania mojego zmarłego męża? Jeśli jakimś cudem uda wam się go znaleźć, chciałabym być pierwszą osobą, która się o tym dowie. Mało tego, jeśli wam się uda, jeszcze będę wam wdzięczna za to porwanie. Strasznie za nim tęsknię... – Rozczuliłam się pod koniec, choć miałam w planie, aby ton mojej wypowiedzi był sarkastyczny, co udało mi się tylko częściowo.

– Jeszcze go nie znaleźliśmy – odpowiedział. – A mój kumpel ma dość ambitne i nieprzyjemne plany na to, w jaki sposób wydusić z ciebie prawdę.

Lekko się przestraszyłam, słysząc te słowa.

– Ja już powiedziałam prawdę – broniłam się.

– On w to nie uwierzy. Twój mąż jest człowiekiem, którego nie tak łatwo zabić.

– On nie został zabity. Zginął w wypadku! – warknęłam.

– A widziałaś jego ciało? – dopytywał.

– Nie. Po wypadku samochód zapalił się i ciało było zwęglone. Nie chciałam tego oglądać.

– No właśnie, czyli ciała nie widziałaś. Jesteś jego żoną, powinnaś wiedzieć najlepiej, co potrafi. Nie wierzę, że nabrałaś się na taki podstawowy numer.

– Jaki numer, co ty w ogóle mówisz? Marcin nie żyje. Przestań robić mi złudne nadzieje! – Mój ton przeobraził się w krzyk. – Wyjdź stąd!

Wstał i potulnie zrobił, co rozkazałam, choć to nie on był tym, który powinien być posłuszny. Zostałam ponownie sama w czterech szarych ścianach. Przez chwilę próbowałam poskładać całą rozmowę do kupy. Jak wielkie prawdopodobieństwo istniało, że Marcin mógłby faktycznie sfingować swoją śmierć? Żadne. Był wziętym prawnikiem. Nie miał z nikim na pieńku. Po co miałby to robić? Wiele pytań pozostawało zatem bez logicznej odpowiedzi, więc i one same musiały być jedynie wyssane z palca. Rozsiadłam się wygodnie na krześle. Nic nie wskazywało na to, że zostanę uwolniona. Przeszły mnie lekkie dreszcze. W pomieszczeniu było zimno. Dodatkowo zastanawiałam się cały czas, w jaki sposób porywacz o ambitnej ksywce Zły będzie próbował wyciągnąć ode mnie informacje. Odwinęłam bułkę z folii i zjadłam tak łapczywie, że aż dostałam czkawki. Najedzona wróciłam myślami do pięknych chwil ze swojego życia, aby jakoś przyćmić mrok, który mnie teraz otaczał. Trzymając obie dłonie na brzuchu, kontynuowałam opowieść.

***

Od sytuacji na trzecim piętrze uniwersytetu staliśmy się w jego murach nierozłączni. Na wszystkie wykłady chodziliśmy wspólnie, wymienialiśmy się notatkami. Ja robiłam mu śniadania, a on w ramach podziękowań zabierał mnie na lunch. Zrodziła się między nami przyjaźń. Pewnego dnia opowiedziałam mu o swoim życiu, sprzed przyjazdu do Krakowa. Na jego twarzy nie było litości, gdy skończyłam nakreślać mu, skąd pochodzę.

— Nie jest ważne, jak ciężki jest twój portfel, ale to, jak wysoką wartość masz jako człowiek — podsumował moje wyznanie. — A jeśli o to chodzi, to uwierz, że w moich oczach jesteś obrzydliwie bogata — dodał żartobliwie.

Od tej chwili wiedziałam, że mogę być przy nim całkowicie sobą. Coraz bardziej przywiązywałam się także do pożyczonego od niego długopisu.

Pewnego piątku po skończonych zajęciach szłam jak zawsze w stronę akademika. Czułam przygniatający mnie smutek. Nie lubiłam samotnych weekendów. Moja współlokatorka, Ania, zawsze balowała gdzieś na mieście. Wiele razy zapraszała mnie, abym do niej dołączyła. Wykręcałam się jednak dużą ilością materiału do opanowania. Mój budżet nie pozwalał mi na takie uciechy. Ledwo starczało mi na jedzenie i ksero. Mój układ z Marcinem trochę pomagał. Gdyby nie on, nie mogłabym sobie pozwolić na ciepłe posiłki w knajpach każdego dnia. Miałam zatem nadzieję, że moje kanapki będą mu smakować jak najdłużej.

Zza pleców usłyszałam znajomy warkot silnika i uśmiechnęłam się pod nosem. Marcin zawsze pytał, czy nie podrzucić mnie do domu. Ja jednak za każdym razem odmawiałam, ale chciałam skrócić maksymalnie swoją samotność w czterech ścianach pokoju.

– Słyszałem, że grają dziś fajny film w kinie! – zawołał przez otwarte okno. – Słyszałem też, że chętnie się na niego wybierzesz i chciałbym ci potowarzyszyć.

Kompletnie mnie zszokował, a że nie musiałam kryć przed nim prawdy, popatrzyłam tylko smutnym wzrokiem.

– Ja zapraszam! I nalegam! – powiedział tak poważnym tonem, że po chwili oboje wybuchnęliśmy śmiechem.

– OK – odpowiedziałam, a on otworzył mi drzwi, abym wsiadła do samochodu. Moja wewnętrzna radość była wręcz nieopisana. W końcu działo się w moim życiu coś oprócz nauki. – To jaki film tak bardzo chcę zobaczyć? – zapytałam, zapinając pokracznie pas.

– Nie wiem. Zobaczymy, co przewiduje dzisiejszy program, jak już będziemy na miejscu – mówiąc to, puścił do mnie oczko i ruszył z piskiem opon, jak jakiś małolat.

– Nie robi to na mnie wrażenia – docięłam mu, choć czułam rosnącą adrenalinę.

– Wiem. Ale ilekroć to robię, robi to wrażenie na mnie samym – odpowiedział i na jego twarz wypłynął zawadiacki uśmiech dziecka.

W drodze do kina toczyliśmy jedną z naszych swobodnych rozmów zabarwionych przekomarzaniem się i złośliwymi uwagami, których żadne z nas nie brało na serio. Świetnie się z nim bawiłam. Dzięki niemu moje życie w końcu zaczynało nabierać kolorów.

– Masz jakieś plany na przyszły weekend? – zapytał nagle.

– Takie same jak na każdy. Czyli książki i sterta ksero – odpowiedziałam.

– Miałabyś ochotę wybrać się ze mną do domku w górach?

Gdy zadawał to pytanie, wtedy po raz pierwszy widziałam, jak się peszy. Był to bardzo rozkoszny widok. Taki duży facet bał się odrzucenia. Sama nie do końca wiedziałam, co mam o tym myśleć. Oczywiście, że chciałam jechać.

– Zastanowię się – odpowiedziałam, przetrzymując go jeszcze w niepewności, choć wewnątrz krzyczałam już bardzo głośne „tak".

Gdy dotarliśmy do kina, trudno mi było ukryć ekscytację. W kinie byłam dotąd tylko kilka razy, przeważnie na wycieczkach szkolnych. Tym razem jednak było inaczej. Byłam tu z chłopakiem, który bardzo mi się podobał. Nie wiedziałam jedynie, czy z wzajemnością. Do tej pory pozostawaliśmy cały czas na przyjacielskiej stopie. Czekałam na jakiś sygnał od niego, że jest szansa na to, aby przerodziło się to w coś więcej. Nie miałam żadnego doświadczenia w tych kwestiach, wolałam więc nie wychodzić za bardzo przed szereg i poczekać na rozwój wypadków.

– Na co idziemy? – zapytał, gdy staliśmy w kolejce do kasy.

Zerknęłam w górę na wyświetlające się tytuły filmów.

– Może ten? – Wskazałam palcem na przewrotny tytuł jakiejś komedii romantycznej.

– Może być. To co prawda babski film, ale zapowiada się ciekawie. Widziałem trailer.
– Ekstra. – Odkrzyknęłam entuzjastycznie.
Po zakupieniu biletów udaliśmy się do budki z jedzeniem. Marcin kupił największy popcorn z możliwych i litrową colę, dla mnie wziął to samo. Gdy weszliśmy na salę, nie mogłam opanować zachwytu. Ekran był ogromny. Usiedliśmy w ostatnim rzędzie na samym środku. Oprócz nas było tylko kilka par i pojedyncze sylwetki. Brak tłumu sprawiał wrażenie, jakbyśmy mieli całą salę kinową dla siebie. Było to tak fantastyczne odczucie, że aż się nim zachłystywałam. Uśmiech nie schodził mi z twarzy – aż do momentu, gdy skupiłam się na paśmie reklamowym puszczonym przed filmem. Chociaż wpatrywałam się w ekran, nie uszedł mojej uwadze fakt, że Marcin cały czas mi się przyglądał.
– Dziękuję, że zabrałeś mnie do kina – powiedziałam do niego zaraz przed rozpoczynającym się seansem.
– Cała przyjemność po mojej stronie – odpowiedział z uśmiechem i jego oczy zalśniły delikatnie, odbijając światło ekranu.
Przeszły mnie ciarki. Żałowałam, że nie wybraliśmy jakiegoś horroru, miałabym wymówkę, gdybym przytuliła się do niego nagle w trakcie seansu, przestraszona filmową akcją tak na serio albo całkiem na niby. Może następnym razem – pomyślałam i uśmiechnęłam się pod nosem.
Film był fantastyczny. Nie brakowało w nim wartkiej akcji oraz wzruszających scen. Na jednej z nich tak bardzo wczułam się w postać bohaterki, że po moich policzkach zaczęły staczać się łzy. Wróciłam do rzeczywistości i pospiesznie otarłam je ręką, udając, że zakładam za ucho kosmyk włosów opadających na twarz. Zamrugałam kilka razy, odganiając kolejne cisnące się do oczu porcje łez. Nie było to jednak łatwe. Modliłam się, aby akcja filmu zakończyła się happy endem. Zaczęłam wiercić się na fotelu, mając problem z utrzymaniem emocji na wodzy. Wtedy poczułam, jak ręka Marcina opada na

mają dłoń. Poczułam przyjemne ciepło, jakie dawał ten dotyk. Spojrzałam na niego i wiedziałam, że on wie, jaką walkę toczę sama ze sobą. Uśmiechnęłam się blado i wróciłam do oglądania filmu. Nie byłam już jednak w stanie się skupić, bo dłoń Marcina gładziła moją delikatnie, jakby prosiła o odwzajemnienie dotyku. Nie czekałam długo i chwyciłam go. Zacisnął rękę na mojej, a nasze palce splotły się z idealnym wręcz dopasowaniem. Otoczyło mnie nagle uczucie błogości i bezpieczeństwa, jakiego jeszcze nigdy nie czułam. Miałam wrażenie, że dopóki on będzie obok, nic, co złe, nie ma prawa zaistnieć. Istniało tylko szczęście. Oblał mnie także strach, że być może za dużo wyczytuję z tego prostego gestu, którym mnie obdarzył. Nie chciałam się rozczarować, ale nie mogłam też pozwolić tym strachliwym myślom przejąć całkowitej kontroli nade mną. Przez tyle lat zamykałam się na innych. To musiało się skończyć. Postanowiłam zaryzykować. Opuściłam zasłonę, którą się otoczyłam, i otwarłam się na emocje, uczucia. Wróciłam do akcji rozgrywającej się na ekranie i chłonęłam każdy bodziec, jaki tylko mogłam. Wzruszający happy end sprawił, że po raz kolejny kilka zagubionych łez stoczyło się po moim policzku. Tym razem jednak nie walczyłam z prawdą. Gdy na ekranie pojawiły się napisy końcowe, ja wciąż siedziałam w osłupieniu. Wtedy Marcin mocniej chwycił moją dłoń, którą w dalszym ciągu trzymał w uścisku. Odwrócił się do mnie i delikatnie ujął moją twarz tak, bym na niego spojrzała. I nim w ogóle dotarło do mnie, co się dzieje, jego usta dotknęły mojego policzka i spiły zabłąkane na nim łzy. Pocałunki były miękkie i delikatne. Błądził po całej mojej twarzy, chcąc ostudzić moje emocje, nie wiedząc, jak bardzo je potęguje. Ostatni pocałunek spoczął już na moich ustach. Spanikowałam. Nie wiedziałam, co robić. W głowie szukałam obrazów z filmów i analizowałam ruchy warg bohaterów. Nie było to jednak potrzebne. Jego usta zapraszały do tańca tak zmysłowo i męsko zarazem, że nie musiałam myśleć. Prowadził mnie, a ja podążałam w ślad za nim tą ścieżką rozkosznych doznań.

Gdy nasze języki zetknęły się po raz pierwszy, poczułam przyjemne ukłucie, rozchodziło się ono falami po całym moim ciele. Zrobiło mi się gorąco. Byłam jak w płomieniach. Nie parzyły jednak. Rozkoszowałam się ciepłem, jakie mi dawały. Nasze języki zwarły się w tańcu. Dopiero światło na sali zmusiło nas do oderwania się od siebie. Popatrzyłam na niego lekko speszona.

– To był mój pierwszy pocałunek– powiedziałam cicho na wszelki wypadek, gdybym nie wypadła zbyt dobrze.

– W takim razie mam nadzieję, że był dokładnie taki, jaki sobie wymarzyłaś – odpowiedział.

– Zdecydowanie – odparłam, a on pocałował mnie szybko po raz kolejny i chwyciwszy za rękę, poprowadził w kierunku wyjścia.

Idąc, zastanawiałam się cały czas, czy nasz pocałunek i jemu się spodobał. Nie byłam z całą pewnością pierwszą dziewczyną, którą pocałował. Wiedziałam zatem, że ma już porównanie.

– Chcesz coś zjeść? – zapytał, gdy wychodziliśmy z kina.

– Nie chcę nadwyrężać twojej hojności – odparłam z lekką ironią.

– Nigdy nie będziesz w stanie tego zrobić. Bo to nie ona mną kieruje – dodał tak poważnie, jakby chciał, żeby te słowa zmusiły mnie do głębszych przemyśleń nad ich znaczeniem.

***

Z opowieści wyrwał mnie silny ból brzucha. Był potworny. Wręcz skręcałam się na krześle. Pobiegłam do łazienki, by sprawdzić, co się dzieje. Wszystko wydawało się być w porządku, ale ból nie przechodził. Nie wiedziałam, ile będę w stanie to wytrzymać. Nie chciałam nawet wystawiać się na tę próbę.

– Pomocy! – krzyknęłam na tyle głośno, aby ktokolwiek mógł mnie usłyszeć.

Do pokoju wpadł Dobry i zobaczyłam strach w jego oczach.

— Co się dzieje? — zapytał ponuro, ale wiedziałam, że musi grać, abym nie odczytała emocji, które mu towarzyszą. Bał się. Dużo bardziej niż ja.

— Strasznie boli mnie brzuch. Nie wiem, co się dzieje. Muszę iść do lekarza.

— To niemożliwe — odpowiedział. — Mogę przynieść jakieś tabletki przeciwbólowe.

— Nie mogę brać żadnych proszków! Jesteś dorosły, powinieneś takie rzeczy wiedzieć. Nie jest to ściśle ukrywana tajemnica. Jak przez wasze idiotyczne gierki stracę to dziecko, które jest jedynym, co pozostało mi po mężu, możecie być pewni, że wykorzystam wszystkie pieniądze, które mam, aby posłać was do piekła! A mam ich mnóstwo! — krzyczałam, ból łączył się z wściekłością, powodując mieszankę wybuchową. — Chcę lekarza! Natychmiast!

Porywacz wybiegł z pokoju, zostawił mnie samą. Nie mogłam już dłużej tego znieść. Byłam wygłodzona, zmarznięta, wszystko bolało mnie od ciągłego siedzenia lub leżenia na twardych krzesłach. Do tego ten ból brzucha. Marcina nie było. Umarł. Zostawił mnie samą z tą wielką miłością do niego, która nie mogła się z niczym równać. Tęsknota naparła na mnie nagle ze wszystkich stron. Nabrałam w płuca powietrza i zaczęłam głośno krzyczeć. Nie wiedziałam, czy ktoś mnie usłyszy. Nie to się teraz liczyło. Musiałam oczyścić się z pokładów bólu, jakie się we mnie zgromadziły. Smutek przerodził się w nienawiść na otaczający mnie świat, na przeznaczenie, w którym przyszło mi się odnaleźć. Nie chciałam takiego życia. Było niesprawiedliwe. Po moich policzkach lały się łzy. To już nawet nie był płacz. To był ryk. Ból powoli jednak mijał.

Cieszyłam się i miałam nadzieję, że nic się nie stało, i że w dalszym ciągu nie jestem tu sama. W końcu ucichłam. Do mojej celi wszedł po raz kolejny Dobry.

— Przeszło ci? — zapytał ironicznie.

— Nie — skłamałam.

— Zrobię ci herbaty, może to pomoże.

— Tak, na pewno. Herbata lekarstwem na całe zło tego świata. Jak długo macie zamiar mnie tu przetrzymywać? Nie ma tu nawet łóżka. Jest mi zimno i jestem głodna.

— Dopóki się nie dowiemy, gdzie jest Marcin.

— Czyli wieczność. To może od razu strzel mi w łeb. Po co mam się tu męczyć?!— wypaliłam, bo miałam już tego wszystkiego dość.

— Załatwię łóżko polowe i jakieś koce. Zaraz przyniosę ci coś do jedzenia.

— Są zatem jakieś postępy w waszym małym śledztwie? — dopytałam, domyślając się, że jeszcze trochę tu posiedzę. Musiałam zmusić się do jakiejkolwiek rozmowy, która nie była prowadzona sama ze sobą. Inaczej mogłabym zwariować.

— Na razie wiemy tylko, że trumna była pusta — mówiąc to, odwrócił się na pięcie i wyszedł.

Pozostawił mnie z szeroko rozwartymi ze zdziwienia oczami. Nie byłam w stanie wydusić z siebie ani słowa, aby powstrzymać go przed wyjściem. Byłam w zbyt dużym szoku.

Wróciłam wspomnieniami do momentu śmierci Marcina, zastanawiając się, czy mogłam coś przeoczyć. Jasne, że mogłam. Byłam w takim stanie, że od chwili, gdy policjant zapukał do moich drzwi, nie docierało do mnie kompletnie nic. Znałam jednak męża doskonale. Czy udałoby mu się ukryć przede mną jakiekolwiek problemy, gdy po tylu latach związku czytałam z niego jak z otwartej księgi? Był jednak jakiś powód tego, że znalazłam się w takiej sytuacji, porwana i przetrzymywana w obskurnym pomieszczeniu o szarych ścianach. Musiałam się skupić. Może moja miłość do niego zaślepiała mnie, nie pozwalając dostrzec tego, co być może dla innych byłoby oczywiste. Byłam jednak prawniczką. Moim zawodem było szukanie i udowadnianie tego, co niewidzialne lub niepewne. Czy było więc możliwe, że całkowicie zostawiałam pracę i wyuczony sposób myślenia za sobą, gdy przekraczałam próg naszego pięknego domu? Wszystko wydawało się teraz prawdopodobne. Gdzieś w środku zaczęła tlić się we mnie nadzieja. Tłumiłam ją jednak, nie chcąc dawać sobie powodów do rozczarowań. Nie chciałam po raz kolejny, karmiona kłamstwami o tym, że żyje, go stracić, gdyby tylko okazało się to okrutnym żartem. Ten moment był zbyt bolesny. Miałam pewność, że nie uda mi się tego przetrwać ponownie. Zaczęłam toczyć w myślach walkę z samą sobą. Drążyłam umysł w poszukiwaniu dowodów kłamstw, którymi byłam karmiona. Cztery ściany pokoju stały się nagle salą sądową. Miejscem, gdzie od zawsze dawałam z siebie wszystko. Rozpoczęłam podróż do przeszłości, choć wiedziałam, że robiąc to, rozsypywać się będę na nowo na kawałki, które z takim trudem udało mi się pozbierać. Nie miałam jednak wyjścia. Musiałam tam wrócić, jeśli chciałam poukładać jakoś ze sobą te puzzle – złożyć je w logiczną całość.

∗∗∗

Był wieczór. Siedziałam przed kominkiem z kubkiem gorącej czekolady i książką. Marcin miał pracować do późna. Ślęczał nad ważną rozprawą, która miała się odbyć w przyszłym tygodniu i przeglądał akta sądowe. W telewizji leciały właśnie wiadomości. Odłożyłam książkę i skupiłam się na chwilę na ekranie. Nie przepadałam za tym. Telewizja pełna była tragicznych wypadków, chorych nieuleczalnie dzieci, polityki, kataklizmów i zbrodni. Jakby na świecie nie działo się nic dobrego. Nie wiem, skąd taki trend. Może ludzie po prostu tragedie chłoną bardziej. Skupiłam się na tej myśli, nie przypuszczając nawet, że niebawem rozegra się moja własna tragedia. Marcin wrócił do domu bardzo późno. Zazwyczaj nie siedział w kancelarii aż tak długo. Podszedł do mnie i mocno mnie przytulił, a zaraz potem namiętnie pocałował. Może właśnie to powinno mnie wtedy zdziwić. Namiętność zostawialiśmy na noce spędzane w grzechu miłości. Codzienna czułość przejawiała się u nas słodkimi buziakami, zaczepkami i przytulaniem. Tego wieczoru jednak coś było inaczej. Wtedy tego nie zauważyłam. Cieszyłam się i byłam podekscytowana, planując w głowie dalszą część tego gorącego wieczoru. Nie zawiodłam się wtedy. Kochaliśmy się jak szaleni. Namiętność biła z nas, wręcz oślepiając. Takiego seksu jak tamtej nocy – nie mieliśmy już od dawna. Spędziliśmy razem dziesięć lat. Codzienna miłość górowała nad szaloną pasją. I po raz kolejny wtedy tego nie dostrzegłam. Byłam tak zadowolona z obrotu sytuacji, że całkowicie zapomniałam nawet o zabezpieczeniu. Skutek tego jest, jaki jest. Sama do końca nie wiem, czy się za to przeklinać, czy sobie dziękować. Gdy wstałam kolejnego ranka, czułam wszechogarniające mnie szczęście. Wypełniało mnie niemalże całkowicie, nie zostawiając miejsca na nic innego. Dzień zapowiadał się normalnie. Zrobiłam nam śniadanie do pracy, jak każdego dnia. Z domu wyszliśmy wspólnie.

– Pięknie wyglądasz, kochanie! – powiedział Marcin, a ja się zarumieniłam. Już dawno nie prawił mi komplementów.

– Dziękuję, kochanie – odpowiedziałam.

Wtedy do mnie podszedł. Ujął mój podbródek i popatrzył głęboko w oczy. Zupełnie jak za dawnych czasów. Toczyliśmy walkę. Gdy żadne z nas, nauczone doświadczeniem, nie chciało się poddać, wybuchnęliśmy śmiechem.

– Co dzień widzę te najpiękniejsze oczy na świecie i za każdym razem zachwycają mnie tak samo, jakbym widziała je po raz pierwszy – powiedziałam, gdy skończył mnie całować.

Wsiadł do samochodu. Nie odjechał jednak od razu. Patrzył, jak wsiadam do auta, po czym zawracam na małym rondzie na podjeździe. Kiedy przejeżdżałam obok, podniósł rękę do ust i posłał mi całusa, za co odwdzięczyłam się uśmiechem. Wtedy widziałam go po raz ostatni. Czy możliwe zatem, że jedna z najpiękniejszych nocy w moim życiu miała być pożegnaniem i jednocześnie zadośćuczynieniem za najgorszą chwilę? Nie wiedziałam tego. Może tak po prostu wyszło. Splot wypadków. A może chcąc, aby mrzonki o tym, że Marcin żyje, okazały się prawdą, dorabiałam znaczenie zwykłym wydarzeniom? Istniało także prawdopodobieństwo, że tak bardzo zapisałam w pamięci tę noc, ponieważ była naszą ostatnią. Zupełnie się zapętliłam. Przestałam powoli odróżniać prawdę od kłamstwa.

Tego dnia wróciłam do domu pierwsza. To także było już rutyną. Wstawiłam do piekarnika kupione po drodze mięso i zabrałam się za robienie sałatki. Wtedy zobaczyłam pierwszy omen, a przynajmniej tak to wtedy postrzegałam. Na podłogę sturlał się jeden z pomidorów i rozprysnął się na płytkach po całej kuchni. Chwyciłam kilka listków papierowego ręcznika i zaczęłam wycierać tę maź. Czerwony sok przeciekał przez cienką warstwę papieru, brudząc mi dłonie. Zajęta dokładnym czyszczeniem podłogi zupełnie zapomniałam o mięsie w piekarniku. Dopiero zapach dymu uświadomił mi moje roztargnienie. I to był drugi omen. Trzeciego nie pamiętałam, ale jestem pewna, że takowy był. Po prostu nie byłam w stanie go odpowiednio zinterpretować. Zrezygnowana, zamówiłam pizzę, bo podejrzewałam, że nie wyrobię się z ugotowaniem nowego dania na przyjście Marcina. Kiedy skończyłam składać zamówienie, usłyszałam dzwonek do drzwi.

– Idę! – krzyknęłam głośno.

Gdy podbiegłam do drzwi, byłam już lekko zdyszana. To jeden z minusów mieszkania w dużym domu: wszędzie było zawsze daleko. Otworzyłam i zbladłam na widok dwóch policjantów stojących w progu. Liczyłam na to, że może była w okolicy jakaś kradzież i sprawdzali, czy sąsiedzi czegoś nie widzieli. Wyraz twarzy policjantów sugerował niestety coś innego.

– Pani Laura Manecka?

– Zgadza się – odpowiedziałam grzecznie, choć w gardle rosła mi już wielka gula, a do oczu cisnęły się łzy nieznanego jeszcze wtedy pochodzenia. Intuicja podpowiadała mi, że już za kilka sekund ich źródło zostanie bardzo dobrze sprecyzowane.

– Pani mąż miał wypadek samochodowy. Bardzo nam przykro, ale zginął na miejscu.

Osunęłam się na ziemię, całe moje ciało zostało nagle pozbawione jakiejkolwiek siły. Jeden z policjantów pokracznie próbował mnie złapać, abym nie upadła. Nie miało to jednak sensu, bo byłam już na dnie. Otaczała mnie taka ciemność, że nawet promienie trzech słońc naraz nie byłyby w stanie mnie dosięgnąć.

– Proszę pani, wszystko w porządku? – dopytywał policjant, próbując przywołać mnie do rzeczywistości.

– A czy w takiej sytuacji cokolwiek może być w porządku? – odpowiedziałam pytaniem. – Chcę zostać sama – dodałam.

– Oczywiście. Może jednak chciałaby pani, abyśmy po kogoś zadzwonili? Może poczekamy, aż ktoś do pani przyjedzie? Może sąsiedzi? Nie chcemy, żeby była pani sama – dopytywał i wciąż mówił, a ja jedynie kręciłam przecząco głową. Nikt nie mógł mi pomóc. – Proszę się zgłosić na komisariat, jak będzie pani gotowa. – Popatrzył na mnie smutnym wzrokiem, po chwili kiwnął głową na towarzysza i odeszli.

Zostawili mnie, a ja leżałam na wycieraczce, w zbyt dużym teraz dla mnie samej domu.

Wstałam powoli i zamknęłam za nimi drzwi. Zrobiłam kilka kroków, po czym dotarła do mnie brutalna prawda. Uderzyła jak biczem – od stóp, aż po koniuszek głowy. Po raz kolejny stoczyłam się na podłogę. Przyłożyłam twarz do zimnej marmurowej podłogi i zaczęłam głośno płakać.

Leżałam tak godzinami, podłoga była mokra od moich łez. Całe moje ciało się trzęsło. Brakowało mi powietrza. On był przecież moim powietrzem. Już nigdy więcej nie będę całowała tych ust. Nigdy już nie spojrzę głęboko w te piękne orzechowe oczy, które tak mnie urzekły. Nie będzie już poczucia bezpieczeństwa w objęciu jego silnych ramion. Żadnych uśmiechów i przekomarzań. Spędzonych wspólnie wieczorów, gdy słowa nie były potrzebne. Została kompletna pustka. Jakby ktoś nagle wymazał gumką z mojego życia wszystko, co najlepsze, i zostawił szarość. Bez niego życie traciło sens. Był dla mnie wszystkim. Spełnieniem moich marzeń. Nic się nie liczyło, jeśli nie byliśmy razem. A teraz zostałam sama. Myśl ta sprawiała wręcz fizyczny ból. Rozrywał mnie od środka. Paliło mnie żywym ogniem rodem z piekła. Bo właśnie tam teraz byłam. Tak wyglądało moje osobiste piekło. Było nim życie bez niego. Spadałam w przepaść, ogarniało mnie przerażenie na myśl o tym, że zaraz zderzę się z ziemią. Moment ten jednak nie następował. I tak trwałam w tym strachu, nie widząc dna.

Z transu wyrwał mnie dźwięk telefonu. Spojrzałam na wyświetlający się numer. Dzwoniła teściowa. Nie mogłam nie odebrać. Ze wszystkich sił nabrałam powietrza w płuca.

– Drogie dziecko! – Gdy tylko usłyszałam głos mamy, obie zaczęłyśmy płakać. – Przyjadę – dodała i się rozłączyła.

Było mi obojętne, czy będę płakać w samotności, czy w towarzystwie. Moje łzy będą taka samo gorzkie w obu tych przypadkach. Doczołgałam się do kanapy i usiadłam na niej, podkurczyłam nogi pod brodę. Osaczyła mnie cisza. Przeraziło mnie to, że tak już miało pozostać. Poczułam się nagle zagubiona w tym domu, który z taką pasją projektowałam razem z Marcinem. No właśnie. Już nigdy nie miało być nas. Pozostałam ja. Nic już nie zrobimy wspólnie. Przygnieciona poczuciem samotności po raz kolejny pogrążyłam się w szlochu…

***

Drzwi do pokoju otworzyły się z piskiem i zobaczyłam w nich Dobrego. Już dawno nie widziałam tego Złego – rzekłam sobie w duchu. Nie tęskniłam za nim, broń Boże, ale było to co najmniej dziwne.

– Muszę przywiązać cię do krzesła – powiedział Dobry.

– Dlaczego? – zapytałam; bałam się, że myślami przywołałam Złego, który będzie chciał mnie znowu przesłuchać.

– Zaraz zobaczysz – odpowiedział.

Może tylko mi się przywidziało, ale przez warstwę materiału kominiarki przebijał uśmiech.

Mając, drobne co prawda, zapewnienie, że to raczej nic złego, posłusznie usiadłam na krześle w pozycji pozwalającej związać mi ręce i nogi. Gdy procedura została zakończona, Dobry na chwilę opuścił pokój, zostawiając otwarte na oścież drzwi. Przez chwilę przeszedł mi przez głowę pomysł, aby uciec. Mój entuzjazm ostygł tak szybko, jak się pojawił, gdy przypomniałam sobie, że jestem przywiązana.

Rzeczą, którą raptem zobaczyłam, była ogromna deska, a w ślad za nią pojawiały się kolejne. Dopiero po chwili dotarło do mnie to, co widzę. Dobry wnosił do pokoju ramę łóżka. Postawił ją w rogu, po czym ponownie opuścił pomieszczenie. Chwilę później pojawił się z materacem, który starannie ulokował w ramie. Kolejną niespodzianką były poduszka i gruby miękki koc. Byłam zachwycona. Wyobraziłam sobie od razu, jak leżę na tym wygodnym łóżku, rozkoszując się w końcu upragnionym od kilku dni porządnym snem. Porywacz zniknął za rogiem po raz kolejny. Zanim wrócił, najpierw poczułam to, co miało nadejść. Smakowity zapach kurczaka roznosił się po całym pomieszczeniu. Ślinka napłynęła mi do ust, a w brzuchu rozegrała się istna symfonia orkiestry dętej. Po raz pierwszy od kilku dni dostałam porządny obiad, ciepłą herbatę z cytryną i deser w postaci kawałka czekoladowego ciasta. W tej jednej chwili nic więcej nie było mi potrzebne do szczęścia. Z pełnym brzuchem ułożyłam się na łóżku i zasnęłam.

Oczami Marcina

Siedziałem w zapchlonym motelu, zerkając kątem oka na ekran małego telewizora. Jak zawsze – nic ciekawego nie leciało. Czego można się spodziewać po kilku podstawowych kanałach? Jedynie po raz setny powtarzanego filmu, który zna się już na pamięć. Od mojej fikcyjnej śmierci minęło już pięć miesięcy. Cały czas miałem wyrzuty sumienia. Wolałbym, żeby Laura znała prawdę. Niczego bardziej nie pragnąłem, niż móc jej powiedzieć. Agencja nie chciała się jednak na to zgodzić. Byłem zmuszony zniknąć całkowicie. Moja śmierć musiała być przekonująca, a żałoba Laury była idealnym narzędziem do osiągnięcia takiego efektu. No i rodzice. Byli jeszcze oni. Śmierć jedynego syna musiała nimi mocno wstrząsnąć. Agencja zabroniła mi się do nich zbliżać. Ale poprosiłem partnera, którego tożsamość nie została zdemaskowana, aby na pogrzebie zamontował kamerkę. Byłem więc jakby gościem podczas własnego pochówku.

    Dziwne uczucie. Człowiek od razu zaczyna myśleć o śmierci – tej prawdziwej. Jednak wtedy pozostawia się wszystko za sobą, umieramy i już nas nie ma, zamieniamy się w nicość. Nie widzi się już smutku i spustoszenia, jakie się po sobie pozostawia. Ja widziałem. Był to obraz jak po katastrofie. Serce łamało mi się po stokroć na widok łez Laury. Gdy ksiądz skończył nabożeństwo, prawie wszyscy goście już poszli i trumna została zakopana, ona stała cały czas w bezruchu. Po chwili rzuciła się na kupkę ziemi, klnąc na mnie i prosząc, abym wrócił. Wyglądała wtedy na taką kruchą. Miałem nadzieję, że będzie wystarczająco silna, aby się z tym zmierzyć. Wiedziałem, że ma w sobie tę siłę i determinację, która była do tego potrzebna. Musiała jedynie poczekać, aż będzie bezpiecznie, bym mógł wrócić. Wtedy też będę musiał jej w końcu wyznać prawdę o sobie i o tym, czym tak naprawdę się zajmuję.

Ostatnia akcja, w której brałem udział, była bardzo niebezpieczna, ale zgodziłem się na to ryzyko. Teraz tego żałowałem. Coś poszło nie tak. Prawdopodobnie mieliśmy w agencji kreta. To także był powód, dla którego musiałem zniknąć na dobre.

Od pięciu miesięcy nie widziałem się praktycznie z nikim. Gniłem w samotności i rozpaczy, ratując się pięknymi wspomnieniami. Tylko to mi na razie pozostało. Kilka tygodni temu skontaktowałem się z agencją, żeby zapytać, czy sprawa została już załatwiona. Niestety w dalszym ciągu nie udało im się jej zamknąć. Byłem więc w kropce. Skazany na więzienie. Pomimo pięknego położenia geograficznego mojej kryjówki czułem się źle. Motel mieścił się dwieście metrów od morza. Nie cieszyło mnie to jednak. Nie było u mego boku Laury, nie mogłem dzielić się z nią przeżyciami. Karałem się za to, co teraz przechodziła i nie chciałem przeżywać niczego pięknego bez niej. Byłoby to niesprawiedliwe. Dlatego wychodziłem tylko wtedy, kiedy lodówka była już pusta. Zaspokajałem wyłącznie podstawowe potrzeby. Z niecierpliwością czekałem na jakiekolwiek informacje o tym, że mogę wrócić do świata żywych. Prawdę powiedziawszy, chociaż fizycznie nadal żyłem, czułem się tak, jakbym naprawdę umarł. Śmierć zatem mogła być rozumiana na wiele różnych sposobów. Ja tkwiłem zatopiony po sam czubek głowy w jednym z nich.

W telewizji leciały właśnie wiadomości. Laura zawsze miała żal do telewizji, że pokazują tylko te złe rzeczy. Miała rację. Nie do końca było to sprawiedliwe. Ale był to także idealny sposób na manipulację ludźmi poprzez strach. Zaczął się właśnie reportaż na temat jednej z afer politycznych, gdy usłyszałem pukanie do drzwi. Podskoczyłem na łóżku. Nikt nigdy tu nie pukał. Czynsz zapłacony był za rok z góry.

– Kto tam?! – zawołałem, na wszelki wypadek zmieniając delikatnie głos.

– To ja, Jakub. Otwieraj.

Poczułem ulgę, rozpoznawszy głos przyjaciela. Po plecach przeszedł mi przyjemny dreszcz na myśl, że jest on posłańcem wspaniałej wiadomości – o zwróceniu mi wolności. Otworzyłem szybko drzwi i wpuściłem go do środka.

– Cześć, stary! Nawet nie wiesz, jak się cieszę, że cię widzę. Że widzę kogokolwiek właściwie – powitałem go z entuzjazmem.

– Nie wiem, czy będziesz się tak cieszył, jak ci powiem, jaki jest powód mojej wizyty.

Mina mi zrzedła w sekundzie.

– Co się stało? – zapytałem, wyraźnie już zestresowany. Moja głowa układała scenariusze, które w żaden sposób mi się nie podobały.

– Diablo nas przejrzał. Podejrzewa, że twoja śmierć została sfingowana.

– To niedobrze. Szuka mnie? – Podejrzewałem, że tak, ale chciałem się upewnić. – Nikt cię nie śledził? – dopytałem.

– Szuka cię, i to na całego. Obiecał grubą kasę za twoją głowę. Nie, nikt mnie nie śledził.

Nie wiem, czemu przez chwilę pomyślałem sobie, że może Jakub był tu po to, aby mnie schwytać. Pieniądze i żądza ich posiadania mają wielką moc. W większości destrukcyjną. Przyjąłem pozycję asekuracyjną. Musiałem trzymać się na baczności. Nie mogłem do końca zaufać nikomu.

— Co na to agencja? — Byłem ciekawy, jaka jest ich pozycja w tej sprawie.

— Nie jest zadowolona. Wciąż nie znaleźliśmy źródła przecieku informacji i boją się cokolwiek zrobić. Na razie zostajesz w ukryciu. Ale nie dlatego tu jesteś.

— A więc? — zaciekawiłem się, bo skoro nagroda za moją głowę nie była tą złą wiadomością...

— Lepiej usiądź — powiedział, a ja pobladłem.

Czyżby coś stało się Laurze...? Tylko to mogło być gorsze od wszystkiego...

— Gadaj, stary! Nie trzymaj mnie w niepewności, bo tu zwariuję!— naskoczyłem na niego może odrobinę zbyt ostro.

— Laura jest w ciąży.

Nie mogłem uwierzyć w to, co słyszę. Ogrom szczęścia, jaki mnie wypełnił, był nie do opisania.

— Będę ojcem? Przecież to fantastyczna wiadomość! Dlaczego myślałeś, że się nie ucieszę?

— Bo to jeszcze nie koniec informacji — uprzedził mnie.

Znów byłem skołowany. Ale forma czasu, której użył Jakub w swojej wcześniejszej wypowiedzi, świadczyła o tym, że Laura żyje, co trochę mnie uspokoiło.

— Jaki zatem jest ciąg dalszy?

— Diablo postawił na nogi niemalże wszystkich posiadających kartotekę policyjną. Wyznaczył wysoką cenę za twoją głowę. Szuka cię połowa kraju, stary. Ale to jest jeszcze nic. Najgorsze jest to, że od paru dni nikt nie widział Laury. Zapadła się pod ziemię.

— Jak to: zapadła się? Agencja miała mieć na nią oko. Taki był układ! — Byłem wkurzony, i to nie na żarty.

— No i miała. Ale nikt nie jest w stanie śledzić jej cały czas, tak by tego nie zauważyła. Znasz ją, jest bystrzejsza, niż jej się wydaje. Zniknęła w piątek wieczorem. Myśleliśmy, że może pojechała do rodziców do Wrocławia. Sprawdziliśmy, ale tam też ani śladu.

– Muszę ją znaleźć! – wykrzyczałem na cały głos, energicznie wstając z łóżka. – Myślisz... Myślisz, że mogli jej coś zrobić? Boże, ona jest w ciąży! – W tych okolicznościach nie wydawała się to już szczęśliwa informacja, a w każdym razie czas nie był najlepszy na radość.

– Nie panikuj, ale podejrzewamy, że ktoś ją porwał, aby spróbować wyciągnąć od niej informacje o tobie.

– Jaka jest nagroda za moją głowę?– zapytałem nagle, by dowiedzieć się, na ile poważnie mam do tego wszystkiego podejść.

– Milion złotych.

– Ona w takim stanie, w jakim jest, dałaby im tę kasę tylko po to, by ją wypuścili. Wiesz, jakim jest człowiekiem. Nie przywiązuje wagi do pieniędzy.

– To prawda. Ale nikt nie powiedział, że posiada informacje na temat tego, ile dostaną, i co bardziej prawdopodobne, że w ogóle chodzi o kasę.

– Boże, co ona musi sobie teraz myśleć? Nie dość, że jest w żałobie, to jeszcze przetrzymują ją, może nawet torturują, aby podała im informacje dotyczące męża, gdy ona jest pewna, że ja nie żyję! Jeśli jest, jak mówisz, oni nigdy jej nie wypuszczą! Muszę ją znaleźć!

Na myśl o tym, że ktoś mógłby choćby tknąć moją żonę, by ją skrzywdzić, przeszył mnie dreszcz. Laura była na to za krucha. A ja nie dałem jej nawet możliwości poddania się i wydania mnie bandziorom. Cokolwiek im mówiła, było prawdą. W tym właśnie momencie poczułem do siebie wstręt. Jak mogłem ją tak zostawić? Wcale się nie zdziwię, jeśli mnie za to znienawidzi. W końcu okłamywałem ją od dziesięciu lat. Od samego początku, kiedy się poznaliśmy...

– Stary, uspokój się! Nie możesz wyjść z kryjówki – powiedział Jakub, próbując w jakikolwiek sposób okiełznać mój wybuch gniewu.

– Ty chyba sobie żartujesz! Myślisz, że ty lub agencja możecie mnie powstrzymać? Tu chodzi o moją żonę, do cholery!

Nie tylko o jej uczucia, ale o jej życie. To nie jest już zabawa w chowanego. Nie mogę tu bezczynnie siedzieć! – krzyczałem na całe gardło.

– Agencja jej szuka! Na pewno szybko ją znajdą i przechwycą. Zabiorą w bezpieczne miejsce, aby nikomu więcej taki pomysł nie wpadł do głowy.

– Kuba! Czy ty siebie słyszysz? Ona zniknęła w piątek, tak?

– No, zgadza się.

– Tak się składa, że jest środa, do cholery! Minęło pięć dni. Pięć dni! Rozumiesz!? – Byłem już naprawdę wkurzony. Bałem się jak diabli, ale adrenalina buzująca w moich żyłach robiła swoje.

– Jak agencja się dowie...

– To co? – wszedłem mu w zdanie. – Co zrobi? Zwolnią mnie? Uśmiercili mnie, pamiętasz? Laura jest dla mnie wszystkim! Mieli jedno zadanie. Dopilnować, by nic jej się nie stało. I schrzanili to! Więc nie mów mi, co zrobi agencja, bo dobrze wiem, co ty byś zrobił, gdybyśmy rozmawiali teraz o twojej Agacie. – Po jego minie wywnioskowałem, że mam rację; użyłem dobrego argumentu. On też o tym wiedział.

– Co zatem zamierzasz? – Zrozumiał już, że nie jest w stanie mnie zatrzymać.

– Na pewno nie będę siedział i czekał. Zrobię to sam albo z pomocą agencji. Wszystko mi jedno. Tak czy siak, jadę. – Byłem zdeterminowany. Chyba każdy by był na moim miejscu.

– Ok. Jadę z tobą.

Tą decyzją Jakub mnie zaskoczył.

– Jak to? – wołałem się upewnić, czy czasami się nie przesłyszałem.

– Masz rację: gdyby to była Agata... zrobiłbym to samo. Pomogę ci znaleźć Laurę. Wiem, że ty zachowałbyś się tak samo, gdyby chodziło o moją żonę.

Ucieszyłem się, że będę miał kompana. Jakub wiedział więcej ode mnie. Jego pomoc była zatem bardzo przydatna.

— Jak dużo wiedzą moi rodzice? O ciąży? Wiedzą już, że Laura zniknęła?

— O ciąży wiedzą, oczywiście. Chyba nie podejrzewają jeszcze, że zniknęła. Zazwyczaj chodzi do nich w czwartkowe wieczory. Nie wiem natomiast, czy próbowali skontaktować się z nią telefonicznie. Wiesz, jest teraz w takim stanie, że twoja matka pewnie non stop wydzwania, aby zapytać, jak się czuje. Ale z tego, co mi wiadomo, nikt nie zgłosił jeszcze zaginięcia na policję.

— Mamy mało czasu. Musimy ją znaleźć jak najszybciej. Mógłbyś skontaktować się z agencją i zapytać, czy mają jakikolwiek trop w tej sprawie? Możesz pominąć mój udział, lub powiedzieć im prawdę, nie zależy mi już. Jak tylko znajdę Laurę, rozprawię się i z Diablo. Żadnego więcej ukrywania się. Prawniczą pensję też mam dobrą. Teraz przy dziecku chyba bym już nawet nie chciał ryzykować.

— Rozumiem, stary.

— Czy Agata wie? Wiem, że nie możesz mi powiedzieć prawdy, jaką chciałbym usłyszeć, ale muszę wiedzieć, czy tylko ja byłem taki uczciwy w stosunku do agencji.

— Nie, nie wie. Gdyby wiedziała, zapewne nie wypuściłaby mnie z domu. Wiesz, jaki to jest bojek. Petarda gdzieś wybuchnie, a ona podskakuje, jakby to bomba eksplodowała gdzieś koło domu. Nie dla niej takie informacyjne rewelacje.

— No tak, masz rację. Zdecydowanie nie na jej nerwy.

— Ale szczerze się dziwię, że Laura się jeszcze nie zorientowała. Tyle lat. Zawsze wydawało mi się, że jest na to za bystra.

— Okazuje się, że ja jestem bystrzejszy, co w żadnym wypadku jej nie umniejsza. Po prostu umiem doskonale kłamać. Poza tym moja przykrywka jest dość trudna do podważenia. Moja kancelaria non stop ma jakieś sprawy do prowadzenia. Nie po to tyle lat studiowałem prawo, żeby było to wyłącznie fikcyjną posadą. Zawsze chciałem to robić. To było moje zabezpieczenie. Pomysł na dorosłe życie bez ryzyka.

– Zazdroszczę ci. Moja przykrywka nie jest taka dobra. A już na pewno kokosów na tym nie zarobię, gdybym chciał zrezygnować z pracy w agencji.

– No, musiałbyś się faktycznie znać na informatyce, wykute formułki na pokaz to nie wszystko.

– Jak mamy jechać, to się pakuj. Nie mamy ani chwili do stracenia. Pogadać możemy równie dobrze w samochodzie – poganiał mnie Kuba. Miał rację. Dla Laury liczyła się każda minuta.

– Dobra. Zrobię to szybko, ty w międzyczasie zadzwoń do agencji.

– Jasne – powiedziawszy to, opuścił pokój hotelowy.

Wrzuciłem do torby tylko kilka rzeczy. Po resztę mogę przyjechać później. Jak już Laura będzie bezpieczna. Teraz byłem w stanie myśleć tylko o tym. Wyszedłem z pokoju i skierowałem się w stronę zaparkowanego samochodu Kuby.

– Pojedziemy moim! – krzyknąłem. – Będzie szybciej.

Był także inny powód. Tak dawno już nim nie jechałem, że stęskniłem się za pomrukiem silnika. Musiałem nieźle się natrudzić, aby Laura nie zauważyła zniknięcia samochodu. Ciężko było kupić identyczne porsche. Ale się udało. Dzięki temu pozostała mi choć ta jedna rzecz.

Wsiedliśmy do samochodu i ruszyliśmy w drogę.

– Dowiedziałeś się czegoś od agencji? – zapytałem Jakuba.

– Tak. Mają jakieś poszlaki na temat tego, gdzie może być przetrzymywana. Powiedziałem, że to sprawdzimy.

– Sprawdzimy? – Nie byłem pewien, czy dobrze usłyszałem.

– Tak, my. Powiedziałem agencji prawdę, nie ma sensu niczego przed nimi ukrywać. Nie byli zadowoleni, ale przystali na to, abyśmy przejęli akcję. Prosili tylko, by zrobić to tak, aby nikt się nie domyślił, że to ty ją uwolniłeś. Jeśli się uda, masz dalej pozostawać martwy.

– To na pewno nie będzie łatwe. Zwłaszcza jeśli mam udawać martwego także przed Laurą.

– O to akurat nie pytałem, ale jeśli sama się nie domyśli, to może się nie wychylaj. Mam plan.
– Boję się zapytać.
– Agencja ma mi wysłać lokalizację. Wstąpimy do jakiegoś sklepu i kupimy dla mnie kominiarkę. Ja wejdę tam zamiast ciebie. Sprawdzę, czy nic jej nie jest. Uspokoję ją i powiem, że niebawem ją uwolnimy.
– Nie ma mowy. Muszę ją zobaczyć na własne oczy. Nie wytrzymam już dłużej. W dupie mam agencję i to, co pomyśli. Nawalili, to niech poniosą konsekwencje.
– Dobra, ale załóż kominiarkę. Wiesz, przynajmniej będziesz miał wymówkę, że próbowałeś zachować tajemnicę.
– Plan może i dobry. Ale nawet w kominiarce nie oszukam Laury. Wystarczy, że spojrzy mi w oczy. I wtedy albo się ucieszy, albo mnie zabije.
– Możesz założyć ciemne okulary. – Jakub się roześmiał. Wiedział, że i tak mnie już nie odwiedzie od mojego planu. – Jak cię rozpozna, to trudno. Byleby innym się to nie udało. To jest najistotniejsze. Myślę, że może być w lekkim szoku, gdy cię zobaczy. W końcu nie żyjesz od kilku miesięcy... ale bez obaw. Nie zabije cię! Nie przesadzaj! Tęskni za tobą strasznie.
– A ty skąd wiesz?
– Ymm. No bo wiesz... tak się składa, że to ja byłem tym, który miał mieć na nią oko. Nie mogła nic podejrzewać, bo sprawdzałem, co u niej słychać, jako twój przyjaciel.
– I zgubiłeś ją? – Miałem ochotę go zabić.
– Wiedziałem, że tak do tego podejdziesz, więc nic nie mówiłem.
– Nieważne. Skupmy się na tym, żeby ją odzyskać. Postaraj się tym razem nie nawalić! – zagroziłem dla żartu.
– Zrobię, co w mojej mocy – zapewnił mnie.
Po paru godzinach jazdy zamieniliśmy się miejscami. Postanowiłem trochę się przespać, aby odzyskać energię. Będzie mi potrzebna. Gdy Kuba prowadził, zamknąłem oczy i wróciłem myślami do mojego ulubionego wspomnienia...

***

Byliśmy wtedy na naszym pierwszym wspólnym wyjeździe. Tydzień po tym, jak pocałowałem Laurę po raz pierwszy w sali kinowej, zaprosiłem ją do domku w górach. Z początku nie była przekonana do wyjazdu, a przynajmniej takie sprawiała wrażenie, finalnie jednak udało mi się ją namówić. Nasz pierwszy pocałunek był magiczny. Już wtedy wiedziałem, że jesteśmy sobie pisani. Powoli się zakochiwałem i musiałem zrobić wszystko, co tylko możliwe, aby odwzajemniła moje uczucie.

Wyruszyliśmy w piątek zaraz po zajęciach. Podjechaliśmy tylko do akademika po jej torbę z rzeczami. Swoją już od rana miałem w bagażniku samochodu. W akademiku wpadliśmy na Anię. Znałem ją tylko z opowiadań. Wyglądała na bardzo zaskoczoną, kiedy zobaczyła mnie i Laurę w pośpiechu zabierającą walizkę.

– A ty dokąd? – zapytała.

– Na wycieczkę – odpowiedziała Laura, a na twarz wypłynął jej piękny promienny uśmiech. Samo to wystarczyło, abym chciał zabierać ją na takie wypady już do końca życia.

– Gotowa? – zapytałem, nie mogąc się już doczekać, aż będę z nią sam na sam.

– Odkąd się urodziłam – odpowiedziała żartem i wręczyła mi bardzo ciężką walizkę.

– Co ty tu wsadziłaś? – zapytałem zaskoczony tym ciężarem.

– Jak to co? Książki.

– Naprawdę uważasz, że będziemy się uczyć? – Roześmiałem się.

– Tak. W poniedziałek mamy egzamin – odpowiedziała poważnie.

– To chyba będziemy skazani na powtórkowy – odburknąłem pod nosem, tak aby nie mogła tego usłyszeć.

Uszy Ani wychwyciły jednak mój docinek i zaśmiała się cicho, pokazując mi na znak aprobaty kciuk w górę.

— W drogę! Tony książek czekają na przeczytanie! — rzuciłem w progu i podałem jej rękę. Zlustrowała mnie wtedy spojrzeniem, jakby próbowała wyczuć, co tak naprawdę mam na myśli.

Droga zajęła nam dwie godziny. Nie jechałem szybko. Wiedziałem, że Laura tego nie lubi. Wjechałem na podjazd domku letniskowego moich rodziców. W zasadzie to nie do końca wyglądał jak letniskowy. To oni tak go nazywali. Spokojnie mogłyby tu zamieszkać i ze dwie rodziny. Domek stał na skraju lasu. W pobliżu, jak okiem sięgnąć, nie było żadnej innej zabudowy. Cisza i spokój. Widziałem, jak twarz Laury rozjaśnia się w zachwycie. Cieszyłem się, że mogę wzbudzać u niej takie emocje. Sprawiało to radość i mnie samemu.

— Jesteśmy na miejscu — powiedziałem odrobinę głośniej niż zazwyczaj, żeby przebić się przez warstwę szoku, w jakim obecnie się znajdowała.

— To ma być ten domek letniskowy? — zapytała.

— Tak — odpowiedziałem zgodnie z prawdą.

— A czy ty widziałeś kiedyś w życiu domek letniskowy?

— Tak.

— Bo ten tutaj zupełnie tak nie wygląda.

— Nie marudź! Chodźmy do środka. Chyba że wolisz wracać do akademika?

— Nie, nie chcę — odpowiedziała tak szybko, że aż się zaśmiałem. Trochę ją to speszyło.

— No chodź. Jestem pewny, że ci się spodoba. Będziesz mnie prosić, żebym zabierał cię tu częściej. — Miałem w głębi serca nadzieję, że tak właśnie będzie.

— OK. Od razu uprzedzam, że zbyt wielki luksus może doprowadzić mnie do szaleństwa.

— Nic ci nie będzie. Przyzwyczaisz się — mówiąc to, wziąłem Laurę za rękę, otworzyłem drzwi i pociągnąłem ją do środka.

Wyraz, jaki malował się na jej twarzy, zainspirował mnie do tego, aby pokazywać jej więcej pięknych rzeczy. Zasługiwała na to. Patrząc na nią, nie mogłem już dłużej czekać. Marzenie, by znów pocałować te piękne i delikatne usta, nie opuszczało mnie przez cały tydzień. Trochę obawiałem się, że mój nagły gest może ją przestraszyć, ale emocje wzięły górę. Szybkim ruchem odwróciłem ją do siebie i przyciągnąłem jak najbliżej. Napierałem ciałem, tak aby musiała się cofać. Gdy jej plecy opierały się już o ścianę, popatrzyłem jej głęboko w te piękne zielone oczy, jakich świat nie widział.

– Zwariuję, jeśli będę musiał czekać choć minutę dłużej na to, by cię pocałować!

– To nie czekaj – odpowiedziała, a moje usta już łączyły się z jej w magicznym tańcu.

Miałem dużo partnerek w życiu, ale żadna nie całowała w taki sposób. Nie tak. I nie chodziło tu o technikę. Chodziło o uczucia, które przekazywała w pocałunkach. Sprawiały, że cały mój świat drżał w posadach. Stawała się epicentrum wszystkiego. Słońcem, wokół którego chciał krążyć mój świat. Gdy po kilku minutach oderwaliśmy się od siebie, aby móc złapać głębszy oddech, wypełniało mnie szczęście.

– To co robimy najpierw? – zapytała figlarnie.

– Najpierw zabiorę cię na pyszną kolację.

– Tu jest tak przyjemnie. Czy jest szansa na to, aby kolacja przyszła do nas? Rozpalisz ogień w kominku? I będzie tak romantycznie... Hmm?

– Szansa jest zawsze. – Uśmiechnąłem się. Laura mogła być bardziej urzekająca. – Ok, w takim razie chińszczyzna przy palącym się ogniu w kominku – zadecydowałem, wiedząc, że to ją uszczęśliwi. A na tym zależało mi najbardziej.

– Ekstra! Idę się rozpakować! – Ruszyła pędem, ale po chwili stanęła jak wryta. – Yhmm, a gdzie mam iść? – zapytała zmieszana.

– Ha, ha, ha. Proponuję, byśmy zostali w sypialni na dole. Chyba że chcesz mieć swój własny pokój?

Widziałem, jak się waha. Walczyła ze sobą. Znałem już ten wyraz twarzy. Nie chciałem jej do niczego zmuszać i niczego przyspieszać. Chciałem, aby wszystko toczyło się swoim rytmem.

– Zajmij sypialnię na dole, a ja prześpię się u góry. Pierwsze drzwi na lewo – powiedziałem w końcu.

– Dzięki – odpowiedziała i zniknęła za rogiem.

Oczywiście, że chciałem spać z nią w jednym łóżku. Wiedziałem jednak, że to mogło być dla niej zbyt dużo, zbyt szybko. Skoro byłem pierwszym mężczyzną, z którym się całowała, wiadomo, że cokolwiek byśmy robili – także będzie pierwsze. Czułem lekką presję. Ciążył na mnie pewnego rodzaju obowiązek, aby pokazać jej, jakie to wszystko jest piękne. Wiedziałem jednak, że jeśli chodzi o seks, kobiety nie zawsze podchodzą do tego tak samo. Byłem doświadczony w tych sprawach, ale czy na tyle, aby dać jej najpiękniejszy pierwszy raz w życiu? Musiałem się do tego solidnie przygotować.

– I co z tą chińszczyzną? Zamawiamy?

Moje myśli przerwała Laura wchodząca do salonu.

– Jasne. Tylko włączę komputer i sprawdzimy, co mają w menu – Wyciągnąłem z torby laptop. Włączyłem WiFi i wszedłem na stronę internetową pobliskiej chińskiej restauracji. – Na co masz ochotę?

– Na wszystko – odpowiedziała, a widząc, jak klikam wszystkie pozycje w zamówieniu, dodała: – Żartowałam! Nie zjemy tego przecież.

– Nawet nie wiesz, jak dużo można zjeść. Zamówię nam próbnik menu. Dostaniemy wszystkie potrawy, ale w mniejszych porcjach. Następnym razem będziesz już wiedziała, co smakuje ci najbardziej.

– Fantastycznie! – odparła i zobaczyłem entuzjazm w jej oczach. – Jak sobie o tym myślę, to już jestem głodna. Ile trwa zazwyczaj realizacja zamówienia?

– Nie wiem. Po raz pierwszy zamawiam chińszczyznę. Zazwyczaj kończyło się na pizzy. Ale około godziny trzeba liczyć.

Sam dojazd na to odludzie, na którym się znajdujemy, zajmie im jakieś piętnaście minut.

— No tak. Wywiozłeś mnie na moczary. Powinnam się bać? — zapytała pół żartem, pół serio i popatrzyła na mnie pytająco.

— Czego? Mnie czy odludzia? — spytałem, bo rozbawiła mnie.

— Skoro już jesteśmy na odludziu, to chyba logiczne, że ciebie.

— No fakt. Przez chwilę zapomniałem, że jesteś taka bystra — dociąłem jej uszczypliwie, za co zostałem zdzielony w łeb jedną z dekoracyjnych poduszek z kanapy.

— No więc? — dopytywała, trzymając w ręku kolejną, gotowa do rzutu, jak tylko odpowiedź jej się nie spodoba.

— Mnie nie musisz się bać! Obiecuję! A może to ja powinienem bać się ciebie? Na razie to ja obrywam.

Nieco się speszyła i odłożyła poduszkę na miejsce.

— Niech ci będzie. Nikt nie musi się obawiać. Nawet cię nie dotknę! — powiedziała zdecydowanym tonem.

— No, tego to bym akurat nie chciał.

Spostrzegłem, że się zarumieniła się. Uwielbiałem, gdy całe jej policzki robiły się delikatnie czerwone. Dodawało jej to uroku.

— Czego byś zatem chciał, Marcinie? — zapytała poważnie.

To pytanie było podchwytliwe. Musiałem się zastanowić, co odpowiedzieć. Chciała zbadać grunt. Sprytnie.

— Chciałbym spędzić z tobą fantastyczny weekend i nie wyobrażam sobie przez cały ten czas nie pocałować cię ani razu.

— Na jeszcze jeden pocałunek na pewno pozwolę!

— Tylko na jeden? — zdziwiłem się szczerze.

— Nie bądź zachłanny! — zgniła mnie, po czym na widok mojej miny wybuchła śmiechem.

— Wydaje ci się to śmieszne? Ja ci zaraz pokażę, co jest śmieszne!

Wyczuła moje zamiary i w pośpiechu wstała, by uciec jak najdalej. Goniłem ją po całym domu, mając przy tym dużo śmiechu. Dopadłem ją w łazience. Nie miała już gdzie uciec. Może zrobiła to specjalnie. I gdy myślałem, że będzie próbowała się bronić, ona chwyciła mnie za sweter i przyciągnęła do siebie mocno.

— Jeden raz... — wyszeptała mi do ucha, zanim nasze usta się złączyły.

Poczułem nagły przypływ podniecenia. Fala była tak silna, że od razu byłem gotowy na ciąg dalszy. Moje ręce zaczęły błądzić po całym jej ciele. Figurę miała idealną. Gdy próbowałem dostać się pod bluzkę, odskoczyła jak oparzona.

— Masz zimne ręce! — zachichotała.
— Chodźmy rozpalić w kominku. Ogrzeję je.
— To rozumiem.

Gdy ja rozpalałem ogień, ona siedziała na kanapie i patrzyła na mnie w skupieniu. Jakby uczyła się każdej czynności, którą teraz wykonywałem. Gdy w końcu się udało, usiadłem na podłodze obok kominka i w geście zaproszenia poklepałem dywan koło siebie.

— Ręce zaraz mi się ogrzeją! — dodałem.

Widziałem, jak się waha. Jakby nie była pewna, czy chce sobie pozwolić na dalszy ciąg.

Gdy już zdecydowała się do mnie dołączyć, zadzwonił dzwonek do drzwi. Świetny czas — pomyślałem sobie. Lepiej trafić już nie mógł. Wstałem pospiesznie i otworzyłem. Po chwili przyniosłem do salonu cztery duże reklamówki pełne jedzenia.

— Boże drogi! — wykrzyczała Laura. — Chyba oszaleliśmy! W życiu tego nie zjemy.

— Musimy wymyślać sobie czynności, które zużywają dużo energii — odpowiedziałem, puszczając do niej oczko. Tekst był tandetny, wiedziałem o tym, nie byłem jednak w stanie wymyślić na tę chwilę nic lepszego.

— Jak nie chcesz oberwać znów poduszką, to radziłabym ci przynieść talerze — powiedziała z uśmiechem, co zminimalizowało jej groźbę do zera.

***

Z rozmyślań wyrwał mnie pisk opon. Otwarłem oczy z lekkim przerażeniem.
— Co się dzieje?
— Nic, jakiś dupek nie umie prowadzić — odpowiedział Jakub.
— Zdarza się. Chcesz się zamienić?
— Możemy. Spałeś coś?
— Bardziej odpoczywałem, wspominałem.
— Nic jej nie będzie, stary! Niedługo będziemy na miejscu. Dostałem dane od agencji. Została nam godzina drogi. Zatrzymamy się tylko po sprzęt. I zmienimy samochód. Nie możesz podjechać tam porszakiem.
— OK. Boże, nie mogę się doczekać, aż ją zobaczę. — wyznałem. Już sam fakt tak długiej rozłąki sprawiał, że tęskniłem za nią przeogromnie, do tego doszła teraz obawa, że ktoś może ją skrzywdzić. Bałem się, jak nigdy wcześniej w życiu. Jedynie działanie odwracało moje myśli i chroniło mnie przed wybuchem paniki.
— Pamiętaj. Buzia na kłódkę, chyba że sama się skapnie, kim jesteś — przypomniał mi Jakub.
— Równie dobrze mógłbym jej od razu powiedzieć. Rozpoznanie mnie zajmie jej parę sekund.
— Marcinie, ona myśli, że nie żyjesz...
— Wiem. Ale jestem pewny, że porywacze zapalili już światełko sugerujące, że może to nieprawda. Więc będzie otwarta na wszelkie możliwości. Założę się, że wręcz pragnie, aby mnie odnaleźli.
— W sumie to całkiem możliwe. — przyznał mi rację.

Godzinę później byliśmy na miejscu. Załatwiłem sobie kominiarkę i czarną skórzaną kurtkę, aby wyglądać bardziej po gangstersku. Jakub zaparkował pod starym blokowiskiem. Nie kojarzyłem tej dzielnicy. Nie podobało mi się to. Nie mieliśmy czasu na dokładne zbadanie terenu i przeanalizowanie możliwych dróg ucieczki. Na razie miał być to tylko zwiad, ale wolałbym mieć wszystkie informacje od razu.

Mieszkanie, które zlokalizowała agencja, mieściło się na parterze. Weszliśmy do klatki schodowej. Śmierdziało na niej stęchlizną. Jakub dał mi znak, że zostaje na zewnątrz, a ja wziąłem głęboki oddech i zapukałem do mieszkania. W drzwiach już po chwili pojawił się krępej, solidnej budowy mężczyzna, na twarzy miał kominiarkę, a na rękach rękawiczki.

— Co jest? — zapytał.

— Przysłał mnie Diablo. Mam sprawdzić prawdziwość informacji, że przetrzymujecie żonę ściganego.

— To prawda — odpowiedział. — Przetrzymujemy.

— Muszę ją zobaczyć.

— To niemożliwe.

— Dlaczego? — Zaczynałem się wewnętrznie coraz bardziej irytować.

— Nie wolno mi nikogo wpuszczać, bo będę miał kłopoty.

— Kłopoty to ty będziesz miał, jak przekażę Diablo, że okłamujecie go, twierdząc, że posiadacie żonę poszukiwanego. A wierz mi, że co jak co, ale Diablo bardzo nie lubi być okłamywany. Wybór należy do ciebie. Muszę ją tylko zobaczyć i zamienić parę zdań, by zweryfikować jej tożsamość. To wszystko.

— Dobra, wchodź. I tak mam już kłopoty. Większych nie potrzebuję — zaburczał pod nosem.

Czyżby Laura już coś nawywijała...? Zdecydowanie miała do tego smykałkę. Wszystko zatem było możliwe.

Wszedłem do mieszkania i zamknąłem za sobą drzwi. Była to duża kamienica. W dzisiejszych czasach nie budowało się już tak dużych mieszkań. To miało spokojnie około sto

pięćdziesiąt metrów kwadratowych. Poszedłem w ślad za krępym mężczyzną, aż doprowadził mnie do metalowych drzwi zamkniętych od zewnątrz na dwa zamki.
– Jest w środku – powiedział bez cienia emocji w głosie.
– Dobrze. Otwórz drzwi i poczekaj na mnie na zewnątrz.
– Ale... – próbował się stawiać.
– Nie ma żadnego „ale"!– wszedłem mu w słowo.
Popatrzył na mnie lekko zdziwiony, ale i podenerwowany, nie wiedząc, co ma zrobić.
– OK. Byle szybko. W każdej chwili może wrócić mój szef. I jestem pewny, że nie spodoba mu się to, co zobaczy.
Wszedłem do środka, zapaliłem światło, po czym pospiesznie zamknąłem za sobą drzwi. Przez chwilę stałem i patrzyłem, jak śpi. Aż żal mi było ją budzić. Nie miałem jednak innego wyjścia.
– Laura? – zapytałem dość głośno. Wiedziałem, jakim śpiochem potrafi być i jak powoli dochodzi do siebie po przebudzeniu. Jednak tym razem usłyszawszy swoje imię, zerwała się szybko i usiadła na łóżku wyraźnie przestraszona.
– Mówiłam już, że nie wiem nic więcej oprócz tego, co wam powiedziałam. Dajcie mi w końcu święty spokój! – Wyglądała na przerażoną.
Mimo że w pomieszczeniu było dość ciepło, ona trzęsła się jak osika. Podszedłem do niej bliżej, tak aby mogła mnie widzieć; miałem w dupie zalecenia agencji. Lekko się wzdrygnęła, nie wiedząc, czego się spodziewać. Nie mogłem nic powiedzieć, owszem, ale nie było mowy o tym, że nie wolno mi trochę pomóc jej w rozpoznaniu mnie. Chciałem, by mnie rozpoznała, chciałem zakończyć jej żałobę. Nie chciałem ranić jej w żaden sposób, ani sekundy dłużej. Kucnąłem tak, by być na wysokości jej oczu. Przez chwilę wpatrywałem się w nią z zachwytem. Wyglądała jak zawsze – pięknie. Wystarczyło jej zaledwie parę sekund, aby mnie rozpoznać. Jej oczy rozświetliły się blaskiem, a cały strach odszedł w niepamięć.

– Zabiję cię – powiedziała tak cicho, abym tylko ja mógł to usłyszeć.
– Wiem, nie winię cię – odpowiedziałem również szeptem.
– Co tu robisz? – zapytała.
Nie mogłem uwierzyć, że to było jej pierwsze pytanie.
– Jak to co? Ratuję cię.
– To wcześnie się za to zabrałeś. Policzymy się później. Jaki masz plan? – przeszła od razu do rzeczy.
– Na ten moment nie mam. Musisz jeszcze trochę wytrzymać. Udaję na razie jednego z nich. Potrzebuję więcej czasu, żeby dokładnie nakreślić sobie plan, jak cię uwolnić, by nie wiedzieli, że to ja.
– Czemu?
– Nie mogą wiedzieć, że żyję.
– Oni już wiedzą! Myślisz, że dlaczego mnie porwali? Na plotki? – spytała z ironią.
Cała Laura. Musiałem mocno się powstrzymywać, aby się nie roześmiać.
– Nie wiedzą. Mogą podejrzewać, ale pewności nie mają, i niech tak pozostanie – wyjaśniłem.
– Przeszłam przez ciebie piekło – wyrzuciła mi, tym razem na poważnie.
– Wiem. Mieli pilnować, by nic ci się nie stało.
– Nie chodzi mi o porwanie. Tu jest nawet znośnie. Dobry dba o mnie w miarę swoich możliwości. Nie rób mu krzywdy.
– Co, kurwa? – zadziwiła mnie na maksa.
– Nie ma czasu, potem sobie wszystko opowiemy. Choć jest jedna rzecz… – Zawahała się, a ja podejrzewałem, co chce mi powiedzieć; nie mogłem się tego nie domyślić.
– Wiem, kochanie. Powiedzieli mi dzisiaj, razem z informacją o tym, że cię porwano. Nawet nie wiesz, jak bardzo się cieszę. Oczywiście z dziecka, nie z porwania – dodałem dla pewności. – Muszę już iść. Nie chcę wzbudzać podejrzeń. Będę blisko. Niedługo po ciebie wrócę, bądź gotowa.

— Na ciebie zawsze jestem — odpowiedziała, puszczając mi oczko. Flirciara. Z biegiem lat była w tym coraz lepsza, choć myślałem, że to niemożliwe.

— Pocałowałabym cię, gdybym mógł.

— Wiem. Idź już, zanim ktoś się zorientuje, co jest grane. Uderz mnie...

— Co? Nie! — oburzyłem się.

— Będzie bardziej realistycznie — wytłumaczyła.

— Nie ma mowy! — zaprotestowałem i już miałem dodać, że to nie film, ale mi przerwała.

— To spadaj, bo nas wydasz. I kup jedzenie, jak przybędziesz z odsieczą. Tylko dużo — rozkazała.

— OK. Kocham cię.

— Ja ciebie też.

Gdy wychodziłem z mieszkania, śledzony wzrokiem porywacza, czułem smutek. Nie chciałem jej tam zostawiać nawet na sekundę. Nie miałem jednak wyboru. Musiałem przeprowadzić całą akcję z głową. Nie mogłem pozwolić na to, aby kierowały mną emocje, które mogłyby przesłonić zdolność racjonalnego myślenia. To było zadanie dla agenta o numerze dziewięć dziewięć pięć, nie dla męża Laury.

Przed klatką schodową rozejrzałem się za Jakubem. Stał na uboczu, tak by nikt z mieszkania nie mógł go dostrzec. Wsiadłem do samochodu i odjechałem kilkaset metrów. Tam dołączył do mnie Kuba.

— I co? Wszystko z nią w porządku?

— Tak. Jest tylko głodna. Kazała się nie pokazywać bez jedzenia.

— Rozpoznała cię?

— Od razu. Zagroziła, że mnie zabije. — Na samo wspomnienie zachciało mi się śmiać.

— Uch. Ostro. Z drugiej strony, czego się spodziewałeś? — skwitował, choć sam nie tak dawno zapewniał mnie, że tak nie będzie.

– W zasadzie to spodziewałem się, że będzie gorzej. Ale była chyba w lekkim szoku.

– Nikt nic nie podejrzewa? – zapytał.

– Chyba nie. Byłem ostrożny.

– To dobrze. Musimy się zastanowić, co teraz.

– Oby szybko. Nie chcę, by została tam choćby minutę dłużej niż to konieczne.

– Zrozumiałe. Jedziemy do agencji. Przyjedziemy ze wsparciem.

– Jak niby chcesz to zrobić, skoro ja nie żyję?

– No tak, zapomniałem o tym. Laura już wie, że żyjesz. Nie możemy dalej tego ukrywać. Zadzwonię do nich i zobaczymy, co będą mieli na ten temat do powiedzenia.

– Nie, ja zadzwonię. W końcu tu chodzi o mnie.

– OK. W takim razie do dzieła.

W drodze do agencji wróciłem wspomnieniami do naszego pierwszego wspólnie spędzonego weekendu. Tego samego, podczas którego Laura stała się najważniejszą osobą w moim życiu. Wtedy się zakochałem. I miłość ta nigdy nie ustała. Wręcz przeciwnie – z dnia na dzień była coraz silniejsza.

***

Przez dwie godziny siedzieliśmy przed kominkiem, jedząc próbne potrawy chińskiej restauracji. Rozmawialiśmy i śmialiśmy się cały wieczór. Bawiłem się świetnie. Czułem się bardzo swobodnie w jej towarzystwie. Mogłem być w pełni sobą. Gdy nasze brzuchy nie mogły przyjąć już ani jednego kęsa więcej, zmęczeni postanowiliśmy, że to chyba najwyższa pora, aby udać się do łóżek. Zgodnie z umową Laura zajęła sypialnię na dole. Pożegnałem ją długim namiętnym pocałunkiem.

– Dobranoc – powiedziała.

– Nie będzie tak dobra, gdy nie będzie cię obok – odpowiedziałem, licząc, że tymi słowami jakoś ją przekonam.

– Nie przekraczaj granicy. I tak dostałeś już więcej buziaków niż było w umowie – mówiąc to, patrzyła mi prosto w oczy.

Uwielbiałem to. Zatapiałem się w zieleni jej spojrzenia jak w trawach na łące, a żółte plamki otaczały mnie niczym kwiaty muskające płatkami moją duszę.

– Masz rację. Zresztą zawsze masz rację. Ale będę tęsknił, to tyle godzin bez ciebie u boku – przyznałem niechętnie i udawałem tak smutnego, jak tylko mogłem.

– Zmyj z twarzy tę smutną minkę. Jutro jest kolejny dzień. Nigdzie się nie wybieram, a im szybciej zaśniesz, tym szybciej się obudzisz. – Zawsze miała idealną ripostę. Jakby przewidywała, co powiem i zawsze była gotowa na odbicie piłeczki w naszych grach słownych.

– OK. Choć pewnie i tak nie zasnę, wiedząc, że jesteś w pobliżu. – Podszedłem do niej i pocałowałem ją delikatnie w czoło, po czym powoli skierowałem się w stronę jednej z sypialni na piętrze.

Kiedy wchodziłem po schodach, czułem smutek. Pogłębiał się z każdym następnym stopniem. To już wtedy powoli zaczynałem rozumieć, jak wiele znaczy dla mnie ta istota. Gotowy do snu rzuciłem się na łóżko i odpłynąłem wspomnieniami do jej pocałunków. Błogość i szczęście, jakie ogarniały mnie na samą myśl o nich, powoli mnie usypiały. Błądziłem już pomiędzy snem a jawą. Wtedy usłyszałem otwierające się drzwi. Na mojej twarzy pojawił się lekki uśmiech zwycięstwa. Nie otwierałem jednak oczu. Udawałem, że śpię. Materac lekko ugiął się pod jej ciężarem, gdy siadała na łóżku. Starała się to robić bardzo powoli i bardzo cicho. Po chwili już czułem jej bliskość. Biło od niej przyjemne ciepło. Delikatnie położyła głowę na moim torsie i przytuliła się.

– Jeśli nie śpisz, udaj, że jest inaczej. Potrzebowałam twojej bliskości – wyszeptała bardziej do siebie niż do mnie.

Urzekła mnie ta krótka przemowa. Udawałem więc nadal, jak dziecko ciesząc się w duchu z tego, że jest blisko. Nie trwało to jednak długo, chwilę później przyszedł po mnie sen.

Gdy się przebudziłem, już jej nie było. Posmutniałem. Nie wiedziałem do końca, jak się zachować. Postanowiłem, że dopasuję się do niej w tej kwestii. Wziąłem kąpiel i zszedłem na dół. Krzątała się już po kuchni, nucąc sobie coś pod nosem. Chwilę stałem w progu, obserwując ją tylko, i coraz bardziej się zakochiwałem.

— Masz ochotę na kawę? — zapytała, nawet się nie odwracając.

— Tak, poproszę. Skąd wiedziałaś, że tu jestem? — zapytałem zdziwiony. Jakieś medium czy co...?

— Razem z tobą przyszedł zapach twoich perfum. Nie zawsze muszę cię widzieć, żeby wiedzieć, że jesteś blisko. Wylewasz ich na siebie tyle, że z kilometra bym cię wyczuła.

— Sprytnie! — Podszedłem do niej i ucałowałem ją w policzek. — Dzień dobry!

— Dzień dobry. Jak minęła ci noc? — zapytała i już wtedy wiedziałem, że gra się nie zakończyła.

— Zasnąłem bardzo szybko, a ty?

— Ja też — odpowiedziała. Prędko odwróciła głowę, ale widziałem ten unoszący się kącik jej ust. Było jej na rękę to, że nic nie wiedziałem.

Postanowiłem to tak zostawić. Nie chciałem jednak ułatwiać jej zadania.

— Mam nadzieję, że łóżko było wygodne? — zapytałem.

— Tak. Bardzo — speszyła się lekko.

— Cieszę się. Będziesz musiała wytrzymać na nim jeszcze jedną noc. — Nie mogłem się oprzeć, aby jednak rzucić jakimś docinkiem.

— Bez problemu — odpowiedziała, unosząc wysoko głowę.

Wiedziałem już, co to oznacza. Czuła się urażona. Lubiłem patrzeć w takich chwilach na jej zadarty, mały nosek.

– Co chcesz dziś robić? – zapytałem. Chciałem, by to ona dokonała wyboru.

– Hmm. Sama nie wiem. Zaskocz mnie. – Uśmiechnęła się promiennie.

Kiedy się uśmiechała, jej twarz była tak piękna, że chciało się położyć cały świat u jej stóp – za kolejny uśmiech. Zastanawiałem się, co uszczęśliwiłoby ją najbardziej. Nie było tu zbyt wiele atrakcji. Rodzice kupili ten domek, by móc się wyciszyć i odpocząć.

– Może poranny spacer? – zaproponowałem. – A potem zobaczymy.

– OK. Ty tu jesteś szefem.

– Naprawdę? – złapałem okazję.

– No… tak… – Zawahała się delikatnie. Znała mnie już wystarczająco dobrze, aby wiedzieć, że takie zagrania z mojej strony zawsze mają jakieś ukryte znaczenie.

– W takim razie jako szef zarządzam, że mogę całować cię, kiedy tylko zechcę.

– Ej. To nie w porządku. Nie o takie rządzenie mi chodziło! – oburzyła się.

– Nie? A to przepraszam – odpowiedziałem i zacząłem się śmiać. Zaraz potem zawtórowała mi Laura.

Spacerowaliśmy po pobliskich lasach, trzymając się za ręce. Pomimo braku władzy – co rusz kradłem jej pocałunki. Za każdym razem udawała, że się boczy. Wiedziałem jednak, że jest inaczej. Cieszyło ją to.

***

– Jesteśmy na miejscu – powiedział nagle Jakub, wyrywając mnie bezlitośnie z pięknego wspomnienia.

– Ech… – westchnąłem i wysiadłem z samochodu.

– Gotowy? – zapytał.

– A kiedy ja nie byłem gotowy?

— No fakt. Nie przypominam sobie takiej sytuacji. — Podrapał się po brodzie.

Weszliśmy do wielkiego biurowca położonego w samym centrum Krakowa. Budynek był stary. Agencja specjalnie nie odnawiała go od zewnątrz, aby nie rzucał się w oczy. Niewielu ludzi o niej wiedziało. Oprócz pracowników i agentów tylko ludzie u władzy wiedzieli o naszym istnieniu. Mówili na nas „agenci TASS". Był to skrót od pełnej nazwy: Tajna Agencja Służb Specjalnych.

Weszliśmy po schodach na ostatnie piętro. Udało nam się przemknąć niezauważenie do gabinetu szefa agencji. Dawno nie byłem już w tych murach. Przywołały uczucie tęsknoty za adrenaliną, jaką to miejsce mi dawało. Tą samą, za którą musiałem zapłacić bardzo wysoką cenę.

— Marcinie. — Usłyszałem głos szefa, jak tylko weszliśmy do pokoju.

— Konradzie. — Ukłoniłem się z szacunkiem.

— Znalazłeś ją? — zapytał.

— Tak. Muszę ją stamtąd jak najszybciej wydostać.

— Była torturowana?

— Nie, a przynajmniej nie fizycznie.

— To dobre wiadomości. Przepraszam cię za nasze niedopatrzenie — mówiąc to, spojrzał groźnie na Jakuba.

— W porządku. Na jakiego typu akcję mam pozwolenie?

— Na jaką chcesz, byle nie wydało się, że nadal żyjesz.

— Laura mówi, że oni to już wiedzą. Szukają mnie. Nie uwierzyli w moją śmierć. Jest za mnie nagroda.

— Wiem. Kupa forsy. Pół Polski cię ściga. Musisz się mieć na baczności.

— Gdziekolwiek mnie nie wyślecie, Laura jedzie ze mną. Nie zostawię jej już — powiedziałem ostro.

— W porządku. Co prawda nie podoba mi się fakt, że jej powiedziałeś, mieliśmy umowę.

– Nie powiedziałem jej. Od razu mnie rozpoznała.

– Ech... Wynajdę wam jakieś miejsce, w którym się ukryjecie, dopóki sytuacja się nie uspokoi i nie dorwiemy Diablo. Zabierajcie stąd swoje tyłki i omówcie z ekipą plan, jak ją odbić.

Kierując się do pokoju operacyjnego, myślałem tylko o tym, jak będę szczęśliwy, gdy w końców znów zamknę Laurę w swoich ramionach.

Parę godzin później wraz z ekipą ruszyliśmy na akcję. Wszystko było idealnie zaplanowane. Zdziwił nas fakt, że mieszkania nikt nie pilnował. Przecisnąłem się pomiędzy agentami, kierując się do pokoju, w którym przetrzymywana była Laura. Gdy otworzyłem drzwi, ogarnął mnie potworny strach. Pomieszczenie było kompletnie puste...

Oczami Laury

Gdy tylko wyszedł, zapłakałam ze szczęścia. Żył. Okłamał mnie i oczywiste było, że czekała go za to kara – kara pocałunkiem, zgodnie z naszą obietnicą. Żył. To było teraz najważniejsze – dla mnie i dla małej istotki zamieszkującej moje ciało. W mojej głowie kłębiło się mnóstwo pytań. Czemu sfingował swoją śmierć? Kim tak naprawdę był…? Liczyłam na to, że już niebawem poznam wszystkie odpowiedzi. Otarłam zabłąkane łzy rękawem bluzki, którą miałam na sobie już o kilka dni za długo. Za drzwiami usłyszałam hałas. Skuliłam się w kącie łóżka, licząc w nadziei na to, że Marcin pojawi się tu jak najszybciej. Zamknęłam oczy i otulając ciasno brzuch, położyłam się na boku i odpłynęłam do wspomnień. Tych najpiękniejszych. Tych, gdzie padały najpiękniejsze w naszym związku obietnice.

***

Zbliżał się kolejny wieczór naszego weekendu. Denerwowałam się. Uczucie to mieszało się z podnieceniem. Wczoraj mi się udało. Nie wiedział, jak bardzo potrzebowałam jego bliskości.

Zupełnie niepostrzeżenie ukradłam mu nocą ciepło jego ciała, bezpieczeństwo, jakie dawały jego ramiona. Wiedziałam, że dziś będę potrzebowała tego równie mocno. Uwielbiałam jego pocałunki. Powoli przestawały jednak wystarczać. Miałam niedosyt. Chciałam więcej. Ale nie wiedziałam, jak daleko odważę się posunąć. Miałam zerowe doświadczenie w tych sprawach. Nie chciałam, aby moje działania uznane zostały przez niego za pokraczne i śmieszne. Liczyłam trochę na niego. On miał doświadczenie, wiedział też, że jest moim pierwszym. Znałam go już na tyle, by wiedzieć, że nie zrobi nic bez mojego przyzwolenia. Ta myśl dodała mi odwagi.

Po wspólnie zjedzonej kolacji leżeliśmy na sofie przy kominku i oglądaliśmy film. Moja głowa spoczywała oparta o jego klatkę piersiową, która unosiła się i opadała, lekko mnie kołysząc. Gdy się skupiłam, słyszałam bicie jego serca. Powolne i miarowe. Silne jak on sam. Jego ręka obejmowała mnie w talii, przytrzymywała delikatnie, abym nie odsunęła się ani o milimetr. Byliśmy parą. Nigdy żadne z nas nie powiedziało tego na głos. Wydawało mi się jednak oczywiste, że nie musimy tego w żaden sposób definiować. Po prostu byliśmy. Trwaliśmy w tym szczęściu, zachłannie się nim rozkoszując. Były to dla mnie nowe doznania. Miałam nadzieję, że pomimo większego doświadczenia w tych kwestiach – dla niego także. Jakby czytając mi w myślach, pochylił się i delikatnie pocałował kącik moich ust, które rozszerzyły się w uśmiechu.

– Co cię tak bawi? – zapytał.
– Ty! – odparłam, nie przestając się uśmiechać.
– Ja? Taki jestem zabawny?
– Nie. Taki czarujący! – odpowiedziałam, trzepocząc zalotnie rzęsami.
– Kto by pomyślał – powiedział i pocałował mnie ponownie w to samo miejsce.
– Jeszcze!

– Co jeszcze?
– Chcę więcej! – nalegałam.
– A zasłużyłaś? – zapytał i podniósł brwi w oczekiwaniu na to, co odpowiem.
– A co trzeba zrobić, aby zasłużyć? – Starałam się być tak czarująca, jak tylko potrafię.
– Czy ty zawsze musisz odwrócić kota ogonem? – udawał poważnego, ale wiedziałam, że musi mocno się powstrzymywać, aby się nie roześmiać.
– To zasłużyłam czy nie? – naciskałam.
– Muszę się zastanowić – odpowiedział, podtrzymując ręką brodę na znak namysłu. Wyglądał komicznie.
– To chyba było zbyt trudne pytanie, bo aż ci się kurzy z uszu – dowaliłam i wiedziałam, że posunęłam się za daleko, więc wykorzystałam moment, wymknęłam się z jego objęć i zaczęłam uciekać.

Zareagował natychmiastowo, chwycił mnie w locie na końcu korytarza. Śmiał się do rozpuku, gdy przekładał mnie sobie przez ramię.

– Niegrzeczna dziewczynka! – powtarzał, klepiąc lekko moje pośladki. – I sama sobie teraz odpowiedz: czy zasłużyłaś?
– Na to pytanie każde z nas będzie miało inną odpowiedź – powiedziałam wymijająco.
– Jaka będzie twoja? – dopytał.
– To chyba oczywiste. Zasłużyłam jak najbardziej!
– Chyba na lanie – powiedział, kładąc mnie z powrotem na sofie.
– Chcesz mnie ukarać? Kobietę karze się tylko pocałunkiem. – Przestałam ukrywać pragnienia. Były we mnie zbyt głęboko i zbyt intensywne, abym mogła dłużej się z nimi kryć.
– W taki sposób mogę cię karcić całe życie. – Jego ton, gdy to mówił, był tak męski, że po całym ciele przeszły mnie ciarki. Zrobiło mi się nagle gorąco. Jakby płomień z kominka zajął kanapę i znajdował się niebezpiecznie blisko.

– To postanowione. Byłam niegrzeczna i trzeba mnie ustawić do pionu!

Nie musiałam się powtarzać. Pochylił się i pocałował mnie delikatnie, po czym spojrzał mi w oczy.

– Nadal będę niegrzeczna! – podsycałam sytuację, obawiając się, że to już koniec pieszczot. Wtedy zegar nad kominkiem wybił północ.

– No, kopciuszku! Czas do spania.

Przez chwilę myślałam, że żartuje. Przynajmniej miałam taką nadzieję. On jednak wstał i skierował się w stronę schodów wiodących na piętro.

– Ty tak na serio? – zapytałam mocno zdziwiona i zawiedziona zarazem.

– Dobranoc, Lauro – odpowiedział tylko. Nawet się nie odwrócił.

Poczułam rosnącą we mnie złość. Jak mógł zostawić mnie tutaj na tej kanapie, w takim momencie? Poczekałam, aż zniknie na piętrze i ruszyłam w kierunku swojej sypialni.

Stałam pod strumieniem wody ponad dwadzieścia minut – mimo że gorącym, to studzącym wewnętrzne płomienie, jakie się we mnie obudziły. Musiałam zmyć z siebie to pragnienie. Nie wiedziałam, jak długo wytrzymam, zanim posiądzie nade mną całkowitą władzę i będzie kontrolować każdy mój ruch. Gdy wychodziłam spod prysznica, cała łazienka była zaparowana. Poczułam się jak we mgle. Zagubiona. Uwięziona przez własne pragnienia jak w klatce. Przewiązałam się ręcznikiem i podeszłam do lustra. Przejechałam dłonią po szybie, aby móc spojrzeć na swoje odbicie. Czy coś się zmieniło? Czy świat zewnętrzny dostrzegał to, co dla mnie było oczywiste? Twarz wyglądała niby tak samo. Być może oczy lśniły delikatnie dziwnym blaskiem. Pchnięta nagłym uczuciem, napisałam na lustrze: „Kocham cię".

Wpatrywałam się w to szybkie i niespodziewane wyznanie swoich uczuć i wiedziałam, że jest prawdziwe, choć sama nie mogłam w to jeszcze uwierzyć. Kochałam go. Przerażona tym faktem, nie chcąc, by ktokolwiek oprócz mnie się o tym dowiedział, zmyłam szybko napis z lustra. Speszona wyszłam z łazienki i skryłam się pod fałdami aksamitnej pościeli. Nic jednak nie mogło dorównać miękkości jego ramion.

Czułam pokusę. Jakie było prawdopodobieństwo, że już śpi? Jakieś było. Ale czy naprawdę chciałam, aby spał? Duża część mnie chciała iść na górę właśnie po to, aby go obudzić. By całować go, aż do utraty tchu, do samego rana. Dotykać każdego najmniejszego kawałka jego ciała. Zanurzać palce we włosach i przyciągać go co rusz do siebie jak najbliżej. Właśnie tego chciałam. Chwyciłam się mocno barierek ramy łóżka. Żałowałam, że nie mam przy sobie pary kajdanek, aby się do niej przypiąć. Na pewno by to pomogło. Bez nich nie było bariery. Nic mnie nie wstrzymywało. Kotłowałam się w pościeli, kręcąc się z boku na bok i na siłę próbując zasnąć. Jednak dla mojego ciała to była ostatnia na tę chwilę rzecz na liście do zrobienia. Czegokolwiek bym próbowała, skazana byłam z góry na porażkę. Był zbyt blisko, abym ja umiała być daleko.

Zmęczona walką z samą sobą – powoli wyszłam z pokoju. Oczywiście, że biłam się z myślami. Nie było to do końca racjonalnie przemyślane posunięcie. Po raz pierwszy w życiu pozwoliłam sobie na pewien rodzaj spontaniczności. Gdy wchodziłam po schodach, czułam lekki strach. Wiedziałam, jak zakończy się moja nocna eskapada. Chciałam tego najmocniej na świecie, jednocześnie się tego obawiając.

Stanęłam w progu lekko uchylonych drzwi do jego sypialni. Słyszałam, jak oddycha. Powoli i miarowo. Spał. Czułam lekkie rozczarowanie, że na mnie nie czekał. Z drugiej strony – skąd mógł wiedzieć, że przyjdę? Popchnęłam drzwi, przyciągana do niego niczym magnes, a te delikatnie zaskrzypiały. Stanęłam w bezruchu, wstrzymując oddech. Nawet się nie poruszył.

Podeszłam do łóżka i przyglądałam się mu w milczeniu. To było jak oglądanie jednej z najpiękniejszych rzeźb Michała Anioła. Każda rysa jego twarzy była idealna. Był piękny, jedyny w swoim rodzaju, jednocześnie zachwycający i frustrujący. Czy przeznaczenie miało być dla mnie na tyle łaskawe, aby pozwolić mi posiąść jego serce? Aby ze wszystkich dusz na całym świecie pokochał właśnie moją? Marzyłam o tym. Wiedziałam też, że marzenia są złudne. Ja wpadłam już w pułapkę miłości. Nie miałam wyjścia. Już teraz istniało ryzyko, że złamie mi serce. Cokolwiek zrobię, już niczego to nie zmieni. Chciałam właśnie z nim przecierać nowe dla mnie życiowe ścieżki. Aby prowadził mnie w miejsca, gdzie jeszcze nigdy nie byłam. Pokazywał rzeczy, o których mi się nie śniło. Przyłapałam się nawet na myśleniu, że poszłabym za nim wszędzie, że nieważne, jak długo będzie obok, ja nigdy nie nacieszę się nim wystarczająco mocno. Czy tak właśnie wyglądała prawdziwa miłość?

– Będziesz się tak dalej gapić, czy zdecydujesz się w końcu do mnie dołączyć?

Na te słowa podskoczyłam jak oparzona. Moje policzki pokryły się czerwienią mogąca dorównać lawie. Zastanawiałam się, czy uciekać, czy zostać.

– Jeśli nadal będziesz traciła czas na to, aby się czerwienić, będę musiał wstać i cię ukarać za tak ogromne marnotrawstwo – dodał po chwili, a ja nie mogłam wyjść z podziwu, jak dobrze mnie już zna. Zapraszającym gestem odsłonił róg kołdry. – Chodź do mnie. Już myślałem, że się ciebie nie doczekam. Co tak długo?

W dalszym ciągu nic nie mówiłam. Jak w transie wślizgnęłam się pod kołdrę.

– Jak to długo? – zapytałam zdziwiona, gdy dotarły do mnie w końcu jego słowa.

– Wczoraj zjawiłaś się dużo szybciej – stwierdził.

Zaniemówiłam. Chciałam dosłownie ukryć się pod łóżkiem i już stamtąd nie wychodzić. Wiedział. Cały czas wiedział i kłamał jak z nut. Specjalnie zostawił mnie w taki sposób tam na dole.

– Ty kłamco. I kto tu teraz zasłużył na karę?

– Przyznaję się. Jak to dobrze, że kara jest tak przyjemna. Jestem gotowy. Ukarz mnie. – Koniec zdania wymówił już prawie szeptem, zbliżając się do moich ust.

Pomimo lekkiej irytacji nie byłam w stanie mu się oprzeć. Zanim jego głowa zbliżyła się wystarczająco, wsunęłam palce w jego włosy i przyciągnęłam go energicznie do siebie. Nie miałam litości. Karałam go z taką pasją i namiętnością, jakiej nie czułam jeszcze nigdy. Obudziły się we mnie płomienie. Jakby zawsze tam były, lecz uśpione, czekały na tę jedną iskrę, która w milisekundzie tworzy ogień zdolny roztapiać lodowe góry, a ja topniałam w jego ramionach. Zadrżałam, gdy jego ręka wślizgnęła się delikatnie pod satynowe pasmo materiału, dotknęła mojego biodra i lekko muskała skórę opuszkami. Na chwilę przestał mnie całować.

– Nie zrobię niczego, na co nie jesteś gotowa. Nie przekroczymy granicy – powiedział i uśmiechnął się.

Patrzył na mnie jak zaczarowany. Jakbym była jedyną osobą na świecie, która ma dla niego znaczenie. Zatonęłam w blasku jego oczu i uczuć do niego. Czułam w duchu, że to, co widzę, jest prawdziwe i niepewność, jaką dotąd odczuwałam, ulotniła się zupełnie, zostawiła mnie w pełni gotową i pewną do pierwszego razu z tym wspaniałym mężczyzną. Po raz kolejny przyciągnęłam go do siebie, dając mu do zrozumienia, że nie chcę przestawać.

– Nie ma takiej granicy, której nie chciałbym z tobą przekroczyć – szepnęłam mu do ucha.

I wtedy rozpętało się piekło. W pięknym tego słowa znaczeniu. Przylgnął do mnie mocno i zamknął szczelnie w swoich ramionach. Całował każdy milimetr mojej twarzy.

– Nie widzę twoich oczu, ale dokładnie wiem, jaki mają teraz wyraz – powiedział nagle, odrywając się ode mnie. – A wiesz dlaczego?

– Nie wiem – odparłam, wykorzystując sytuację na złapanie oddechu.

– Bo to najpiękniejsza rzecz, jaką kiedykolwiek widziałem. I chcę móc na nie patrzeć tak długo, jak tylko mi na to pozwolisz.

– Jak długo tylko będziesz chciał – odpowiedziałam urzeczona jego wyznaniem.

Nie były to jeszcze dwa potężne słowa, które każdy chce usłyszeć. Kryły jednak przesłanie, którego nie dało się opacznie zrozumieć. Każde jego słowo i czyn sprawiały, że byłam jeszcze bardziej pewna tego, że to będzie ten wymarzony i jedyny pierwszy raz. I że nigdy nie będę w stanie go żałować, nawet jeśli nasze drogi się rozejdą. Ta pewność wystarczyła, abym otworzyła się na niego całkowicie.

– Chcę się z tobą kochać – powiedziałam nagle, zaskoczona słowami, które wypłynęły z moich ust. Nie żałowałam ich. Broń Boże. Uderzyła mnie jednak bezpośredniość, na jaką się odważyłam.

– Twoje pragnienia są dla mnie rozkazem, ale czy naprawdę tego chcesz? – dopytał.

Musiałam przyznać, że zachował się jak dżentelmen, co dodatkowo mnie wzruszyło i upewniło w moim przekonaniu.

– Chcę. I to bardzo. Ale nie ukrywam, że trochę się też boję – odpowiedziałam zgodnie z prawdą. Wiedziałam, że go to nie odrzuci. I że nie weźmie tego do siebie.

– Zrobię więc wszystko, co w mojej mocy, abyś zapomniała o strachu i skupiła się tylko i wyłącznie na przyjemnych doznaniach – powiedział i zakończył swoją wypowiedź gorącym pocałunkiem.

Wszystko, co robił, zaczynało i kończyło się czułością. Powoli zdjął ze mnie nocną koszulę i wpatrzony we mnie malował dłońmi obrazy na moim ciele. Musiały być naprawdę piękne, bo rozkoszy, jaką mi przynosiły, nie dało się z niczym porównać. Całował, a pocałunki te zapierały dech w moich piersiach raz za razem. Gdy zaczęłam się pod nim rozpływać, jego ruchy stały się bardziej odważne. Kiedy po raz pierwszy dotknął koniuszkami palców mojego łona, poczułam przeszywający mnie mistyczny spazm. Nie chciałam, by przestawał, więc wysunęłam biodra w jego stronę. Był delikatny. Zbyt delikatny. Rozkosz, jaką mi dawał, coraz bliższa była torturom. Niecierpliwiłam się, chciałam połączyć się z nim tak mocno, jak tylko było to możliwe.

– Kochaj się ze mną – szepnęłam, aby go ponaglić.
– Właśnie to robię, Lauro.
– Chcę poczuć cię w sobie. Głęboko. Tak, bym mogła dotknąć twojej duszy.

Byłam gotowa. Nie chciałam czekać na ten moment ani sekundy dłużej. Przewróciłam go na plecy i usiadłam na nim powoli. Z jego gardła wydobył się jęk, który podniecił mnie jeszcze bardziej. Gdy znalazł się już we mnie, poczułam się nagle kompletna. Jakby był elementem brakującej układanki. Jakbyśmy byli jednym ciałem z duszami tańczącymi ze sobą w idealnej harmonii. Nie było bólu. Tylko rozlewające się fale rozkoszy. Trawiły mnie od środka. Moje ciało poruszało się już bezwiednie. Nie miałam nad nim kontroli. Dążyło tylko do jednego. Do kulminacyjnego punktu całego przedstawienia. Im szybciej się poruszałam, tym głośniejsze zdawały się oklaski. Na szczycie wybuchłam jak jeden z fajerwerków w noc sylwestrową. Przyjemność rozproszyła się po całym ciele, oddając ciepło każdej komórce mojego ciała. Rozgrzana, opadłam wprost w ramiona Marcina, nie mogąc złapać pełnego oddechu.

– To było cudowne – powiedziałam i pocałowałam go w usta. Moje nogi były jak z waty. Cała byłam zdecydowanie zbyt lekka. Jakbym unosiła się w powietrzu.

— Po raz pierwszy się kochałem — powiedział nagle, czym całkowicie zbił mnie z tropu.

— Jak to? — zapytałam. Byłam przekonana, że był już z jakimiś dziewczynami przede mną. — Miałeś już przecież kogoś.

— Tak, ale z nimi uprawiałem seks.

— Co chcesz przez to powiedzieć? — wystraszyłam się, bo nie wiedziałam, czy to dobrze, czy źle.

— Nie wiem, czy robisz to specjalnie, ale skoro już o tym mówimy, to mam na myśli, że do tej pory nie robiłem tego z osobą, którą kocham!

Zatkało mnie. Żaden korkociąg, nawet ten z najwyższej półki, nie mógłby teraz pomóc. Kochał mnie. Nie mogłam w to uwierzyć. Gdy ja milczałam, on patrzył na mnie w oczekiwaniu. Kiedy tylko mój szok minął, zorientowałam się, że to wyczekiwanie nie jest bezpodstawne.

— Ja też cię kocham, Marcin — powiedziałam w końcu, trochę zmieszana swoją głupotą.

— W takim razie jest przynajmniej jedna rzecz, w której się ze sobą zgadzamy.

Przyciągnął mnie do siebie i namiętnie pocałował. Rozbudził tym ponownie wszystkie moje zmysły.

— Jak bardzo musiałabym być niegrzeczna, abyś ponownie mnie ukarał? — zapytałam zalotnie.

Już nie odpowiedział, tylko zabrał się od razu do wymierzania kary. Był to proces długi i powolny. Nim się obejrzeliśmy, zaczynało powoli świtać...

***

Marzenia senne zostały brutalnie przerwane trzaskiem otwierających się drzwi do mojej małej celi. Skuliłam się, jakbym wyczuwała, że czeka mnie coś złego.

— Wstawaj! — krzyknął Zły.

Ja jednak ani drgnęłam. Sparaliżowana strachem, leżałam w bezruchu, walcząc z napływającymi do oczu łzami.

– Wstawaj, powiedziałem!

Tym razem nie czekał i szarpnął mnie mocno za rękę, aż zabolało. Jęknęłam więc cicho. Pociągnął mnie w kierunku wyjścia.

– Gdzie idziemy? – zapytałam przerażona. Przecież Marcin będzie tu niebawem. Nie mogę stąd teraz wyjść, myślałam gorączkowo.

– Przenosimy się! Miejsce przetrzymywania cię nie jest już tajemnicą, więc musimy cię stąd wywieźć.

– Ale ja nie chcę! Chcę tu zostać! – krzyczałam bezsilnie, próbując wyrwać się z bolesnego uchwytu porywacza.

Kątem oka spojrzałam prosząco na Dobrego, który stał w przedpokoju i przyglądał się całej akcji w ciszy. Pokręcił jednak głową na znak, że nic nie może zrobić. Zanim opuściliśmy mieszkanie, Zły odwrócił się w moją stronę i powiedział:

– Masz dwa wyjścia. Albo pójdziesz grzecznie i nie stanie ci się krzywda, albo znów ci przyłożę i odbędziesz podróż związana w bagażniku. Co wybierasz?

Byłam zaskoczona tym, że w ogóle mam jakikolwiek wybór.

– Pójdę grzecznie – odpowiedziałam.

Nie chciałam ryzykować. Miałam nadzieję, że Marcin mnie znajdzie. Może jedynie potrwa to trochę dłużej. Tym razem sytuacja wyglądała jednak inaczej. Wiem, że on żyje. Nie wiem, ile tortur będę w stanie wytrzymać, jeśli się zaczną, nim będę zmuszona powiedzieć prawdę, aby chronić siebie i przede wszystkim dziecko. Szłam tak wolno, jak tylko potrafiłam. Liczyłam gdzieś w głębi na to, że Marcin zdąży. Na filmach wszystko zawsze działo się w ostatniej chwili. Rycerz na białym koniu ratował sytuację i księżniczka była bezpieczna.

Moje nadzieje zostały rozwiane, gdy czarny samochód porywaczy wyjechał na drogę główną, zostawiając możliwość akcji ratunkowej daleko za mną. Nasze życie już jakiś czas temu przestało być bajką. Dokładnie w momencie kiedy książę zginął. Zasłoniłam twarz rękami i próbowałam ukryć w dłoniach spadające łzy. Miałam ochotę zanieść się szlochem, bałam się jednak, że jeśli sobie na to pozwolę, nie będę już w stanie przestać. Na twarz założyłam więc maskę obojętności, w głębi jednak okrutnie się bałam. Czy Marcinowi uda się po raz drugi mnie odnaleźć? Do tej pory zawsze wiedział, gdzie jestem, pomimo tego, że nie zawsze mówiłam mu, dokąd wychodzę. Nigdy jednak nie zastanawiałam się nad tym, jak to jest możliwe. Tym razem sytuacja była jednak inna. Nie był to wypad do kosmetyczki czy do koleżanek na plotki. Zostałam porwana, i po raz kolejny jechałam w stronę wielkiej niewiadomej.

    Tęsknie spojrzałam w tylną szybę okna. Czy następnym razem Dobry będzie w stanie dostarczyć mi wygody, o jakie zadbał w poprzednim miejscu? Na myśl o spaniu na zimnej podłodze lub twardych krzesłach robiło mi się niedobrze. Musiałam mocno się skupić, aby powstrzymać wymioty. Stres zżerał mnie już od środka. Istocie wewnątrz mnie zdecydowanie się to nie podobało. Cały czas zastanawiałam się, gdzie jest teraz Marcin i jak bardzo się zdenerwuje, gdy po mnie wróci i zobaczy tylko pusty pokój.

    Po pewnym czasie dotarliśmy na miejsce. Nie wiem, jak długo jechaliśmy. Mniej więcej niecałą godzinę. Dobry otworzył drzwi samochodu i po chwili stanęłam na wprost starej drewnianej chaty. Rozejrzałam się po okolicy. Znałam ją. Góra, która widniała na horyzoncie, była tą samą, którą podziwiałam niejednokrotnie z letniskowego domku rodziców Marcina. Byłam bliżej domu, niż się spodziewali. To była bezpieczna przystań. Domek miał wszystkie zabezpieczenia i można się było w nim skutecznie zabunkrować. Spiżarnia zawsze była pełna. Wybrana przez porywaczy lokalizacja świadczyła także o tym, że nikt nie wiedział o jakichkolwiek nieruchomościach, które mieliśmy w tych stronach, co zdecydowanie działało na moją korzyść. Musiałam tylko wymyślić, jak uciec. To był najtrudniejszy element całej operacji.

– Do środka! – Usłyszałam syczący głos Złego i bezwiednie skuliłam się ze strachu.

Nie wiem, co sprawiało, że tak na mnie działał. Wyczuwałam w nim kompletny brak jakiejkolwiek empatii. Był jakby pusty, pozbawiony uczuć. Istniał tylko gniew, obejmował czarnymi mackami wszystko i wszystkich, którzy znajdowali się w pobliżu. Nawet Dobry czuł respekt – pomimo tego, że był dwa razy większy od współtowarzysza. To zdecydowanie potwierdzało moje przeczucia.

Gdy weszliśmy do chaty, rozglądałam się, udając, że sprawdzam warunki mieszkalne, ale moja głowa pracowała na pełnych obrotach, szukając potencjalnych możliwości ucieczki i analizując liczne przeszkody, jakim będę musiała sprostać, kiedy już podejmę tę próbę.

Po raz kolejny zostałam zaprowadzona do pokoju. Z ulgą zauważyłam stojące w rogu pokoju łóżko. Łazienka była jednak wspólna i znajdowała się na korytarzu. Zastanawiałam się, czy jest tam okno – następne możliwe wyjście z mojej pułapki.

Drzwi do mojego pokoju nie były pancerne i nie miały zamka. Ta kryjówka w niczym nie przypominała poprzedniej. Może porywacze uznali, że zabrali mnie na takie odludzie, że nie będę tu miała nawet gdzie uciec. Przyjemne ciarki przechodziły po moim ciele na myśl o tym, aby pokazać im, jak bardzo się mylą. Dzisiaj jeszcze musiałam wytrzymać. Zbliżał się wieczór. Ucieczka przez las w ciemnościach nie była zbyt zachęcająca, zwłaszcza że noce były już bardzo zimne.

Rozsiadłam się wygodnie na łóżku i czekałam. Nie do końca wiedziałam na co. Może na kolejne przesłuchanie. Ono jednak nie nadchodziło. Coraz bardziej miałam wrażenie, że moja sytuacja się zmieniła. Nie jestem tu już jako informator, ale bardziej jako przynęta. Skoro wiedzą, że Marcin żyje, najbardziej prawdopodobne jest, że jeśli na kimkolwiek mu zależy, to właśnie na mnie. Co oznaczało, że będzie mnie szukał i wpadnie w pułapkę. Choć nadal nie wiedziałam, o co chodzi i kim tak naprawdę jest Marcin, liczyłam na to, że jest na tyle inteligentny, aby nie dać się złapać. Zresztą jak dobrze pójdzie, już jutro mnie tu nie będzie. Kolejną noc spędzę w naszej chatce. W miejscu, gdzie zdarzyło się tyle cudownych rzeczy.

Do pokoju wszedł Dobry. Z kubka, który niósł w ręce, unosiła się para niosąca woń herbaty z cytryną.

– Dziękuję – powiedziałam, gdy postawił ją na nocnym stoliku zaraz obok łóżka.

– Nie ma za co – odpowiedział i już kierował się w stronę wyjścia, gdy stwierdziłam, że spróbuję się dowiedzieć jak najwięcej o Marcinie, jeszcze zanim sam zdąży mi to powiedzieć; tak na wszelki wypadek, gdyby jednak nie miał takiej możliwości.

– Poczekaj! – zawołałam.

Dobry stanął w miejscu i odwrócił się w moją stronę, patrzył pytająco.

– Czy mógłbyś powiedzieć mi cokolwiek na temat mojego zmarłego męża? Kim był, skoro go szukacie?

– Po co chcesz to wiedzieć?

– A ty nie chciałbyś wiedzieć na moim miejscu?

– Po pierwsze twój mąż żyje, nie musisz o nim mówić w czasie przeszłym.

Próbowałam udawać zaskoczenie. Nie byłam pewna, czy mi się to udało. On jednak nie zwrócił na mnie za bardzo uwagi i kierowany prawdopodobnie nudą, zaczął opowiadać:

– Twój mąż jest agentem jakiejś tajnej organizacji rządowej. Nie wiem dokładnie jakiej. Jestem tu tylko chłopcem na posyłki, nie wiem wszystkiego. Jedynie tyle, że jest niebezpieczny i bardzo dobry w tym, co robi.

— Tym razem nie musiałam udawać. Na mojej twarzy pojawił się grymas szoku. Poniekąd poczułam także dumę. Mój mąż to tajny agent...

— Zabijał ludzi? — zapytałam, zanim pomyślałam.

— Prawdopodobnie. Oni mają własne prawo. Ci agenci.

— A ty? Zabiłeś kiedyś kogoś?

Jego źrenice się rozszerzyły.

— Nie! Nigdy!

Po raz pierwszy chyba odczułam emocje tak silne, że nie musiałam widzieć całej jego twarzy, aby wiedzieć, co nim teraz kierowało. To była złość. Był wściekły, że posądziłam go o tak okropny czyn.

— Masz rodzinę? — zapytałam. Nagle chciałam dowiedzieć się jak najwięcej o tym ogromnym człowieku w czarnej kominiarce.

— Tak — mruknął pod nosem. Zawahał się na chwilę. — Mam córeczkę — dopowiedział; humor wyraźnie mu się poprawił na jej wspomnienie.

— Zgaduję, że zrobiłbyś dla niej wszystko...

— To prawda — przytaknął. — Jest dla mnie najważniejsza na świecie.

— Więc zdajesz sobie chyba sprawę z tego, kto jest w tym momencie najważniejszy dla Marcina. Jeśli to, co mówisz na jego temat, jest prawdą, nie chciałabym być na twoim miejscu, jak w końcu nas znajdzie.

Wzdrygnął się. Czy Marcin naprawdę był aż tak świetny w tym, co robił, że nawet taki osiłek jak Dobry kurczył się na wspomnienie jego osoby?

— Skoro wiecie, że on żyje, to do czego wam jeszcze jestem potrzebna? Przetrzymujecie kobiety w ciąży dla własnej satysfakcji? Jak długo tu będę? Bo jak tak dalej pójdzie, to zamiast tu siedzieć, lepiej idź oglądać programy o tym, jak poprawnie przyjąć poród.

– Nie ja tu rządzę. Nie mogę cię wypuścić i kropka, a po co nadal jesteś potrzebna, to sam nie wiem. Może lepiej, żebym nie wiedział.

Zadrżałam. W mojej głowie dotąd nie pojawiła się myśl, że może po prostu mnie zabiją – tak po prostu, z zemsty. Tym bardziej musiałam wdrożyć plan ucieczki.

– Mogę porozmawiać z tym drugim? Skoro ty nic kompletnie nie wiesz…

– Nie ma go. Wróci dopiero jutro rano.

Czyli jednak plan ucieczki musiał zostać zrealizowany w nocy. Nie miałam wyboru. Lepiej uciekać po lesie przed lekko otyłym osiłkiem, który prawdopodobnie po kilku kilometrach wyzionie ducha, niż przed nimi dwoma.

– Muszę siku – powiedziałam i zaczęłam wiercić nogami dla wzmocnienia efektu.

– OK. Tam jest łazienka. – Wskazał palcem i nawet nie ruszył się z miejsca.

Gdy otworzyłam drzwi, rozczarowałam się. Okienko w łazience było tak małe, że ledwo zdołałabym przecisnąć głowę na druga stronę, a co dopiero całą resztę. Nie było szans na to, by udało się uciec tą drogą. Musiałam wymyślić jakieś inne wyjście. Skoro już tu byłam, wykorzystałam sytuację. Gdy myłam ręce, do głowy wpadł mi pomysł. Był już wieczór. Dobry nie spał cały dzień, więc będzie musiał się zdrzemnąć.

Wróciłam do pokoju, on siedział dalej w tym samym miejscu, lekko przygarbiony.

– Masz coś przeciwko, abym wzięła prysznic? Widziałam, że jest ciepła woda. A nie kąpałam się już… hmm, od dawna. Nie mogę się tak zaniedbywać w tym stanie.

– Dobra. Tylko nie siedź tam godzinami.

– Postaram się, ale wiesz. W końcu jestem kobietą, cudów się nie spodziewaj.

Taki właśnie był mój plan, aby siedzieć tam bardzo długo.

Weszłam do łazienki i siedziałam bezczynnie ponad pół godziny. Liczyłam na to, że Dobry w tym czasie zaśnie. Musiałam to jednak sprawdzić. Rozebrałam się i owinęłam ręcznikiem. Wyszłam z łazienki bardzo powoli. Miałam plan na wypadek, gdyby nie spał. Dywersja była bardzo prosta. Byłam nagą kobietą owiniętą tylko w ręcznik.

Niemalże bezszelestnie stanęłam w progu. Dobry nadal siedział na krześle zwrócony w stronę łóżka, nie byłam w stanie stwierdzić, czy śpi, ale siedział w bezruchu. Wróciłam do łazienki. Puściłam wodę, aby symulowała rozpoczynający się dopiero prysznic i szybko się ubrałam. Teraz albo nigdy. To była moja szansa. Otworzyłam drzwi, po czym – tak cicho, jak umiałam – przemknęłam przez korytarz w stronę wyjścia. Przekręciłam zamek w drzwiach. Lejąca się woda skutecznie mnie zagłuszała. W pewnym momencie coś zaskrzypiało. Stanęłam jak wryta przy uchylonych drzwiach. Po chwili jednak skarciłam się w myślach. Nie miałam na co czekać, to była jedyna szansa. Zamknęłam za sobą drzwi i ile sił w nogach pobiegłam w stronę pobliskiego lasu. Nie oglądałam się za siebie. Im dalej od chaty się znajdowałam, tym bezpieczniej się czułam. Mrok ukrywał moje położenie. Wbiegłam do lasu i zwolniłam trochę. Dziękowałam w duchu za lekcje pływania. Skutecznie poprawiły moją kondycję. Marcin zawsze na to nalegał, więc w końcu się przełamałam. Możliwe, że miał w tym jakiś ukryty cel. Chyba już zawsze miałam się zastanawiać nad przyczynami jego postępowania. Może świadomie przygotowywał mnie na takie okoliczności. Wiedział, że wszystko może się wydarzyć.

Nie byłam pewna, jak daleko od naszego domku letniskowego jestem, ale wiedziałam, że podążam we właściwym kierunku. Gdy trochę odpoczęłam, znowu podjęłam bieg, aby jak najbardziej zwiększyć dystans między mną a porywaczem, który mógł w każdej chwili zorientować się, że uciekłam. Truchtałam tak przez ponad godzinę. Pomimo ciągłego ruchu robiło mi się coraz bardziej zimno. Oddech stał się ciężki. Czułam wilgoć powietrza w płucach. Nagle ostro zakłuło mnie w dole brzucha. Zatrzymałam się i mechanicznie chwyciłam się w miejscu jego zaokrąglenia. Rozejrzałam się dookoła. Jak okiem sięgnąć – widziałam tylko ciemność i zatarte w niej kształty drzew. Ból nie przechodził. Wręcz przeciwnie, stawał się coraz silniejszy. Byłam zmuszona usiąść na chwilkę. Znalazłam duży pień drzewa i usiadłszy na zroszonej leśnej ściółce, oparłam się o niego plecami.

– Musisz wytrzymać – powtarzałam do swojego maleństwa. – Już jesteśmy blisko, czuję to – pocieszałam, nie bardzo wiedząc, czy dziecko, czy siebie.

Ból ustępował. W dalszym ciągu jednak czułam kłucie. Nie mogłam tu zostać i tkwić w bezruchu. Było zbyt zimno. Czułam, jak kostnieją mi palce u rąk. Musiałam iść dalej. Podniosłam się z ziemi, strzepałam piasek ze spodni. Nie wiem, czemu to zrobiłam; były już tak brudne, że kolejna warstwa błota nie robiła żadnej różnicy. Spojrzałam w niebo i ponownie obrałam kierunek, dzięki któremu miałam nadzieję dotrzeć do naszej chatki. Kolejna rzecz, której nauczył mnie Marcin: „Gdy brak kompasu, korzystaj z gwiazd". Powtarzał mi to do znudzenia na naszych licznych wycieczkach, opisując gwiazdozbiory. I choć wówczas wydawało mi się, że puszczam jego paplaninę mimo uszu, coś jednak musiało przedostać się do moich szarych komórek, bo teraz nawet nie musiałam się zastanawiać nad tym, co robię. Jakby instynktownie badałam wzrokiem niebo, a ono wytyczało mi poprawną ścieżkę. Jak się komuś coś powtarza tyle razy, to chyba – choćby nie wiem jak nie chciał – i tak coś zapamięta...

Usłyszałam strzał z pistoletu. Podskoczyłam ze strachu i zaczęłam biec szybciej. Strzał padł z daleka. Przypuszczałam, że dopiero teraz Dobry zorientował się, że mnie nie ma. Miałam nad nim jakieś dwie godziny przewagi. Nie mogłam jej jednak stracić. Nie byłam pewna, jak daleko jeszcze i czy wytrzymam nadane sobie tempo biegu. Odsunęłam na chwilę ponure myśli i wyrównałam oddech, myśląc o tym, jak bardzo dumny będzie Marcin, gdy powiem mu, jak przebiegle udało mi się oszukać porywacza i umknąć z chatki, w której byłam przetrzymywana. Potem powiem, jak użyłam gwiazd do nawigacji, a on zapewne skwituje, że przypuszczał, że ta wiedza kiedyś może mi się przydać i dlatego dręczył mnie swoimi wywodami na ten temat. Basen na pewno też mi wypomni. I stanie się jasne, że choć uciekłam o własnych siłach, to jest to prawie w pełni jego zasługa.

Przeniosłam myśli – skupiłam się na tym, jak wyglądałaby nasza najbardziej prawdopodobna sprzeczka na ten temat, i biegłam. A wokół nie było nic więcej prócz ciągnącej się wciąż ciemności.

Po kolejnych trzydziestu minutach biegu byłam już całkowicie wykończona. Rozejrzałam się i zalała mnie fala ulgi. Trzysta metrów dalej rozciągała się polana, a na niej nasz letniskowy domek, jak miewał w zwyczaju nazywać go Marcin, co do tej pory – pomimo przyzwyczajenia do przepychu przez te wszystkie lata z nim – wydawało mi się wciąż bardzo śmieszne. Ostatkiem sił ruszyłam pędem, rozglądając się, czy ktoś mnie nie śledzi. Ważne było, aby właśnie teraz „nie spalić" swojej kryjówki. Gdy dotarłam do ganku, policzyłam dokładnie doniczki z kwiatami i pod siódmą znalazłam kluczyk do tylnych drzwi. Byłam już w cieniu ściany bocznej domku, kiedy z głębi lasu usłyszałam nawoływanie swojego imienia. Był blisko, zdecydowanie za blisko... Nie wiedziałam, jak to możliwe. Póki jednak jeszcze mnie nie zauważył, byłam w miarę bezpieczna. Pośpiesznie otworzyłam drzwi, wpadłam do środka, po czym zamknęłam je nie tylko na zamek zewnętrzny, ale także na metalową zasuwkę. Miałam dwie opcje. Domek miał dodatkowe zabezpieczenia, które z reguły nie były włączane. Ich uruchomienie na pewno przykułoby uwagę porywacza. Tego nie chciałam.

Postanowiłam wdrożyć w czyn drugą możliwość. Jedynym numerem telefonu, który znałam na pamięć, był numer Marcina. Jednak gdy umarł, zniknął – cokolwiek tam się z nim działo... – numer przestał być aktywny. A przynajmniej tak mi się wydawało. Przez kilka tygodni dzwoniłam na ten numer i słuchałam głosu Marcina proszącego o nagranie się na pocztę. Za każdym razem płakałam i zostawiałam wiadomości przerywane brutalnie sygnałem zakończenia nagrywania. Potem przestałam wydzwaniać, wiedziałam, że nie jest to dla mnie dobre, choć pokusa była ogromna. Nie miałam pojęcia, co się stało z jego telefonem. Rachunki wciąż były opłacane, nie miałam czasu i głowy do tego, aby pozałatwiać wszystkie sprawy w banku, związane z poleceniem stałego przelewu. Jednak z racji tego, że wszystko od kilku dni zdawało się jednym wielkim zaskoczeniem, znowu postanowiłam zaryzykować i wybrałam jego numer. Telefon nie był odłączony – wciąż był sygnał...

Oczami Marcina

Usiadłem na jednym z krzeseł w celi Laury i zanurzyłem twarz w dłoniach. Miałem ochotę się rozpłakać. Kierowały mną tak silne emocje, że nie byłem pewny, jak długo będę w stanie utrzymywać je na wodzy. Do pokoju wszedł Jakub, ale że mnie znał, to nie odezwał się ani słowem. Stał tylko cicho w kącie i pomimo tego, że nie patrzyłem na niego, doskonale wiedziałem, jak teraz wygląda. Był załamany prawie tak samo jak ja. We mnie jednak buzował gniew. W większości na samego siebie. Miałem ją. Stała kilka centymetrów ode mnie i zostawiłem ją na pastwę porywaczy. Dlaczego nie przewidziałem takiego scenariusza? To był mój błąd. W zasadzie wszystko było moją winą. Gdybym nie sfingował własnej śmierci i stawił czoła Diablo, pewnie do niczego takiego by nie doszło. Nie miałem wyjścia. Musiałem stanąć oko w oko z wrogiem, niezależnie od tego, jakie podejście do tego posunięcia miała agencja. Tu już nie chodziło o organizację. Zrobiło się zbyt personalnie, bym działał jak marionetka pociągana za sznurki.

Ciszę przerwał dźwięk telefonu. Ku mojemu zaskoczeniu był to mój stary telefon. Jakub wyciągnął go z kieszeni kurtki i popatrzył na wyświetlający się numer. Na jego twarzy widziałem zdziwienie.

— Siedziba igraszek do ciebie dzwoni. Chcesz może odebrać?

— Co? — Nie mogłem uwierzyć w to, co słyszę.

— No tak tu jest napisane.

— Wiem. To domek letniskowy moich rodziców. Dawaj ten telefon. Skąd w ogóle go masz? Zresztą, wytłumaczysz później.

Wyrwałem telefon z jego ręki i nacisnąłem zieloną słuchawkę. Nic nie mówiłem, nie chcąc komukolwiek, kto był po drugiej stronie, zdradzać, że żyję.

— Marcin?

Usłyszałem głos Laury i wypełniła mnie radość.

— Laura? Jesteś w domku? Skąd się tam wzięłaś? — nie kryłem zaskoczenia.

— Tak. Uciekłam. Zabrali mnie do jakiejś chaty, rozpoznałam okolicę i wykorzystałam pierwszą nadarzającą się szansę na ucieczkę.

— Jestem z ciebie taki dumny. Jesteś bezpieczna?

— Nie wiem. Są blisko.

— Zabunkruj się. Pamiętasz kod aktywacji?

— Tak. Ale jeśli to zrobię, to będą wiedzieli, że jestem w środku. Wydam moją kryjówkę. Marcinie, oni mają broń. — Głos jej zadrżał.

— Nie bój się. Zaraz wsiadam do auta i po ciebie jadę.

— Co mam zrobić?

Słyszałem w jej głosie, że była już bliska paniki.

— Jesteś bezpieczniejsza, niż ci się wydaje — pocieszyłem ją. — Zejdź do piwnicy. Po prawej stronie są metalowe drzwi. Jest tam panel jak do kodu. Wprowadź datę swoich urodzin, sześć cyfr, i zakończ liczbą siedem. Wejdziesz do bunkra. Jest tam wszystko, czego możesz potrzebować. I siedź tam. Jak zamkniesz drzwi, nikt nie będzie mógł wejść do środka bez wpisania kodu. To są pancerne drzwi. Nawet gdyby próbowali, to zanim zdołają się przez nie przedrzeć, ja będę już u ciebie. Zamknięcie bunkra automatycznie uaktywni pozostałe zabezpieczenia, a ty będziesz już w bezpiecznym miejscu, gdy to się stanie – mówiłem jak katarynka, na jednym wydechu.

– OK, ale w takim razie jak ty wejdziesz do domu, skoro się pozamykałam i wzięłam jedyny klucz?

– Skąd?

– Spod kwiatka

– Ten nie jest jedyny.

– Och... ale zaryglowałam się jeszcze od środka.

– To się odrygluj i zostaw tylko zamknięte drzwi. Aktywacja zabezpieczeń zrobi swoje. Jak to zrobisz, to biegiem do piwnicy. I nie zapalaj żadnego światła. Z kilku kilometrów będzie widać, że ktoś jest w środku.

– OK. Jak szybko będziesz? – dopytywała. Nadal wyczuwałem, że się boi. Nie dziwiłem się. Zawiodłem ją.

– Wezmę swoją małą brykę. W godzinę powinienem być na miejscu.

– Twoje porsche stoi w garażu.

– Nie! Tam stoi kopia. Ja mam oryginał.

– Nie przestajesz mnie zaskakiwać.

– Obiecałem ci przecież, że nigdy nie przestanę.

– No cóż, nie do końca o takie niespodzianki mi chodziło... Rozbawiła mnie.

– Żeby to było takie proste, jak ci się wydaje. Idź się schować... Lauro!

– Tak?

– Kocham cię!

– Ja ciebie też! Choć mam ochotę skopać ci tyłek. I to tak naprawdę, nie na niby.

– Jak tylko się zobaczymy, przysięgam, że ci na to pozwolę. – Byłem gotowy na każdy łomot, byle mi wybaczyła.

– To się lepiej pospiesz, zanim przejdzie mi ochota.

Rozłączyłem się i spojrzałem na Jakuba, którego oczy były szeroko otwarte ze zdziwienia.

– A teraz mi wytłumacz, skąd masz mój telefon – zwróciłem się do niego.

– Akurat dobrze się składa, że go mam, prawda? – Podejrzewał atak, więc zaczął od odwracania kota ogonem. – Zatrzymałem go. Proponuję, że ja poprowadzę.

– A to czemu?

– No... No bo ty masz mnóstwo wiadomości do odsłuchania – Podał mi telefon i spojrzał w dół, jakby się kajał.

Podejrzewałem, od kogo mogą być. Chwyciłem telefon i skierowałem się w stronę samochodu. Zastanawiałem się, czy tak naprawdę chcę odsłuchiwać te wiadomości. Nie chciałem, aby w tym momencie puściły mi nerwy. Ciekawość i chęć ponownego usłyszenia jej głosu okazały się jednak silniejsze i gdy Jakub mknął drogą, znacznie przekraczając prędkość, ja zacząłem odsłuchiwać wiadomości.

Wiadomość pierwsza pochodziła z dnia mojego pogrzebu.

> Chciałam po prostu usłyszeć twój głos. Tylko ta wiadomość na skrzynce mi po tobie pozostała. Będę dzwonić. Cały czas, ze złudną nadzieją, że kiedyś odbierzesz i wszystko okaże się tylko koszmarem nocnym... Idę dziś na twój pogrzeb. Założyłam tę czarną koronkową sukienkę, którą tak lubiłeś, choć nie ma to już przecież żadnego znaczenia... Nie wiem, czy przetrwam tu bez ciebie. Za bardzo boli.

Poczułem napływające do oczu łzy. Kolejne wiadomości nagrywała codziennie rano i wieczorem. Były one z czasem coraz smutniejsze, po brzegi wypełnione wciąż pogłębiającą się tęsknotą. Potem była kilkudniowa przerwa. Następna wiadomość wypełniła moje oczy łzami szczęścia:

Dzwonię, bo mam dla ciebie wiadomość. Tysiące razy zastanawiałam się, jak ci to powiem. Wymyślałam zadziwiające mnie samą scenariusze. I choć już cię nie ma i tak chcę ci to powiedzieć, mimo że żadne z nas nie przewidziało takiej okoliczności. Muszę więc improwizować. Siedzę na ławce na cmentarzu. Także gdziekolwiek jesteś, myślę, że mnie usłyszysz. No więc wiadomość jest taka, że nam się udało. Cały ten czas nam się udawało, a teraz jeszcze stworzyliśmy nowe życie. Noszę w sobie małe bijące serduszko. Połączenie nas dwojga. Tłuką się we mnie sprzeczne emocje. Radość, bo wiem, jak bardzo byś się cieszył, i smutek, bo wiem, że nigdy nie ujrzę tej radości odbijającej się w twoich oczach, za którymi tak tęsknię. I jest ono dla mnie zbawieniem, bo przywraca sens życiu, a jednocześnie pokutą, bo wiem, że nigdy nie będzie mu dane cię poznać. I będzie mnie to zabijało każdego dnia. A byłbyś wspaniałym tatą. Wiem to na pewno. I choć jeszcze się nie narodziło, przyjdzie na świat już z poczuciem straty. Chciałabym, abyś choć raz mógł położyć dłoń na moim brzuchu i go poczuć. Oddałabym wszystko, aby móc podzielić się z tobą choć odrobiną tego szczęścia.

Byłem wzruszony. Żałowałem, że odebrałem jej możliwość poinformowania mnie o tym ważnym wydarzeniu w jej wymarzony sposób; wiedziałem, że jakkolwiek by to zrobiła i tak byłoby idealnie. Bo taka właśnie była Laura. Perfekcyjna w każdym calu. Zakochałem się w niej od pierwszego wejrzenia, gdy zobaczyłem ją stojącą na środku sali wykładowej, delikatnie zawstydzoną i przedstawiającą się po cichu. Już wtedy wiedziałem, że stanie się ona istotnym elementem mojego życia. I była. Tym najważniejszym. Bardziej istotnym nawet niż ja sam.

Doskonale pamiętałem, jak planowałem skrupulatnie ten najważniejszy dla kobiety moment, kiedy mężczyzna się oświadcza. To był istny chaos. Przygotowanie wszystkiego na tip-top zajęło mi tygodnie. I najbardziej stresowałem się tym, czy spodoba jej się sposób, w jaki to zrobię. Nie bałem się odmowy. Byłem pewien niemalże na sto procent, że się zgodzi. Sam też byłem do tego przekonany. Chciałem tego najbardziej na świecie i ani przez chwilę nie miałem żadnych wątpliwości. Nie myliłem się. Jej odpowiedź brzmiała twierdząco, a ja prawie zachłysnąłem się szczęściem, słysząc wypowiedziane przez nią „tak".

Zabrałem ją wtedy do Paryża. Od dawna wiedziałem, że bardzo chciała zwiedzić to miasto. Jako przykrywki użyłem pretekstu, jakoby wyjazd był prezentem na jej dwudzieste pierwsze urodziny. Spotykaliśmy się od dwóch lat. To były najpiękniejsze lata mojego życia. Nie musiałem się zastanawiać. Miałem pewność, że dopóki będzie ona częścią mojego świata, szczęście będzie towarzyszyło mi już zawsze. Bo to ona była moim szczęściem. Sprawiała, że świat stawał się lepszy, a złe wiadomości w telewizji, których tak nie lubiła, rozmywały się gdzieś, stawały się jakby mniej obecne. Ja znałem drugą stronę doskonale. Widziałem zło na każdym kroku. Angażując się w działania agencji, w pewien sposób chciałem z nim walczyć. Potrzebowałem jednak od czasu do czasu zapominać o złej stronie świata. Ona była moją bezpieczną przystanią. Nieważne, jak daleko przyszłoby mi odpłynąć – ona zawsze będzie na mnie czekać, przywołując do siebie niczym światło latarni morskiej.

Pierwszego wieczoru, który dane nam było spędzić w Paryżu, zaprosiłem ją na wykwintną kolację w bardzo drogiej restauracji, chlubiącej się znakomitymi potrawami z różnych stron świata. Chociaż nigdy nie szczędziłem jej wygód i kosztownych upominków, nadal czuła się dziwnie, gdy serwowałem jej wygody, jakich dotąd nigdy nie miała. Podczas kolacji rozmawialiśmy jak zwykle o wszystkim. Niczego zupełnie się nie spodziewała. O to właśnie mi chodziło. Chciałem całkowicie ją zaskoczyć. Z szefem kuchni miałem już wszystko dopięte na ostatni guzik. Doskonale widział, co ma robić. Po przepysznym posiłku przyszedł czas na deser.

– Chciałbym, żebyś czegoś spróbowała. Nie wiem, czy kiedykolwiek jadłaś małże.

– Nie, nigdy. Sądzisz, że mi zasmakują? Wiesz, że nie jestem smakoszem dziwnych potraw.

– Mają tu najlepsze małże w całej Europie – powiedziałem, licząc na to, że jej odpowiedź nie zniweczy planu budowanego przeze mnie skrzętnie od tygodni. – Chociaż spróbuj, to się przekonasz.

– W porządku. Spróbuję. Ale nie miej mi za złe, jeśli okaże się, że to zupełnie nietrafiony dla mnie smak.

– Twoja porcja na pewno się nie zmarnuje – dodałem zadowolony, że wszystko idzie po mojej myśli.

Gdy kelner postawił na stole zamknięty wielki małż – prawdę powiedziawszy, największy, jaki dotąd widziałem – ze stresu na chwilę przestałem oddychać. Kelner zobaczywszy to, szturchnął mnie delikatnie łokciem, przywracając mnie do porządku. Odchrząknąłem i dałem mu gestem do zrozumienia, że wszystko już dobrze i może zostawić nas samych.

– O matko! Jaki ogromny. Aż szkoda go zjadać. Wiesz, w bajkach zawsze w takich małżach znajdowały się takie piękne perły – zaczęła Laura i widziałem ekscytację malującą się w jej ślicznych oczach.

– Kto wie… może i tobie uda się jakąś znaleźć? – Budowałem napięcie.

– Z całą pewnością wyjęliby ją przed przyrządzeniem nam dania – sprostowała i delikatnie odchyliła „wieko".

Na jej policzki wypłynął rumieniec tak czerwony, jakiego jeszcze nigdy wcześniej nie widziałem. Zatrzasnęła szybko małża, po czym spojrzała na mnie pytająco.

To był ten moment. Mój moment. Jedyny i niepowtarzalny. Musiałem dać z siebie wszystko.

– Lauro... – wydukałem lekko zdenerwowany.

Wstałem od stołu i uklęknąłem przed nią. Wiedziała już doskonale, co się dzieje. Na jej twarzy pojawił się wielbiony przeze mnie rumieniec.

– Gdy ujrzałem cię po raz pierwszy na sali wykładowej, niemalże od razu dotarło do mnie, że już nigdy nie będziesz mi obojętna. Wystarczyła wymiana kilku zdań z tobą, a moje życie nagle jakby zaczęło się na nowo. Chciałbym, aby trwało już wiecznie... z tobą u mojego boku. Czy uczynisz mi ten zaszczyt i zostaniesz moją żoną?

Przez chwilę nic nie mówiła, tylko patrzyła na mnie tymi swoimi pięknymi zielonymi oczami, do których z sekundy na sekundę napływało coraz więcej łez. Gdy było ich już za dużo, zamrugała, wypuszczając ich nadmiar na swoje czerwone policzki.

– Nie wiem, dla kogo będzie to większy zaszczyt... ale to chyba nie ma teraz znaczenia. – Wyciągnęła w moją stronę dłoń, bym włożył pierścionek zaręczynowy na jej palec serdeczny.

Nie musiała nic więcej mówić. Byłem najszczęśliwszym człowiekiem na świecie. Wstałem z kolan i pocałowałem ją namiętnie w usta. Odwzajemniła pocałunek i przytuliła się do mnie mocno.

– Mam nadzieję, że nigdy nie będę kochała cię mniej niż w tej chwili – dodała. Buzujące w niej emocje sięgały zenitu.

***

Wróciłem do teraźniejszości. Do domku w górach nadal mieliśmy kilkanaście kilometrów. Gdy już miałem zamiar odsłuchać kolejną wiadomość od Laury, rozległ się potężny huk. Zaraz potem samochód zaczął dachować, rzucając nami jak kukłami. Kiedy w końcu się zatrzymał, poczułem straszny ból głowy. Spojrzałem w stronę Jakuba i zamarłem.

— Jakub! — wykrzyczałem, on jednak nie dawał żadnych znaków życia.

Byliśmy do góry nogami, chronieni przed grawitacją jedynie pasami bezpieczeństwa. Nie chciałem go ruszać, nie wiedząc, jak rozległe ma obrażenia. Miałem nadzieję, że tylko na chwilę stracił przytomność. Sięgnąłem do swojego pasa i odpiąłem go — spadłem głośno na wewnętrzną stronę dachu. Doczołgałem się do Jakuba i sprawdziłem mu puls. Był bardzo słaby. Wybrałem numer agencji i zadzwoniłem. Dopiero usłyszawszy sygnał, zorientowałem się, że w samochodzie jest wielka dziura — jak po granacie. To nie był zwykły wypadek. Ktoś nas zaatakował. Byliśmy śledzeni.

— Podaj kod — odezwał się głos w słuchawce.

— Tu Marcin. Mieliśmy wypadek. Pilnie potrzebuję karetki na autostradę... jesteśmy... Boże, gdzie my dokładnie jesteśmy? — zacząłem mieć mętlik w głowie.

— Gdzie się kierowałeś? — zapytał mnie głos w słuchawce.

— Na Białkę Tatrzańską.

— Wysyłam naszych na tę trasę, znajdą was. Jaki samochód?

— Porsche. To nie był wypadek. Ktoś nas ostrzelał. — Wyczuwałem, że to, co mówię, podobne jest do bełkotu. Coraz bardziej kręciło mi się w głowie.

— Pół Polski na ciebie poluje. Jak myślisz, dlaczego miałeś się ukrywać? — Usłyszałem rozdrażnienie w głosie przełożonego, który właśnie dołączył do rozmowy. — To było twoje ryzyko, za wszelką cenę masz chronić życie agenta, który ci towarzyszy. — To już był rozkaz.

Rozłączyłem się i próbowałem ocucić Jakuba.

— Kuba, proszę cię, zbudź się.

Nie miałem pojęcia, czy osoba, która nas zaatakowała, nie zmierza czasami w naszą stronę, by dokończyć dzieło. Musiałem jak najszybciej nas stąd wydostać. Ostrożnie odpiąłem pas bezpieczeństwa, który przytrzymywał Jakuba i opuściłem jego ciało. Wyciągnąłem go z samochodu, zabrałem kilka sztuk broni, przerzuciłem kumpla przez bark i skierowałem się w stronę lasu. Tęsknie spojrzałem w kierunku mojego kochanego samochodu. I wtedy dotarło do mnie, że to będzie moja ostatnia misja. Musiałem ocalić Jakuba, odzyskać Laurę i swoje nienarodzone dziecko i rozprawić się z Diablo raz na zawsze. A gdy to wszystko się skończy, nie będzie już więcej żadnych tajemnic.

– Najpierw usłyszałem wystrzał, skuliłem się, ale zbyt późno. Kula przeszyła moje lewe ramię na wylot. Zawyłem z bólu, upuszczając Jakuba na ziemię. Ktokolwiek na mnie polował, jeszcze ze mną nie skończył...

Oczami Laury

Rozmowa z Marcinem podniosła mnie trochę na duchu. Chociaż rozmawiałam z nim już dwukrotnie, nadal nie docierało do mnie ostatecznie to, że on żyje. Kłębiły się we mnie różne uczucia. Radość mieszała się z gniewem. Będzie jeszcze czas na rozstrzygnięcie, które uczucie wygra. W obliczu nowych faktów jedna rzecz wysuwała się na pierwszy plan. Za wszelką cenę musiałam wyjść z tej opresji cało i ocalić nasze dziecko. Już nie tylko dla siebie, ale i dla Marcina.

Podeszłam ostrożnie do okna, by sprawdzić, jak blisko znajduje się porywacz i ile czasu będę potrzebowała w razie czego, by dostać się do schronu od momentu odblokowania drzwi. Nikogo nie widziałam, ale słyszałam pospiesznie stawiane kroki na podjeździe przed domem. Schowałam się za kanapą. Padające na posadzkę salonu światło księżyca zasłonił nagle cień.

Był tam. Stał tuż za oknem i sprawdzał, czy nikogo nie ma w środku. Zaczęłam trząść się ze strachu. W okolicy znajdowało się niewiele zabudowań. Logiczne było, że będę próbowała się ukryć w jednym z nich. Po chwili cień zniknął. Wychyliłam się, by sprawdzić, czy mogę bezpiecznie się przemieścić, i wtedy usłyszałam, jak ktoś próbuje otworzyć drzwi, manipulując przy klamce. Dźwięk telefonu porywacza sprawił, że niemalże podskoczyłam.

– Nie... jeszcze jej nie znalazłem – wydukał Dobry z wielką skruchą w głosie. Bał się Złego. Od samego początku było to po nim widać. – Jestem przy jakimś domu. Sprawdzam, czy tam nie weszła. Wszystko jest pozamykane... Tak, sprawdziłem dwa razy, to dom jakichś bogaczy, sądząc po zabezpieczeniach. Nie miałaby szans wejść tam bez uruchomienia alarmu – tłumaczył się Dobry. – Zapewne włóczy się gdzieś po lesie. W takim stanie daleko nie zajdzie – dodał i oddalił się od drzwi frontowych. To była moja szansa.

Wyskoczyłam zza kanapy i szybko popędziłam do tylnego wejścia. Delikatnie, tak by nie wydać choćby najmniejszego odgłosu, odbezpieczyłam dodatkowy wewnętrzny zamek. Odwróciłam się i zakręciło mi się w głowie. Z impetem wpadłam na szafkę, próbując złapać równowagę. Jak w zwolnionym tempie widziałam spadający na ziemię wazon, który rozbił się z wielkim trzaskiem. Zakryłam twarz rękami, modląc się, by porywacz był na tyle daleko, by tego nie usłyszeć. Dotarło do mnie, że moje modły nie zostały wysłuchane, gdy ktoś mocno kopnął w drzwi znajdujące się za moimi plecami, próbując przedrzeć się do środka. Wstałam i rzuciłam się biegiem w stronę piwnicy, nastąpiłam na odłamek stłuczonego wazonu. Zawyłam z bólu. Utykając, zeszłam drewnianymi schodami, skręciłam w lewo i stanęłam przed wielkimi metalowymi drzwiami. Zgodnie z instrukcjami Marcina wstukałam kod i weszłam do środka. Nim je za sobą zatrzasnęłam, usłyszałam strzał, a mój wzrok padł na podłogę zaplamioną moją własną krwią. Nie utrudniałam im znalezienia mnie. Szybko zamknęłam drzwi do bunkra i opadłam na ziemię. Stopa obficie krwawiła. Miałam nadzieję, że znajdę tu to, co potrzebne, by zatamować krwawienie.

Bunkier nie był duży. Miał może dwadzieścia metrów kwadratowych. Było tu jednak łóżko, mała toaleta i szafki wypełnione po brzegi jedzeniem. Otwierałam jedną po drugiej w poszukiwaniu apteczki. Dopiero po chwili w oczy rzuciła mi się czerwona skrzynka z krzyżykiem, wisząca tuż nad małą lodówką. Gdy do niej dotarłam, usłyszałam kolejny strzał. Tuż po nim włączył się alarm. Ucichł jednak zdecydowanie zbyt szybko. Jakby ktoś znał kod. Przeszło mi przez myśl, że może Marcin jest już na miejscu. Jeśli tak było, będzie wiedział, gdzie jestem. Nie miałam zamiaru ryzykować. Cierpliwość Dobrego do mnie na pewno się już skończyła. Zwłaszcza że przez jego dobroć zapewne porządnie mu się oberwie. Nie mogłam zatem liczyć na łaskawe traktowanie.

Z apteczki wyciągnęłam bandaż, wodę utlenioną i kilka plastrów. Usiadłam na łóżku i podciągnęłam stopę, by z bliska przyjrzeć się ranie. Nadal obficie krwawiła. Była dość głęboka. Odkaziłam ją porządnie, sycząc przy tym z bólu, po czym ciasno obwinęłam bandażem. Położyłam się na łóżku i uniosłam nogę, by zminimalizować krwawienie. Niewiele to dało, bandaż już po kilku minutach zaczął powoli przesiąkać. Trochę się przestraszyłam. Strata dużej ilości krwi w moim stanie nie była niczym dobrym. Z apteczki wyjęłam kolejny bandaż i zacisnęłam go niczym opaskę uciskową powyżej kolana. Ponownie położyłam się na łóżku, modląc się, by Marcin dotarł tu jak najszybciej. Położyłam ręce na brzuchu, by połączyć się z istotą, która w nim rosła.

— Tata żyje. Wszystko będzie dobrze. Już niebawem nas uratuje i zabierze do domu. Naszego domu. W którym, gdy tylko się pojawisz, już nigdy nie zagości pustka — powiedziałam do dziecka. — I zdecydowanie zabronimy tacie dalszego wykonywania sekretnych misji. A z ostatnich dziesięciu lat będzie się musiał jeszcze długo tłumaczyć — dodałam. Dotychczas wydawało mi się, że takie rzeczy dzieją się tylko w filmach. A jednak...

Minuty ciągnęły się w nieskończoność. Wytężałam słuch, aby dowidzieć się, czy ktoś czai się w pobliżu. Ściany były chyba jednak zbyt grube. Kompletnie nic nie było przez nie słychać. Panowała zupełna cisza. Z jednej strony trochę mnie to uspokajało, a z drugiej martwiło. Wolałabym wiedzieć, co się dzieje, aby w razie potrzeby móc się w pewien sposób przygotować. Zwinęłam się w kulkę, otaczając rękami podkulone kolana. Próbowałam się uspokoić. Noga pulsowała boleśnie, nie dając zapomnieć o błędzie, jaki popełniłam. Chcąc choć przez chwilę nie myśleć o sytuacji, w jakiej się znajduję, po raz kolejny wróciłam wspomnieniami do zamierzchłych czasów. Do momentu, w którym utwierdziłam się w przekonaniu, że Marcin jest miłością mojego życia. Był moim pierwszym partnerem. Przez długi czas obawiałam się, że moje zauroczenie może wynikać z braku wcześniejszych doznań tego typu. Jednak tamtego dnia wszystkie moje wątpliwości się rozmyły. Byłam pewna, że jest tym jedynym, i marzyłam, aby dla niego stać się kimś takim, jakim on był dla mnie.

***

Spotykaliśmy się wtedy już od kilku miesięcy. Moje uczucie do niego z dnia na dzień stawało się coraz żarliwsze. Czas, jaki spędzaliśmy osobno, był niczym tortury. Zbliżały się święta Bożego Narodzenia. Z jednej strony bardzo chciałam spędzić te dni z rodziną, z drugiej nie chciałam być bez Marcina. Szybko stał się najważniejszą częścią mojego życia. Zastanawiałam się, czy go zaprosić. Bałam się jednak, że nie przywykł do ubóstwa i nasze skromne gospodarstwo nie przypadnie mu do gustu. Wolałam, by poznał moich bliskich na bardziej neutralnym gruncie. Zdawałam sobie sprawę z tego, że ze względu na nasz związek spotkanie z naszymi rodzinami będzie nieuniknione.

Tego dnia przyszedł do akademika jak zawsze przed osiemnastą, aby zabrać mnie na kolację na mieście. Powoli zaczynałam przywykać do udogodnień, jakie dawał mi nasz związek. Chociaż za każdym razem czułam się głupio, Marcin nie przyjmował odmów. Gdy tylko próbowałam oponować, sugerując zrobienie kanapek, on ripostował, że możliwość patrzenia w moje oczy zasługuje na zapłatę najwyższą z możliwych, a i tak nigdy, nieważne, co by robił, nie uda mu się spłacić długu, jaki u mnie zaciąga, mając mnie wyłącznie dla siebie. Komplement ten, choć powtarzany już tak wiele razy, za każdym razem wzbudzał we mnie emocje. Policzki rozpalały mi się do czerwoności, a w moim wnętrzu wybuchał ogień miłości. Marcin zdecydowanie należał do tych, którzy potrafili go podsycać.

— Pojutrze Wigilia — odezwałam się między jednym kęsem a drugim, siedząc na wygodnym krześle w jednej z najlepszych restauracji w mieście. — Nie mogę się już doczekać, aż zobaczę się z rodzicami — wyznałam.

— Będzie mi ciebie brakowało w te święta — odrzekł od razu, bez zbędnych ogródek. — Na jak długo wyjeżdżasz? — dopytał, bo wcześniej nie poruszaliśmy tego tematu.

— Jeszcze nie wiem. Na pewno na święta. Potem zależy, czy rodzice będą potrzebowali mojej pomocy.

— Ale na sylwestra będziesz już w Krakowie?

— No pewnie. Nie wyobrażam sobie rozpoczęcia nowego roku bez ciebie! — odpowiedziałam, by poprawić mu trochę humor. — A ty z kim spędzasz święta? Z rodzicami?

— Tak. To jedyny czas w roku, który zawsze spędzamy wspólnie, niezależnie od tego, co by się działo. Któregoś roku, gdy babcia wylądowała w szpitalu i jej stan nie pozwalał jej wyjść na przepustkę, urządziliśmy wigilię w szpitalu.

Dotarło do mnie, że pytanie, czy chciałby dołączyć do mojej rodziny w święta, nie będzie miało żadnego sensu. To był czas, który zawsze spędzał ze swoją rodziną. Był jedynakiem, tak jak ja. Nasi rodzice nie mieli nikogo prócz nas.

— A jaką pomoc rodzicom masz na myśli? — zapytał nagle.
Nigdy wcześniej nie mówiłam mu wiele o tym, gdzie się wychowałam. Wiedział jedynie, że mieszkam w małym miasteczku i że nam się nie przelewa. Nigdy nie drążył tematu, zapewne świadomy, że nie jest mi na rękę o tym mówić. Studia prawnicze miały zupełnie odmienić mój los. Rodzice stawali na głowie, aby umożliwić mi tę zmianę. Opłata za mój akademik pożerała sporą część domowego budżetu, mimo dodatkowych środków z mojego stypendium. Życie w Krakowie także nie należało do najtańszych. Rodzice jednak powiedzieli, bym się nie martwiła, bo dadzą sobie radę. Wielokrotnie zastanawiałam się, jak wiele musieli poświęcić, bym tu teraz była.

— Moi rodzice prowadzą małe gospodarstwo — zaczęłam i na krótką chwilę zamarłam, zastanawiając się, czy chcę mu o tym wszystkim mówić. Jasne, że chciałam. Kochałam go. Ale to nie zmieniało faktu, że się bałam...

Wyczuł to.

— Lauro... Nie jest dla mnie ważne, kim są twoi rodzice i jakie miałaś życie w przeszłości. Mogłaś nawet sprzątać obory i jeść chleb z cukrem. Dla mnie największą wartością, jaką mogli ofiarować ci twoi rodzice, jesteś ty sama. Wychowali cię na wspaniałego człowieka i już do końca życia będę im za to wdzięczny. Cokolwiek więc mi powiesz, będę doszukiwał się w tym jedynie tego, jak wspaniale twoje dotychczasowe życie ukształtowało twoją osobowość. Niczego więcej...

W oczach zakręciła mi się łza. Jeszcze nigdy nikt, nawet on, nie powiedział mi czegoś tak cudownego.

— Mamy krowy i kury. Krowy dają mleko, a kurki jajka. Mama codziennie sprzedaje świeże wyroby na okolicznym targu. Ona zajmuje się zwierzętami. Ojciec uprawia pole i sad.

Mamy bardzo mały domek. Stajnia zajmuje większość miejsca na podwórku. Miałam też konia. Nazywał się Bargon. Tata kupił go, gdy miałam siedem lat. Był moim najwierniejszym przyjacielem. Kilka miesięcy temu musiałam dokonać pewnych wyborów. Nie tylko ja zresztą. Rodzice bardzo się starają, ale sprzedaż Bargona przyczyniła się do tego, że tutaj teraz jestem. Pieniądze ze sprzedaży mojego przyjaciela pozwoliły mi na zakup książek i choć częściowe opłacenie akademika. Resztę dosyłają mi co miesiąc rodzice. Tyle, ile mogą… – Na wspomnienie o Bargonie zrobiło mi się smutno. Był jeszcze dość młodym koniem i wiedziałam, że ktokolwiek go odkupi, będzie zadowolony. Bargon uwielbiał ludzi, w szczególności dzieci. On jednak jako jedyny nie przynosił gospodarstwu zysków, a jedynie generował koszty. Podczas mojej nieobecności nie miałby kto się nim opiekować. Matematyka była prosta. – Tak więc masz poniekąd rację. Pomagałam moim rodzicom w gospodarstwie. Jestem pewna, że wiele prac się nawarstwiło i zapewne będą to pracowite święta. Nie ma to jednak dla mnie znaczenia. Lubię to robić. Nigdy nie uważałam, by ta praca w jakikolwiek sposób mnie hańbiła. Żal mi jedynie, że nie przynosi to zysków w pełni zabezpieczających nasze potrzeby. Ale właśnie dlatego tu jestem. Aby to zmienić.

Długo jeszcze opowiadałam mu o życiu, jakie się wiedzie, mając gospodarstwo. Ku mojemu zdziwieniu słuchał z wielką uwagą. Zadawał mnóstwo pytań i oczekiwał wyczerpujących odpowiedzi. Wieczór minął nam niesamowicie miło. Gdy odprowadził mnie do akademika, życzył mi wesołych świąt.

– Mam coś dla ciebie – powiedziałam do niego i wręczyłam mu małe pudełeczko przewiązane czerwoną kokardką. – Otwórz dopiero po wigilii – dodałam, mając nadzieję, że nie skusi się, by zrobić to wcześniej.

Upominek był drobny, ale za to zrobiłam go własnoręcznie. Liczyłam na to, że mu się spodoba. Nawet gdybym operowała budżetem pozwalającym mi na zakup czegoś cenniejszego, nie miałabym pojęcia, co wybrać. Marcin miał wszystko, a nawet jeśli czegoś nie miał, a chciał to mieć, po prostu jechał do sklepu, by to kupić.

– Dziękuję! – Zmieszał się nieco.

Dotarło do mnie, że on nic dla mnie nie ma.

– Widzimy się po powrocie. Będę dzwonić codziennie! – dodał i pocałował mnie namiętnie.

Następnego ranka spakowałam się i ruszyłam w rodzinne strony. Mama i tata byli zachwyceni moją obecnością. Bardzo się za nimi stęskniłam. Cały dzień zgodnie z przewidywaniem pomagałam w gospodarstwie, opowiadając przy tym, jak idzie mi na uczelni.

– Mam nadzieję, że masz czas na jakieś przyjemności? – zapytała w pewnym momencie mama, zmęczona słuchaniem o kolejnych wykładach i egzaminach.

– No pewnie – odpowiedziałam i już miałam zamiar opowiedzieć jej o naszych licznych wyprawach w góry lub kolacjach w restauracjach, ale ugryzłam się w język. Nie chciałam robić jej przykrości. A może nie chciałam zostać posądzona o to, że poniekąd żeruję na czyichś pieniądzach. Sama nie wiedziałam, czego obawiam się bardziej. – Wychodzę gdzieś czasem ze znajomymi – dodałam jedynie.

– Poznałaś kogoś? – rzuciła niby całkiem mimochodem, choć wiedziałam, że zawsze martwiło ją, że całe życie poświęcam wyłącznie nauce.

– Tak. Spotykam się z Marcinem. Jest ze mną na roku – odpowiedziałam szybko.

– Lauro, to fantastycznie! Bardzo się cieszę. To coś poważnego? – dopytywała.

Nie dziwiło mnie to. Był to mój pierwszy chłopak. W duchu miałam nawet nadzieję, że ostatni.

— Trudno powiedzieć, mamo. Spotykamy się dopiero od paru miesięcy. Ale bardzo chciałabym, aby było to coś poważnego. To naprawdę fantastyczny człowiek. Na pewno byście go z tatą bardzo polubili — wyznałam, sama zszokowana własną szczerością.

— W takim razie mam nadzieję, że uda nam się go szybko poznać. — Na jej twarzy pojawił się ten typ uśmiechu, jakiego już od bardzo dawna u niej nie widziałam. Należał do tych najbardziej szczerych, pochodzących prosto z wnętrza jej serca.

Cały dzień upłynął nam na pracach w gospodarstwie. Nie można tu było narzekać na nudę. Co rusz łapałam się na tym, że zaglądam do boksu Bargona, przekonana, iż go tam zobaczę. Każdy kolejny zawód był dla mnie tak samo bolesny. Powoli docierała do mnie smutna prawda, że za swoją godną przyszłość zapłaciłam najwierniejszym przyjacielem. Moja posępna mina nie uszła uwadze ojca. Podszedł do mnie i przytulił, doskonale wiedząc, jaka burza uczuć toczy się teraz w moim wnętrzu. Milczał. Wiedział, że nic, co powie, nie będzie w stanie uśmierzyć mojego bólu. Sama doskonale wiedziałam, że gdyby był w stanie, postarałby się tego uniknąć. Nie mieliśmy jednak wyboru. Moje dobro było najważniejsze. Choć okupione smutkiem.

— Jest w dobrych rękach — wyszeptał mi do ucha.

Te słowa przyniosły mi lekką ulgę. Miałam nadzieję, że gdziekolwiek się znajduje, jest szczęśliwy i ktoś troszczy się o niego tak, jak przez te wszystkie lata robiłam to ja.

— Chodźmy coś zjeść. Na pewno bardzo już zgłodniałaś. — Tata chwycił mnie za rękę i pociągnął w stronę domu.

Po raz ostatni tęsknie spojrzałam w stronę boksu swojego przyjaciela. Po moim policzku spłynęła łza. Otarłam ją szybko. Nie chciałam wbijać tacie dodatkowych igieł. I tak zapewne bił się z własnym sumieniem przez wybór, którego musiał dokonać.

Przy kolacji mama nie omieszkała poinformować ojca, że w moim życiu zagościł kawaler. Tata zalał mnie falą pytań. I co ciekawe, na niektóre nie potrafiłam jeszcze odpowiedzieć, co dało mi do zrozumienia, że wiele pozostało mi w Marcinie do odkrycia.

W trakcie kolacji zadzwonił mój telefon. Na ekranie wyświetliło się „Marcin", a mama z tatą aż się spięli.

– No odbierz w końcu! – ponaglała mnie mama, choć od zawsze zasadą, która obowiązywała przy stole, było nieodbieranie telefonów. – Może to coś pilnego! – dodała, widząc mój wyuczony opór.

– Słucham? – zapytałam, przykładając telefon do ucha, a mama i tata bezwiednie przysunęli się bliżej, by móc cokolwiek usłyszeć.

– Jak ci minął pierwszy dzień beze mnie? Tęsknię! – Jego głos sprawił, że od razu i ja zatęskniłam, choć przez większość dnia liczne obowiązki skutecznie tłumiły to odczucie.

– Ja też! – wyznałam. – Przypomniałam sobie dziś, jak dbać o gospodarstwo – rzuciłam krótko, nie chcąc się zbyt rozwodzić przy podsłuchujących mnie rodziców. – Jemy właśnie kolację… – Zrobiłam małą pauzę, licząc na to, że odczyta wiadomość ukrytą między wierszami.

– W takim razie nie przeszkadzam. Napisz, jak będziesz mogła rozmawiać. Zadzwonię.

– W porządku. Pa. – Rozłączyłam się.

Skwaszone miny rodziców sugerowały, że spodziewali się dowiedzieć czegoś więcej.

– Najważniejsze, że tęskni – podsumowała mama.

Zaczęłam się zastanawiać, czy ma może jakiś supersłuch, o którym nigdy nikomu nic nie mówiła, czy może naprawdę aż tak głośno to było słychać. Tata jedynie pokiwał głową z aprobatą i wiedząc, że nic więcej ciekawego go już nie czeka, zajął się ponownie zajadaniem się potrawką przygotowaną przez mamę.

Po kolacji odczułam nagłe zmęczenie. Kilka miesięcy przerwy w pracy w gospodarstwie sprawiło, że moje ciało zupełnie odzwyczaiło się od czynności, do których niegdyś było przyzwyczajone. Podejrzewałam, że moje mięśnie w proteście zakwaszą się do tego stopnia, że ciężko mi będzie się jutro podnieść z łóżka. Wzięłam telefon i walcząc z opadającymi powiekami, zdołałam napisać jedynie krótką wiadomość, że jestem bardzo zmęczona i że odezwę się jutro. Marcin najwyraźniej zrozumiał aluzję i już nie zadzwonił. Odpisał jedynie, że życzy mi dobrej nocy i ponowił informację o tym, że tęskni i kocha. Zdążyłam jeszcze uśmiechnąć się do siebie na wspomnienie jego twarzy, i zabrał mnie sen.

Obudziłam się równo z kurami. Tego zwyczaju moje ciało nie zapomniało. Jednak mięśnie – zgodnie z przewidywaniami – bolały mnie sakramencko. Wzięłam szybki prysznic i zeszłam na śniadanie. W małym pokoju, który traktowaliśmy jak salon, czekała już świeżo ścięta choinka, którą tata musiał przynieść niedawno z lasu, w rogu stało wielkie pudło oznaczone nalepką z napisem „świąteczne ozdoby".

– To ja idę zadbać o nasz dobytek, a wy dziś zajmijcie się przygotowaniami do wigilii – powiedział tata, zakładając kufajkę i ciepłe zimowe gumiaki, po czym wyszedł do obory, jak miał w zwyczaju.

Uwielbiałam święta. Zawsze ubierałam choinkę z mamą. Świąteczny nastrój panujący od samego rana od razu mi się udzielił. Uśmiech nie schodził z mojej buzi i lekko się zagalopowałam, bo zaczęłam opowiadać mamie coraz więcej o Marcinie i czasie, jaki spędzamy razem. Mama słuchała i przytakiwała, nie komentując. Zapewne bała się, że gdy tylko coś powie, od razu zaprzestanę tak gorliwie jej o wszystkim opowiadać.

– Tęsknię za nim – wyznałam w końcu. – Czy to nie dziwne, mamo? Spotykamy się zaledwie od paru miesięcy, a ja już tak bardzo się zaangażowałam.

– Nic w tym złego. Mam jedynie nadzieję, że jest on naprawdę wart twojej miłości.

No pewnie, że jest – odpowiedziałam sama sobie już w myślach.

Dzień mijał nam bardzo szybko. Piękna i pachnąca lasem choinka stała już ubrana po sam czubek. Bajeczne zapachy potraw rozchodziły się po domu, sprawiając, że nie mogłam się już doczekać, aż w końcu siądę przy stole i napełnię nimi wygłodniały żołądek… W pewnym momencie do domu wpadł tata, a minę miał niewyraźną. Patrzył na nas, jakby przed chwilą zobaczył ducha.

– Co się stało? – zapytała go mama, wyraźnie zmartwiona.

– Nie mam pojęcia. Musicie zobaczyć to na własne oczy. To… – Nie umiał nic więcej z siebie wydusić.

Szybko się ubrałyśmy w ciepłe okrycia i wyszłyśmy za tatą. Już w drodze stanęłyśmy ze zdziwienia jak wryte – wyglądałyśmy zapewne jak tata jeszcze chwilę temu. Na polanie przed stajnią stało stado krów. Wyglądały na młode i silne. Zaraz obok pasło się kilka kóz, a pieczę nad wszystkim zdawał się sprawować ogromy, urodziwy byk.

– Co one tu robią? Zabłądziły? – zapytałam.

– Byłem na łące, żeby zebrać resztki siana przed przymrozkami, które na dzisiejszą noc zapowiadają, a gdy wróciłem, już tu były. Może uciekły sąsiadom? – Tata myślał na głos. – Nie przypominam sobie jednak, żeby ktoś z okolic miał aż tak duże stado.

Tata miał rację: stado było dość pokaźne, nikogo ze wsi nie byłoby na takie stać.

Właśnie wtedy usłyszałam głośne rżenie konia dochodzące z naszej stajni, która po Bargonie została całkiem pusta. .. Tata wraz z mamą także odwrócili się w stronę stajni na ten odgłos. Biegiem ruszyłam do środka, a rodzice w ślad za mną.

– Kupiłeś jej konia? – Usłyszałam za plecami pytanie mamy.

– Nie... – odpowiedział tato.

Weszłam do stajni i stanęłam jak wryta. Był tam. Mój Bargon! A na jego grzbiecie dumnie siedział Marcin. Rodzice zatrzymali się tuż obok mnie, wpatrując się w wigilijnego intruza.

– Nigdy nie mówiłaś, że chcesz rycerza na białym koniu – zaczął, a po moich policzkach powoli płynęły już łzy. – Przyjmijmy jednak, że to taka wartość dodana. – Uśmiechnął się promiennie, gdy ja dalej stałam osłupiała. – Podejdziesz tu? Czy może potrzebujesz, by ktoś cię uszczypnął? – Roześmiał się, widząc, w jakim stanie się znajduję.

– Co tu się dzieje, Lauro? – zapytał ojciec, lekko zdenerwowany. Nie należał do osób lubiących nie mieć kontroli nad sytuacją.

– Mamo, tato, to jest Marcin. Mój Marcin – wyszeptałam i pobiegłam w jego stronę.

Zanim do niego dobiegłam, on zdążył już zeskoczyć zwinnym ruchem z siodła Bargona i rozwarł swoje ramiona szeroko w geście przywitania. Wpadłam w nie z impetem i od razu opłynęło mnie znajome poczucie bezpieczeństwa. Pocałował mnie delikatnie, by nie podpaść moim rodzicom, po czym zwrócił się ku nim.

– Witam państwa serdecznie. Jestem Marcin. Mam nadzieję, że nie przerwałem wigilijnej wieczerzy. Chciałem, aby Laura otrzymała prezent, jeszcze zanim siądziecie do wspólnego stołu.

– Czy te krowy to twoja sprawka? – zapytałam Marcina, bo nagle wszystko stało się jasne.

Rodzice nadal stali w wielkim szoku i jedynie przyglądali się całemu zdarzeniu.

– No wiesz... ty dostałaś konia. Ktoś będzie musiał się nim zajmować, kiedy ciebie tu nie będzie, a że są to dodatkowe koszty, to ktoś musi na nie zarobić. Będą to robiły te oto krowy – wytłumaczył dość pokrętnie.

Tata zbladł i opadł na kolana. Widać było, że Marcin zupełnie nie zna się na gospodarstwie.

– To bardzo szlachetne z twojej strony. Nie mogę jednak przyjąć tego daru.

– Proponuję przenieść dalszą część tej rozmowy do domu – zasugerowała mama, podnosząc ojca z kolan.

Przytuliłam się do Bargona i zamknęłam go w jego boksie. Szturchał mnie pyskiem co rusz, wyraźnie zadowolony z powrotu do domu.

– Nie wiem, jak na to wpadłeś. I jak to zrobiłeś. I nie wiem, jak zdołasz przekonać mojego dumnego ojca, by te zwierzęta tu zostały. Ale kocham cię z całych sił za to, co zrobiłeś. – Zarumieniłam się lekko.

– Twoje czerwone policzki wystarczą mi za tysiące podziękowań – wyznał i korzystając z tego, że rodziców nie było już w stajni, pocałował mnie namiętnie, tak jak tylko on potrafił.

Sprawił, że w moim wnętrzu od razu zapłonął ogień. To był ten moment, w którym nie wiedziałam jeszcze, jak wszystko się dalej potoczy, ale utwierdziłam się w przekonaniu, że kocham tego mężczyznę ponad życie i już nic nie będzie w stanie tego zmienić.

– No to teraz się przygotuj. Łatwo nie będzie – pogroziłam mu, wiedząc, jaka przeprawa go czeka. Wiedziałam jednak, że jest na tyle inteligenty, że ze wszystkim sobie poradzi.

– Przypominam ci, że studiujemy prawo. Potraktujmy to zatem jako naszą pierwszą rozprawę – zaśmiał się i ruszyliśmy w kierunku domu.

– A co z wigilią w twoim rodzinnym domu? – zapytałam zmartwiona, pamiętając, jakie to dla niego ważne.

– Hmm... plan jest taki, że najpierw zjemy tutaj, o ile mnie ugościcie i nie wylecę na bruk razem z krowami, bo konia pewnie pozwolą ci zatrzymać, a potem porywam cię do siebie. Gdy rodzice usłyszeli, że chciałbym im przedstawić swoją dziewczynę, powiedzieli, że mogą jeść wigilię nawet i o trzeciej w nocy, więc... Nie gniewasz się, prawda? – Nie był pewien, czy zbyt pochopnie sobie wszystkiego nie rozplanował.

– Nie potrafię się chyba na ciebie gniewać. – Dałam mu pstryczka w nos i zaprosiłam gestem do naszego małego salonu.

Rodzice siedzieli już przy stole, nadal zupełnie zaskoczeni sytuacją. Widziałam, że mają problem, aby się w niej odnaleźć. W swoich opowieściach ani razu nie wspomniałam, że Marcin wywodzi się z bardzo bogatej rodziny.

– Zanim przejdziemy do dyskusji na temat tego, co się wydarzyło – zaczęłam – mamo, to jest Marcin. Mój chłopak. Marcinie, to jest moja mama, Aurelia. A to tata, Zbyszek.

– Bardzo mi miło. – Marcin się przywitał, teraz już oficjalnie, wyciągając do nich rękę.

O ile dłoń mamy uścisnął krótko i delikatnie, o tyle odniosłam wrażenie, że podczas uścisku z ręką taty toczy się między nimi dwoma jakaś dziwna walka.

Usiedliśmy przy stole i przez chwilę nikt nic nie mówił. W końcu tata, jako głowa naszej rodziny, odezwał się pierwszy:

– Marcinie, to cudowne, jaki prezent ofiarowałeś Laurze. Zapewne zdajesz sobie sprawę z tego, dlaczego jej koń został sprzedany. – Tata chyba próbował się tłumaczyć. – Szanuję to, że postanowiłeś go odkupić od jego nowego właściciela. Nie mogę jednak przyjąć... – Głos mu się lekko załamał. – To stado krów kosztowało więcej, niż jestem w stanie zarobić przez pięć lat. Nie mam nawet na tyle pastwisk, by je wypasać. To zbyt hojne z twojej strony. Mniemam, że dowodzi to tego, jak wielkim uczuciem darzysz naszą córkę. Nie zmienia to jednak faktu...

– Pozwoli pan, że panu przerwę. Chciałbym już od początku wytłumaczyć parę spraw, zanim przejdziemy w naszej dyskusji dalej.

Tata kiwnął głową, zgadzając się na zasugerowany przez Marcina tok rozmowy. Sam zapewne nie wiedział, co więcej mógłby powiedzieć.

– Gdy spotkałem Laurę po raz pierwszy, od razu rzuciła mi się w oczy jej niezwykła uroda i zielone oczy, co nie powinno państwa dziwić, bo macie naprawdę piękną córkę. Jednak to w tym, co nosi w sercu i w tym, jaką jest osobą, się zakochałem. Pewnego dnia poczęstowała mnie kanapką. Nie miałem wtedy drugiego śniadania. Kanapka była przepyszna. Zapytałem ją, czy mogłaby mi robić codziennie śniadanie. Zgodziła się od razu. Wtedy nie wiedziałem, jak wiele będzie musiała sobie odmówić, bym ja zjadł kanapkę. Pokazała mi tym, jak wiele ci, którzy mają mało, potrafią dać innym od siebie, a jak mało ja sam daję innym, mimo że tak wiele posiadam.

Widziałam, że mama jest bliska płaczu. Sama też się wzruszyłam.

Marcin kontynuował:

– Laura opowiedziała mi ostatnio o swoim ukochanym koniu. Była to opowieść o straconym przyjacielu, który przez lata był jej najbliższy. Znam ją już trochę i wiem, że piękna bransoletka czy naszyjnik nie zrobią na niej żadnego wrażenia, wręcz przeciwnie. Postanowiłem ofiarować jej coś, czego pragnęła i za czym tęskniła. Nie było dla mnie ważne, ile to będzie kosztowało i ile problemów napotkam po drodze. Jej uśmiech jest dla mnie zawsze wystarczającym podziękowaniem. Tak więc jeśli nie chce pan przyjąć ode mnie krów, będzie to kolejny prezent dla Laury. I tak na pewno zostawi je tutaj, aby państwo o nie zadbali.

– Nawet gdybyśmy przyjęli ten prezent... Jak już wspomniałem, nasze gospodarstwo jest za małe, by je wszystkie wykarmić.

– Już nie! – odparł Marcin i mimo że do rodziców to nie dotarło, to ja już wiedziałam, co ma na myśli. – Obok waszego gospodarstwa od lat stała działka. Jest bardzo duża. Kupiłem ją sobie jako aktywa na przyszłość. Ceny ziemi cały czas idą w górę, więc to na pewno trafiona inwestycja, a tymczasem daję panu pełne prawo do wykorzystywania tej ziemi na potrzeby własne i pana gospodarstwa, wliczając w to oczywiście całą trzodę rolną Laury.

— Pomijam już fakt, że zapędziłeś się z tym wszystkim tragicznie daleko. Czy mógłbyś mi powiedzieć, jak ci się to wszystko udało zrobić w tak krótkim czasie? — zapytałam go, nie mogąc uwierzyć do końca w to, co słyszę.

— No wiesz... to będzie taki mój sekret. Powiem jedynie, że wcale nie chcieli mi oddać Bargona.

Tata siedział z głową między rękami, a mama cichutko płakała u jego boku. Ja sama także nie wiedziałam, co mam o tym wszystkim myśleć. Dla mnie to był cudowny prezent. Rodzice jednak mieli problem, by go zaakceptować.

— Panie Zbyszku — odezwał się ponownie Marcin, a tata podniósł głowę; czekał pewnie na to, czym ten obcy młodzieniec jeszcze go zaskoczy. — Powiem to w ten sposób: gdyby pan wygrał pieniądze na loterii, byłby pan szczęśliwy?

— No chyba jak każdy.

— No właśnie. Moją wygraną na loterii jest państwa córka. Była szansa jedna na milion, że uda mi się ją znaleźć. Dzięki państwa pracy i uporowi znalazła się w odpowiednim miejscu, o odpowiednim czasie. Chciałbym, aby rzeczy materialne, które będę ofiarowywał Laurze czy państwu, nie były odbierane jako zapomoga, ale jako dowód wdzięczności za to, jak wspaniale wychowaliście córkę. Kto wie, może kiedyś zostanie moją żoną. — Puścił mi oczko, a ja zarumieniłam się tak mocno, że mama zaczęła wachlować mnie gazetą. To wzbudziło ogólny śmiech i po raz pierwszy atmosfera się rozluźniła.

— A teraz do rzeczy. Krów nie zabieram. Bo to było przekupstwo. — Marcin roześmiał się. — Mam nadzieję, że znajdzie się nakrycie dla nieznajomego i że po wieczerzy Laura będzie mogła pojechać ze mną, żeby poznać moich rodziców. Dla nas spędzanie świąt wspólnie jest także bardzo ważne.

To wyznanie Marcina spotkało się z wielką aprobatą i życzliwym śmiechem. Tata wstał od stołu i zniknął na ganku. Gdy wrócił, w ręku trzymał kalosze.

– Kupiłeś? To teraz zagnaj do obory, bo zmarzną! A dziewczyny skończą nakrywać do stołu. – Podał Marcinowi kalosze, a sam ubrał się i wyszedł na podwórko.

Marcin popatrzył na mnie zdziwiony i śmiejąc się wesoło, ruszył za tatą.

– Sama nie wiem, córeczko, kto tu kogo wygrał na loterii. Wydaje mi się, że oboje ustrzeliliście szóstkę – podsumowała mama.

***

Z marzeń sennych wyrwał mnie metaliczny odgłos dobijania się do drzwi bunkra, w którym się ukrywałam. Mechanicznie naciągnęłam na głowę kołdrę, jakby warstwa pierza miała dodatkowo w jakiś sposób mnie obronić. Mimo zapewnień Marcina, że nikt nie będzie w stanie dostać się do bunkra, panicznie się bałam, że jednak mógł się mylić. Byłam przekonana, że od naszej rozmowy minęła już godzina. Jego jednak nadal nie było. Miałam nadzieję, że nic mu się nie stało. Nie wiem, czy potrafiłabym stracić go po raz drugi.

– Wyłaź! – krzyknął Dobry.

Mimo zniekształceń, jakie tworzyła dzieląca nas stal, byłam w stanie rozpoznać jego głos. Był jednak zupełnie inny. Po raz pierwszy wyczułam w nim tak negatywne emocje. Dobry był wkurzony!

– Wiem, że tam jesteś! Jak nie wyjdziesz, tylko zmusisz mnie do rozwalenia drzwi, dobrze się to dla ciebie nie skończy! – zagroził mi, a ja zadrżałam.

Zaczęłam się zastanawiać, czy faktycznie byłby w stanie się tu dostać. Mógł to zrobić, jeśli znał kod dostępu. Chyba że groźbę o rozwaleniu drzwi traktował całkiem serio. Gdy wchodziłam do bunkra, mimo pośpiechu zarejestrowałam kątem oka ich wygląd. Spokojnie miały ze dwadzieścia centymetrów grubości. Nie miałam pojęcia, w jaki sposób można się było przedrzeć przez tak grubą warstwę stali. Jeśli jednak był w stanie tak szybko wyłączyć alarm, to czy mógł w podobny sposób zhakować kod do bunkra? W głowie roiły mi się tysiące pytań i prawdopodobnych zdarzeń. Siedziałam jednak cichutko jak mysz pod miotłą, mając nadzieję, że Marcinowi uda się dotrzeć do mnie na czas.

Oczami Marcina

Szybko podniosłem się z ziemi i chwyciłem Jakuba w ramiona. Postrzelona ręka łupała straszliwie, ale nie mogłem go tutaj zostawić. Ile sił w nogach pobiegłem za linię drzew, by znaleźć bezpieczne schronienie. Kilkadziesiąt metrów w głąb lasu znalazłem jamę w ziemi. Położyłem w niej Jakuba, który nadal był nieprzytomny, a sam wziąłem broń i stanąłem na warcie. Byliśmy na tyle daleko, by trudno nas było dostrzec, ale na tyle blisko, bym zauważył moment, w którym nadjedzie odsiecz lub napastnik chcący zakończyć swoje zadanie. Ku swojemu niezadowoleniu na to drugie nie musiałem długo czekać. Dwóch bandziorów w kominiarkach weszło do lasu, skradając się i rozglądając dookoła. Byłem przekonany, że aby dostać nagrodę, musieli dostarczyć Diablo moją głowę. Nie w smak było mi się z nią rozstawać, a już w szczególności teraz, gdy dowiedziałem się o ciąży Laury. Nie lubiłem zabijać. Nie zawsze jednak miałem wybór. Dwóch na jednego, w dodatku ja z raną postrzałową, to było dla mnie zbyt ryzykowne. Musiałem załatwić ich z odległości – wykorzystać fakt, że oni mnie jeszcze nie widzą.

 Wyjrzałem delikatnie zza drzewa, nakierowując strzał na jednego z napastników. Już miałem pociągnąć za spust, gdy z głębi lasu od zachodu rozszedł się dźwięk strzału. Laura! – pomyślałem i na moment przestałem być ostrożny. Oprawcy zdążyli się do mnie zbliżyć. Zerknąłem na Jakuba. Nie mogłem wskazać im jego położenia. Nie był im potrzebny, logiczne więc było, że zabiją go bez mrugnięcia okiem. W głowie grzmiał mi ostatni rozkaz dowództwa. Bez wahania wyszedłem z kryjówki. Szybko wycelowałem w głowę jednego z napastników, a kula przeszyła jego czoło na wylot. Drugi zareagował mechanicznie i oddał w moim kierunku kilka strzałów. Jeden z nich odbił się od drzewa i rykoszetem trafił mnie w udo. Zachwiałem się, ale szedłem dalej. Moją przewagą był mrok lasu, na którego tle schowałem się wcześniej. Widziałem napastnika wystarczająco wyraźnie. Już miałem strzelić, gdy poczułem przeszywający chłód lufy przyłożonej do mojej skroni.

— Nie zdążysz — powiedział zachrypnięty głos.

— Przekonamy się? — zadałem pytanie, w trakcie którego odepchnąłem broń napastnika i posłałem parę kul w stronę swojego poprzedniego celu. Niemal słyszałem, jak wydaje z siebie ostatnie tchnienie. Trzeci z bandziorów był jednak szybki i udało mu się kopnięciem wytrącić mi broń z ręki.

— Trzech na jednego? — zirytowałem się.

— To nie moja wina, że ty jesteś sam. Odwróć się! — rozkazał.

Nie miałem pojęcia, co ma zamiar zrobić. Nie byłem pewien, czy Diablo chciał mnie żywego czy martwego. Przed oczami zaczynało przelatywać mi moje życie. Teraz, gdy wiedziałem już, że Laura jest w ciąży, myślałem o tych wszystkich rzeczach, których świadkiem nie będę. Pierwszy uśmiech, pierwsze kroki, pierwsze słowa. Wtedy usłyszałem strzał. Odruchowo zakryłem dłońmi głowę. Zdziwiony, że nie odczuwam bólu, odwróciłem się. Wielkie cielsko napastnika osunęło się na ziemię, wydając z siebie jedynie syk. Zmieszany, rozejrzałem się dookoła i zobaczyłem Jakuba z bronią w ręku, opierał się o drzewo.

— On nie jest sam! — wydusił z siebie i opadł na leśną ściółkę.

Podbiegłem do niego z wdzięcznością za to, że był ze mną zawsze. Był przytomny, ale słaby.

– Wezwałem już pomoc. Dziękuję ci, stary. Już myślałem, że to koniec. Jednak uważam, że zrobiłeś błąd, jadąc ze mną.

– Gdybym z tobą nie pojechał, już by cię tu nie było. Zresztą to była moja decyzja. To ja zgubiłem Laurę. Byłem ci to winien.

– Odkupiłeś już swoje winy. Zaraz będą tu nasi. Zabiorą cię.

– Krwawisz – powiedział. – To nie jest dobry pomysł, byś w takim stanie ruszył na pomoc Laurze.

– Nie mam wyjścia. Nie wiem, jak dużo ma czasu. Bunkier jest bezpieczny, dopóki działa elektronika. Jeśli dojdą do tego, jak wyłączyć zapasowy generator, będzie miała kłopoty. Tym większe, że chciała uciec. Na pewno nie są z tego faktu zadowoleni.

– Przeklęty Diablo – zasyczał Jakub, trzymając się za bok.

– Daj, zerknę. – Zmartwiłem się, że może mieć jakieś poważne obrażenia. Szybki rozwój wypadków nie pozwolił mi wcześniej na ocenienie jego stanu.

– Nie trzeba. Mam złamanych kilka żeber. Mocno przywaliłem też głową. Pewnie dlatego mnie zamroczyło. Wyjdę z tego. Już nie raz tak obrywałem.

Nigdy nie wiedziałem, jakich wymówek używał, tłumacząc się swojej dziewczynie, gdy wracał do domu solidnie poobijany. Miał wyjątkowe szczęście do częstego obrywania w akcjach. Mnie zdarzało się to rzadko i wystarczały błahe wykręty. Jak jednak wytłumaczyć zasadnie dziurę po kuli... Jedno było pewne, ja nie będę musiał już nigdy szukać wymówek. Chciałem go o to właśnie zapytać, by utrzymywać go cały czas w stanie świadomości, gdy wtem na skraju lasu zaparkował czarny suv. Z samochodu wysiadło kilku agentów i rozglądali się dookoła. Zagwizdałem krótko – kodem naszej agencji – a oni ruszyli w kierunku dźwięku. Już po chwili byli przy nas.

– Ty do szpitala, a ty do bazy… – Agent spojrzał na moje krwawiące ramię. – Poprawka: ty też do szpitala, a potem do bazy.

– Nie ma mowy. Moja żona jest w niebezpieczeństwie.

– Nie masz już autoryzacji na to zadanie – wycedził przez zęby.

On także miał żonę i dzieci. Wiedziałem, że jest w stanie postawić się na moim miejscu.

– Nie mogę ci jednak niczego zabronić – dodał.

– Wiem. Łatwo się było domyślić. Gdy coś idzie nie po myśli agencji, zaraz pojawiają się problemy. – Moja szczerość trochę ich zdziwiła. Wiedzieli, że mam rację. – Zakończę to sam. Nie potrzebuję niczyjej pomocy. Już nikt nie ucierpi. A już na pewno nie moja żona i nienarodzone jeszcze dziecko. – Wyczułem, że po moich słowach atmosfera stała się bardziej napięta. Agencja starannie ukrywała wszelkie niewygodne fakty.

– Opatrzę ci ranę – zaproponował Kamil, jeden z agentów z przeszkoleniem medycznym, zaraz po tym, jak dokładnie obejrzał Jakuba.

– Tak czy siak. Cieszymy się wszyscy, że jednak żyjesz – powiedział Damian i poklepał mnie po ramieniu.

– Oby tak zostało – odparłem lekko rozbawiony sytuacją. – Ironią byłoby w tych okolicznościach umrzeć naprawdę.

– Musisz zachować ostrożność. – ostrzegł mnie.

– Wiem. Połowa bandziorów mnie szuka. Łatwa kasa. Diablo zawsze spłaca swoje długi. Kupił sobie tym zaufanie i posłuszeństwo wiernych mu wyznawców.

– Jego dni są policzone – odezwał się Tomek.

– Przykro mi to mówić, ale nie byłbym tego taki pewny –powiedział Kamil, a gdy skończył bandażowanie rany, popatrzył na mnie, jakby próbował coś jeszcze dodać. – Przeszła na wylot. Postaraj się jej nie nadwyrężać, bo znów zacznie krwawić. I gratuluję. To wspaniałe uczucie dowiedzieć się, że się będzie ojcem.

Z tego, co wiedziałem, Kamil znał to z doświadczenia.

– A u ciebie to już? – zapytałem. Udawanie umarłego sprawiło, że bardzo wiele mnie ominęło, a czas surrealistycznie się wydłużył.

– Jeszcze nie. Termin mamy za kilka dni. To moja ostatnia akcja. Potem biorę długi urlop.

Wiedziałem, że już z niego nie wróci.

– To też moja ostatnia akcja – odpowiedziałem.

Jego twarz była zakryta przez kominiarkę, ale wiem, że się uśmiechnął.

Agenci zabrali Jakuba, który na odchodne życzył mi powodzenia i przepraszał, że nie może mi już pomóc.

Zostałem sam na skraju lasu. Teraz czekała mnie przeprawa przez gąszcz drzew. Nie chcąc tracić więcej czasu, ruszyłem truchtem, starając się rozdzielić energię na cały dystans, który miałem do pokonania. Ręka nadal piekła i pulsowała. Próbowałem odgonić natrętne myśli i umilić sobie bieg, więc wyciągnąłem z kieszeni telefon i odsłuchałem kolejną z wiadomości od Laury. Ta była ostatnia.

> Byłam na badaniu. Twoja mama chciała ze mną iść. Pozwoliłam jej, choć wolałabym, abyś to był ty. Lekarz nie jest pewny, ale podejrzewa, że to będzie chłopiec. Mam nadzieję, że będzie do ciebie podobny pod każdym względem, mimo że każdego dnia podobieństwo to będzie raz za razem łamało mi serce. Bo ty byłeś wyjątkowy, i chcę, aby on także taki był. Tak bardzo tęsknię. Nie potrafię znaleźć sobie miejsca w naszym domu. Jest dla mnie samej zbyt duży. Moja mama obiecała, że gdy dziecko się urodzi, przyjedzie na kilka miesięcy, by mi pomóc. Cieszę się i smucę zarazem. Nikt nie jest w stanie wypełnić pozostawionej przez ciebie pustki. Byłam u psychologa. W związku z moim stanem jednoznacznie nakazał mi zaprzestania prób przywoływania cię

do życia. Zgodziłam się. Ciągły płacz nie pomaga dziecku, a moje rozchwianie hormonalne sprawia, że nie ma już chwil, w których nie płaczę. To jest zatem moja ostatnia wiadomość. Tak bardzo cię kocham, Marcinie. Niewyrażalnie mocno. Od pierwszej chwili, w której cię ujrzałam, aż do naszego ostatniego pocałunku, gdy wyszedłeś z domu po raz ostatni. I choć czuję się pusta w środku, gdy nie ma cię obok, jestem świadoma tego, jak wiele szczęścia ofiarował mi los, sprowadzając cię na ścieżkę mojego życia. Jestem wdzięczna za te lata pełne miłości, jakiej nie byłabym w stanie sobie nawet wymarzyć...

Tu urwała; usłyszałem jej cichy płacz. Sam uroniłem kilka łez. Po chwili dodała:

Dam mu na imię Marcin. Żegnaj, najdroższy. Oby istniało życie po śmierci, gdzie znów będziemy mogli być razem.

To już było zbyt wiele. Wszystkie emocje, które mi towarzyszyły w ciągu ostatniej doby, nagle się ze mnie wylały. Zatrzymałem się i zakrywszy dłońmi twarz, zacząłem głośno szlochać. Postawiłem się na jej miejscu. Ja nie byłbym w stanie się z nią pożegnać już na zawsze. Mimo że agencja sfingowała moją śmierć, po schwytaniu Diablo wszystko miało wrócić do normy. Ja jej nie straciłem, ona jednak... Kląłem na siebie, jak mogłem do tego dopuścić. Musiałem dotrzeć do niej jak najszybciej. Nie zważając na utratę sił, zacząłem biec coraz szybciej i szybciej, chcąc jak najprędzej pochwycić ją w ramiona i powiedzieć, że już nigdy nie będzie musiała się ze mną żegnać. Nie w taki sposób...

Nagle zadzwonił telefon. Na ekranie wyświetliło się „Mama". Spanikowałem. Nie miałem zielonego pojęcia, co zrobić. Czy mój powrót do życia wyciekł już tak daleko? Uznałem, że to niemożliwe i że mama próbuje usilnie skontaktować się z Laurą, próbując dosłownie wszystkiego. Korciło mnie, aby odebrać. Usłyszeć jej głos. Nie zrobiłem jednak tego. Gra toczyła się dalej i musiałem wszystko doprowadzić do samego końca. Chwilę później rozległ się dźwięk esemesa. Zerknąłem na ekran.

Lauro, nie mogę się do ciebie dodzwonić. Czy to ty włączyłaś alarm w domku letniskowym? Czy wszystko jest w porządku? Gdzie ty jesteś?

Nie. Nic nie było w porządku. Po raz kolejny przyspieszyłem. Laura znała kod do alarmu. Jego włączenie się mogło sygnalizować tylko jedno. Ktokolwiek ją uwięził, był już w środku, a Laura była w wielkim niebezpieczeństwie. Wiedziałem, że w bunkrze znajduje się mały telefon satelitarny. Nie znałem jednak jego numeru. Laura dostała ode mnie wytyczne, by na mnie czekać. Wiedziałem więc, że zrobi dokładnie to, o co ją prosiłem. Telefon był schowany w apteczce. Nie wydawało mi się, by Laura musiała do niej sięgać. Po ciuchu zacząłem liczyć na instynkt mojej mamy i na to, że nie zbagatelizuje alarmu i wyśle na miejsce funkcjonariuszy policji. To na pewno wystraszyłoby porywaczy i dało mi tym samym więcej czasu.

Powoli opadałem z sił. Przebieżka przez gęsto zarośnięty las nie należała do najprostszych. Nierówny teren utrudniał szybki bieg, a ciało męczyło się podwójnie przy próbach omijania przeszkód i balansowania ciałem dla utrzymania równowagi. Wydawało mi się, że powinienem być już na miejscu, ale domek letniskowy rodziców znajdował się jeszcze kawał drogi ode mnie. Dopiero gdy wbiegłem na małą polanę, na którą często zabierałem Laurę, zatrzymałem się, by złapać oddech. Polana przywoływała wspomnienia. Jedne z najpiękniejszych. Pchany tęsknotą za żoną i obawą o to, że piknik na tej polanie może być już jedynie przeszłością, ruszyłem dalej. Biegnąc, mimowolnie wróciłem wspomnieniami do chwili, gdy przedstawiłem Laurę swoim rodzicom. Wybrałem na to moment najlepszy z możliwych – wigilię.

***

Gdy opuszczałem gospodarstwo Laury, czułem zdenerwowanie. Bardziej bałem się opinii swoich rodziców niż tego, że dopiero co poznałem rodzinę Laury, a w dodatku trochę przesadziłem z prezentami. Finalnie jednak chyba każdy był zadowolony. Najważniejsze dla mnie było szczęście Laury. Kiedy wsiadaliśmy do samochodu, widziałem, że ona też się stresuje. Liczyłem na to, że moi rodzice pokochają ją tak szybko, jak ja sam, że od razu znajdą dla niej miejsce w swoich sercach. Chociaż spotykaliśmy się zaledwie od kilku miesięcy, coraz częściej docierało do mnie, że pragnę, by tak już zostało. Nie myślałem o nikim innym. Pragnąłem wyłącznie jej. Miałem nadzieję, że nie jest to jedynie zauroczenie, a prawdziwa miłość, która z każdym dniem będzie we mnie narastać.

– Stresujesz się?

Laura należała do osób, które lubiły rozmawiać o swoich emocjach. Nie lubiła tłamsić ich w sobie. Dzięki temu zawsze była szczera i mówiła, co myśli. Ceniłem to w niej ponad wszystko.

– A ty byś się na moim miejscu nie stresował? – odpowiedziała pytaniem i patrzyła na mnie wyczekująco.

– Ja też się stresuję. U mnie to stres podwójny, bo dopiero zeszła ze mnie adrenalina po poznaniu twoich rodziców, a już narasta we mnie kolejna – wyznałem, wiedząc, że doskonale mnie zrozumie.

– No i po co komu park rozrywki, jak samemu można sobie zgotować uczuciowy galimatias? – Roześmiała się krótko i melodyjnie.

— Myślisz, że twoi rodzice mnie polubili? — zagadnąłem, zdając sobie sprawę, że chyba nadal się tym stresuję, choć starałem się nie dać tego po sobie poznać.

— No, miałeś wejście z kopyta, trzeba ci to przyznać — podsumowała.

— Chyba z kopytem — zaśmiałem się z porównania, które idealnie wręcz pasowało do sytuacji.

— Z wieloma nawet — zawtórowała mi. — A tak na serio, to jeszcze raz dziękuję za zwrot mojego przyjaciela i za to, co powiedziałeś. Jeszcze nikt nigdy tak o mnie nie powiedział. Co do rodziców, tata nadal zbierał szczękę z podłogi, jak wychodziliśmy, a mama podsumowała wszystko jednym zdaniem: wydaje jej się, że oboje trafiliśmy szóstkę w lotka.

— No i ma rację. Ja trafiłem na pewno, a staram się z całych sił, żebyś ty też tak myślała.

— Patrz, jacy z nas farciarze. Nie dość, że oszczędzamy na lunaparku, to jeszcze trafiliśmy dwie szóstki. Żyć nie umierać.

— Obyśmy to samo myśleli po wyjściu od moich rodziców — Zasiałem ziarnko niepewności.

— Mam się czegoś obawiać? — Laura chyba przestraszyła się tym, co powiedziałem.

— Nie. Nieważne, co oni sądzą o tobie, nic nie zmieni moich uczuć. Wolałbym jednak, by cię polubili. Jestem pewny, że tak się stanie, mimo to jednak wewnętrznie trochę się tego obawiam.

— A jak było z twoimi wcześniejszymi dziewczynami?

— Ty będziesz pierwszą dziewczyną, którą im przedstawię.

Laura nieomal zachłysnęła się własną śliną i przez chwilę zastanawiałem się, czy się czasem zaraz nie udusi.

— To już rozumiem, czemu wigilia mogłaby być nawet w Wielkanoc. To dla nich wielki dzień. Rozdajesz dziś adrenalinę wszystkim całkowicie za darmo. Żebyś czasem nie splajtował.

– Adrenaliny to ja mam pod dostatkiem. O to nie musisz się obawiać – odpowiedziałem jej tajemniczo.

Gdy dojechaliśmy pod dom moich rodziców, Laura oniemiała. Nigdy nie mówiłem jej dokładnie, jak bardzo nasza rodzina była zamożna. A ona nigdy nie dopytywała.

– Mogłam się tego spodziewać – wyznała po chwili i westchnęła głośno. – Chociażby po rozmiarach domku letniskowego – dodała. – Proponuję, byś cały czas miał mnie na oku. Jestem pewna, że łatwo się tu zgubić. Przecież to jest zamek.

– Już nie przesadzaj. Nie zgubisz się. Chyba że ze mną ... – Puściłem jej oczko, a ona w odpowiedzi posłała mi swój zalotny uśmiech. Był bardzo specyficzny i nie potrafiłem mu się oprzeć.

– To nie będzie zgubienie się, tylko porwanie – zaśmiała się.

– Jak ja porwę ciebie, to nikt się nie dowie, a jak ty porwiesz mnie, to zażądaj okupu. Dadzą ci wszystko – zażartowałem po raz kolejny, usilnie próbując rozładować napięcie, które ukrywało się w nas obojgu.

– Niezłe pierwsze wrażenie bym zrobiła. Nie ma co.

Już miałem coś na to powiedzieć, gdy w drzwiach stanęła mama i przyglądała nam się uważnie.

Wyszedłem z samochodu i obszedłem go dookoła, by otworzyć Laurze drzwi. Na twarzy mamy odmalowała się duma, jakiego to dżentelmena udało jej się wychować. Laura od razu podchwyciła, o co chodzi w tej grze. Najpierw wysunęła swoją rękę, bym ją ujął, po czym z gracją wysiadła z samochodu, pozwalając, abym to ja zatrzasnął za nią drzwi.

– Widziałam to na filmach. Jak mi idzie? – wyszeptała tak, bym tylko ja mógł ją usłyszeć.

– Wyśmienicie. Jak ci nie pójdzie na prawie, to aktorstwo masz jak w banku.

Oboje musieliśmy się mocno spiąć, aby się nie roześmiać.

– Witajcie! – Mama wyraźnie się rozpromieniła na widok Laury. Nie zdziwiło mnie to. Była śliczną dziewczyną. – Ojciec zaraz do nas dołączy. Miał ważny telefon. – Zaprosiła nas gestem do środka.

Zerknąłem na Laurę. Jej policzki płonęły. To jednak tylko dodawało jej uroku.

Mama zaprowadziła nas do salonu, gdzie rozsiedliśmy się wygodnie na sofie. Z początku wszyscy jakby zapomnieli o manierach. Patrzyliśmy się na siebie nawzajem, zupełnie nic nie mówiąc.

– Mamo, to jest Laura – odezwałem się w końcu. – Lauro, to moja mama, Monika.

Gwar wzajemnych pozdrowień przerwał ojciec wchodzący do salonu. Gdy stanął na wprost nas, najpierw szybko zlustrował Laurę – od stóp, aż po sam czubek głowy. Na jego przystojnej twarzy rozlał się uśmiech.

– Witamy w naszym domu, młoda damo – odezwał się i ująwszy jej dłoń, pocałował ją delikatnie.

– Dziękuję za zaproszenie.

Laura nie musiała mówić już nic więcej. Moi rodzice kupili ją w całości. Zadziałała na nich tak samo, jak na mnie. Była niczym magnes przyciągający wszystkich dookoła.

Po kilku minutach rozmowy zaproszono nas do jadalni. Mama z Laurą poszły jako pierwsze. Mama chwyciła Laurę pod rękę, jak to miała w zwyczaju robić ze swoimi najlepszymi przyjaciółkami. Był to dla mnie kolejny dowód niezwykłości mojej dziewczyny. Gdy tak na nie patrzyłem – obie idące z gracją – ojciec poklepał mnie mocno po ramieniu.

– To ta jedyna? – zapytał.

– Jeśli mnie zechce – odparłem.

– Mam wielką nadzieję, że tak będzie.

– Wiem. Już doszedłem do wniosku, że trafiłem szóstkę w lotka.

– Bardzo celne spostrzeżenie. Musisz jednak być ostrożny. Jest młodziutka. Zbyt szybkie tempo wydarzeń mogłoby ją wystraszyć.

– Na to już chyba trochę za późno – wyznałem.

– Co masz na myśli? – dopytał i już śmiał się w duchu. Doskonale znał moje możliwości, gdy na czymś mi zależało.

– A co powiesz na to, że mikołaj przyniósł jej konia, którego musiała wcześniej sprzedać, aby zacząć studia? I jeszcze podarował stado krów do gospodarstwa jej rodziców.

– Zniżyłeś się do przekupstwa? – Ojciec roześmiał się już na głos.

– Nie do końca. Gdybym nie ofiarował im krów, nie mieliby jak utrzymać konia.

– Szlachetne posunięcie z twojej strony. Mam tylko nadzieję, że ich tym nie uraziłeś.

– Z początku tak mi się wydawało, ale bardzo starannie dobierałem słowa, by nakreślić im swoje intencje.

– No i? Jak ci poszło?

– Laura stwierdziła, że mnie polubili. Odnoszę wrażenie, że wy także bardzo szybko przekonaliście się do niej.

– Jest piękną dziewczyną, to fakt. Zapewne i mądrą, co nam w przyszłości pokaże. Nie to jednak nas tak szybko przekonało.

– Co zatem?

– To, jak ty promieniejesz, gdy ona jest w pobliżu. Znamy cię lepiej niż ktokolwiek inny. Widać w tobie miłość. Jakby od środka rozlewało się w tobie światło. I wydaje mi się, że działa to podobnie w obie strony. Laura dała nam jedyną rzecz, jakiej nigdy nie kupimy za pieniądze. Szczęście w oczach naszego syna. Nie mamy prawa prosić o nic więcej.

Zawsze zastanawiało mnie to, że tak poważny biznesmen jak mój ojciec jest w stanie mieć w sobie tyle wrażliwości.

– Pokochałem twoją matkę od pierwszego wejrzenia, synu. Kocham ją tak samo mocno po dziś dzień. I dla ciebie chciałbym tego samego – dodał i pchnął mnie lekko, bym przyspieszył kroku. – Damy nie mogą czekać.

Laura siedziała na jednym z krzeseł. Widziałem, że bardzo szokuje ją bogato zastawiony stół. Jeszcze tak niedawno jedliśmy wieczerzę wigilijną z jej rodziną, gdzie mimo odpowiedniej na tę okoliczność liczby potraw nie było czuć przesytu. Tu był on widoczny gołym okiem.

– My to wszystko zjemy? – zapytała mnie po cichu, licząc na to, że rodzice tego nie usłyszą.

Myliła się. Ojciec uśmiechnął się do siebie pod nosem.

– My nie. Ale dzieci z domu dziecka nieopodal będą z tego powodu bardzo zadowolone – odpowiedziałem jej i wyraźnie się rozluźniła.

– To miło z waszej strony, że tak pomagacie potrzebującym.

– O czym tak rozprawiacie? – zapytała mama dźwięcznym głosem, czym zupełnie zaskoczyła Laurę, która wyglądała, jakby znalazła się na przesłuchaniu.

– Trochę się zmartwiłem, ale ona jak zawsze wiedziała, co powiedzieć.

– Tam, skąd pochodzę, nie można nawet marzyć o tak suto zastawionym stole. Zmieszana, zapytałam Marcina, jak my to wszystko zjemy. W odpowiedzi udzielił mi informacji o państwa hojności. To bardzo miłe, że w tak ważne dni w roku nie zostawiacie samych tych, którzy najbardziej tej pomocy potrzebują – rzekła, a ja nie mogłem być z niej bardziej dumny.

Dyplomatyczna i prawdomówna odpowiedź. Ojciec, który dokładnie słyszał naszą rozmowę, wyglądał na zdumionego.

– Jestem przekonana, że mając środki, jakie posiada nasza rodzina, zrobiłabyś dokładnie to samo – odpowiedziała jej mama i widać było, że wyznanie to było szczere.

Po podziękowaniu za jadło na naszym stole przystąpiliśmy do jedzenia. Drobne i grzecznościowe pogaduszki rozbrzmiewały między kolejnymi kęsami. Laura z każdą kolejną chwilą zadziwiała rodziców coraz bardziej. A ja czułem wszechogarniające szczęście.

— Ta dziewczyna to istny skarb — powiedziała do mnie mama, gdy Laura udała się do toalety. — Nie wypuszczaj jej z rąk. Dopiero ją poznałam, a mam wrażenie, jakbyśmy znały się całe życie. Jest taka otwarta na innych i szczera. Mieć taką synową to spełnienie marzeń każdej matki.

— Jeśli tylko mnie zechce... — powtórzyłem to, co tak niedawno odpowiedziałem ojcu.

— Widać po niej, że darzy cię uczuciem. Wiem, że jesteś rozsądny, ale i szalony. Postaraj się tego nie zepsuć.

— Oczywiście, mamo. Zrobię to nie tylko dla ciebie, ale przede wszystkim dla samego siebie — odpowiedziałem i już nie ciągnąłem tematu, bo do jadalni weszła Laura.

— Zapraszamy do dużego salonu. Pod choinką jest mnóstwo prezentów. Mikołaj był w tym roku bardzo hojny. — Ojciec wstał i zapraszającym gestem skierował nas w stronę salonu.

— To jest jakiś duży salon? — zapytała Laura, całkowicie zdziwiona.

— Jak sama stwierdziłaś, łatwo się tu zgubić, gdy się tu nie mieszka. Trzymaj się więc blisko — poleciłem jej, a ona przywarła do mnie i z uśmiechem na ustach ruszyła w stronę nieznanego...

Wiedziałem, jak ogromne wrażenie wywoła na niej wielki salon. Sam, mimo że mieszkałem tu od zawsze, każdorazowo stawałem jak wryty na widok rozwieszonych ozdób choinkowych. A i sama choinka mierząca cztery metry nie pozwalała nikomu przejść obok obojętnie.

Gdy weszliśmy do salonu, Laura mocno uścisnęła moją dłoń.

– Jak tu pięknie – wyszeptała podekscytowana.

Gdy na nią popatrzyłem, chciałem ją tak zachwycać już zawsze. Widok jej twarzy w zachwycie był wszystkim, co było mi potrzebne do szczęścia. Kątem oka zobaczyłem, jak ojciec nam się przygląda. Pchany nagłym przypływem uczuć, podszedł do mamy i czule pocałował ją w czoło. Poprowadziłem Laurę na wielki dywan, na którego rogu stała choinka, a pod nią dziesiątki prezentów. Wiedziałem, że i dla niej znajdzie się tam kilka podarunków, nie tylko ode mnie. Na pytanie mamy, co chciałaby otrzymać, odpowiedziała jedynie, że pochodzi z biednej rodziny i na pewno ucieszy się ze wszystkiego. Ja sam nadal miałem w kieszeni mały pakunek, który ofiarowała mi przed wyjazdem do rodziców. Niejednokrotnie kusiło mnie, aby sprawdzić, co jest w środku, hamowała mnie jednak złożona jej obietnica.

– Kto chce być mikołajem? – zapytał tata.

– Ja byłem w tamtym roku – odpowiedziałem, bo nie chciałem opuszczać Laury. Chciałem chłonąć każdą najmniejszą emocje, jaka się w niej zalęgnie podczas otwierania prezentów.

– Ja mogę zostać mikołajem – zaoferowała nagle Laura, podekscytowana ponad miarę.

Zupełnie mnie tym zaskoczyła. Podejrzewała zapewne, że nie będzie dla niej prezentów, więc czemu nie miałaby ich rozdać innym.

– Czyń zatem honory – ponagliła ją mama, wskazując miejsce pod choinką i podając jej czapkę mikołaja, którą Laura od razu umieściła na swojej głowie. Jak zawsze wyglądała uroczo.

– Nie wiem, który mam wybrać w pierwszej kolejności – zmieszała się nagle.

– To bez różnicy, i tak dziś wszystkie zostaną otwarte – uświadomił jej tata.

Laura wzięła do ręki pierwsze pudełeczko od góry. Nie było duże. Chwyciła przyczepioną do prezentu karteczkę i przeczytała moje imię. Podszedłem, by odebrać swój prezent. Wszyscy patrzyli na mnie z wyczekiwaniem. Mama wierciła się na krześle najbardziej. To zasugerowało mi, kto był darczyńcą. Powoli, tak by trzymać emocje na wysokim poziome, odpakowałem prezent. Z pudełka wyciągnąłem skórzany portfel. Był elegancki i modny, a przede wszystkim miał mnóstwo przegródek, których zawsze mi brakowało.

— Piękny — wyszeptała pod nosem Laura, a mama delikatnie się uśmiechnęła.

— Dziękuję, mamo! — odezwałem się, a ona skinęła głową i powiedziała, że cieszy się, że portfel przypadł mi do gustu, bo już długo szukała właśnie takiego.

Kolejny prezent był da mamy. Dostała, najprawdopodobniej od ojca, piękny kaszmirowy sweter. Zadowolona z prezentu, pokazywała go Laurze, mówiąc, że mają ten sam rozmiar, więc będzie mogła go jej pożyczać. Laura zarumieniła się, a ja uniosłem się na obłoku szczęścia, widząc, jaką sympatią darzą ją moi rodzice.

Kolejny prezent był dla Laury. To nie ja go pakowałem, musiał być zatem od któregoś z rodziców. Tym razem tata zaczął zachowywać się niespokojnie. Laura lekko się zmieszała, gdy zobaczyła na karteczce swoje imię. Zapewne nie podejrzewała, że będą dla niej jakieś prezenty. A już na pewno, że będzie ich tak wiele. Popatrzyła na mnie, jakby nie była pewna, czy ma go rozpakować.

— Na co czekasz? Na kolejne święta? — zapytałem, chcąc ją rozweselić.

Podziałało i zaczęła odwijać jedwabną wstążkę, którą owinięty był kolorowy papier prezentowy przedstawiający biegnące po śniegu renifery. Ojciec na chwilę wstrzymał oddech. Widziałem, jak bardzo się denerwuje tym, czy prezent jej się spodoba, wiedziałem też, że jej reakcja go nie zawiedzie. Laura wyciągnęła piękny, zwiewny, zielony szal – idealnie pasujący do koloru jej oczu. Byłem zaskoczony. Nigdy jej przecież nie widział. Laura aż podskoczyła z zachwytu, po czym wtuliła się w szal i natychmiast oplotła nim swoją smukłą szyję.

– Dziękuję. Jest przepiękny! – Niemalże wykrzyczała i cała aż trzęsła się od nadmiaru emocji.

Kolejny upominek był dla ojca. Dostał od mamy spinki do mankietów. Choć miał ich już dużo, bo od zawsze je kolekcjonował, mamie wciąż udawało się zdobyć najlepsze perełki.

Po raz kolejny Laura wylosowała spod choinki upominek ze swoim imieniem. Ponownie zaskoczona, rozejrzała się na boki.

– Lauro, te prezenty są dla ciebie. I jest ich tam mnóstwo. Ciesz się nimi. Nie wahaj się – odezwał się ojciec.

– Ale ja już dostałam prezent. Marcin zwrócił mi mojego najdroższego wierzchowca – upierała się.

– To nie są prezenty od Marcina. Tylko od Świętego Mikołaja. Najwyraźniej stwierdził, że ci się należą – odpowiedział jej.

Laura oczywiście nie wierzyła w Świętego Mikołaja, więc spojrzała na ojca z wyczekiwaniem, aż przestanie ją mamić.

– Dobra. Za dorośli jesteśmy już na te bzdury – odezwał się ojciec i już wiedziałem, że idzie przemowa.

Chciałem się wtrącić, bo znałem go i wiedziałem, że mimo swoich dobrych chęci potrafi czasem powiedzieć zbyt dużo. On jednak zobaczył, że się wzdrygnąłem i zatrzymał mnie gestem ręki.

– Lauro, mamy więcej niż inni, co zawdzięczamy w większości swojej ciężkiej pracy, ale i łutowi szczęścia. Mógłbym zachować wszystko dla siebie i stać się egoistą. Ja jednak chcę się tym podzielić. Z tobą również. Chciałbym, abyś doceniła to, że dając ci podarunek, liczę jedynie na szczery uśmiech i radość z jego otrzymania. Mówią, że szczęścia nie da się kupić za pieniądze. To jednak jedynie po części prawda. Dla zmarzniętego szczęściem będzie kubek gorącej herbaty, dla głodnego miska zupy, dla chorego leki. Pieniądze wydane na zapewnienie komuś szczęścia, chociażby krótkotrwałego i ulotnego, to najlepiej wydane pieniądze. To inwestycja w czyjeś uczucia i emocje. Nawet nie wiesz, jaką frajdę miałem z mamą Marcina, gdy dowiedzieliśmy się, że możemy kupić coś być może swojej przyszłej synowej. Po raz pierwszy mieliśmy okazję kupić coś dla dziewczyny syna. Dla jego kobiety. Nie wiesz nawet, ile szczęścia dałaś mojej żonie, pojawiając się dziś na naszej wieczerzy. I jedyne, czego wszyscy tu pragniemy, to tego, żebyś była szczęśliwa. Otwieraj zatem te prezenty, bo jeszcze mnóstwo przed tobą.

Laura zamarła. Zupełnie oszołomiła ją przemowa ojca. Ja jednak dumny byłem z niego i z tego, w jaki sposób to wszystko powiedział.

Laura wzięła głęboki wdech.

– Nigdy nie miałam za wiele. Mogę sobie chyba zatem pozwolić, by choć raz w życiu coś mieć – powiedziała pewnym głosem i takim samym ruchem otwarła kolejny podarunek, uśmiechając się do mnie szczerze. Na widok skórzanego portfela tej samej marki co mój, zapiszczała z wrażenia. Piękny czerwony kolor skóry przeszyty był czarnymi nićmi tworzącymi piękne kwiatowe wzory. – Jest cudowny! Nigdy nawet nie śmiałam o takim marzyć.

Jej radość budziła radość w nas wszystkich. Nawet nasz lokaj Karol przyglądał się wszystkiemu ukradkiem z wielkim uśmiechem na ustach. Rodzice bardziej zadowoleni byli z upominków, które ofiarowali, niż z tych, które sami otrzymali.

Prezenty zaczęły znikać spod choinki, a obok Laury piętrzył się już niezły stosik. Dostała pasującą do portfela torebkę, naszyjnik w kształcie czterolistnej koniczyny z kryształami, kolczyki, bransoletkę z pereł, zestaw kosmetyków kąpielowych, super ciepły szlafrok i do niego komplet mięciutkich kapci oraz perfumy z najwyższej półki. Za każdym razem cieszyła się tak samo mocno i dziękowała wszystkim.

Laura w dalszym ciągu nie dokopała się jeszcze do prezentu ode mnie. Cały czas buzowały we mnie coraz większe emocje. Chciałem zaprosić ją na – najprawdopodobniej najwytworniejszego z tych, jakie dotychczas spędziła – sylwestra. Na wielki bal. Ale chciałem także, by była najpiękniejszą kobietą wśród wszystkich. Mój upominek miał dopełnić całości i podkreślić jej niesamowitą urodę. Gdy chwyciła pudło pokaźnej wielkości, zapakowane przeze mnie ze starannością, o jaką się nawet nie podejrzewałem, zacząłem wiercić się nerwowo na krześle. Laura od razu to zauważyła. Była bardzo przebiegła; choć spotykaliśmy się dopiero od kilku miesięcy, odnosiłem czasami wrażenie, że udaje jej się czytać ze mnie jak z otwartej księgi. Cały czas patrząc na mnie, powoli rozrywała papier. Wyciągnęła dwa pudełka, jedno większe, a drugie mniejsze. Wzięła najpierw to duże. Uchyliła wieko i uśmiechnęła się nerwowo, zatrzaskując je ponownie.

– Co się dzieje, drogie dziecko? – zapytała troskliwie moja mama i podeszła do niej.

Laura uchyliła wieko, a mama, jak to mama, już wiedziała, co zrobić.

– Chodźmy. Weźmiemy to ze sobą i zaraz wrócimy.

Szybko zabrały ze sobą obydwa pudełka i wyszły z salonu.

– Czy ktoś może mi wytłumaczyć, co się tutaj dzieje? – zapytał zdziwiony obrotem sytuacji ojciec.

– Zaraz się przekonasz na własne oczy. – Mrugnąłem do niego.

Dokładnie wiedziałem, jakie mama miała zamiary. Doskonale pamiętałem jej opowieści o pierwszej sukni balowej, którą otrzymała od taty i o emocjach, jakie w niej to wzbudziło. Byłem przekonany, że już niebawem Laura wejdzie tutaj ubrana w prezent ode mnie, a mojemu ojcu szczęka opadnie niżej niż do podłogi.

– Czy to jest to, o czym myślę? Czyżbyś powielił ruch swojego staruszka z dawnych lat? – zapytał nagle po minutach namysłu, ale nie musiałem już odpowiadać.

Do salonu weszła Laura ubrana w piękną balową suknię w kremowym kolorze. Materiał na piersiach przeszyty był szmaragdową koronką, podobnie jak i dół sukni po bokach, gdzie koronka opadała i kierowała się ku tyłowi, tworząc piękny zielony, koronkowy tren. Suknia dopasowana była do wysokości bioder, po czym rozchodziła się ku dołowi coraz szerzej i szerzej. Szyję Laury oplatała kolia wyścielona szmaragdami, a w uszach świeciły pasujące do niej kolczyki. Zielone kamienie w bransoletce dopełniały całości. Wyglądała olśniewająco. Zza Laury wychyliła się mama, klaskająca i skacząca jak mała dziewczynka.

– Wyglądasz olśniewająco, Lauro. – Podszedłem do niej i chwyciłem jej dłonie. Patrzyłem od dołu w górę i z powrotem, by zapamiętać ten obraz w jak najdrobniejszym szczególe. – Moja szmaragdowa księżniczka – wyszeptałem i pocałowałem ją namiętnie w usta.

Mama podeszła do ojca i przytuliła się do niego mocno. Widok ten obudził w niej dalekie, ale wspaniałe wspomnienia.

– Dziękuję ci! – powiedziała, gdy udało mi się od niej oderwać. – Nigdy nie sądziłam, że będę czuła się tak pięknie. Co nie zmienia faktu, że na salę rozpraw raczej w tym nie pójdę.

– Sędzia by zaraz orzekł sprawę na twoją korzyść. – Roześmiałem się. – To twoja suknia na sylwestrowy bal, na który właśnie w tej chwili chciałbym cię zaprosić. Czy zechcesz mi towarzyszyć?

– Oczywiście. Nie mogę rozczarować tak pięknej sukni. – Tym razem to ona się roześmiała, a moi rodzice patrzyli na nas jak zaczarowani.

Gdy wszystkie prezenty zniknęły spod choinki, zmęczenie powoli zaczynało brać nad nami górę. Nawet lokaj łapał się na poziewywaniu.

– Jest jeszcze jeden prezent – powiedziała Laura. Dopiero wtedy przypomniałem sobie o małej paczuszce cały czas zalegającej w kieszeni mojej marynarki.

– Z tego wszystkiego prawie o nim zapomniałem – wytłumaczyłem się i wyciągnąłem małą paczuszkę z kieszeni. Przez chwilę trzymałem ją w dłoni i przyglądałem się jej.

Rodzice patrzyli w skupieniu; miałem wrażenie, że udziela im się moja ekscytacja. Rozpakowałem pudełeczko i ze środka wyciągnąłem drewniany brelok do kluczy ze starannie ręcznie wyrytym wizerunkiem mojego ukochanego samochodu i napisem „Szerokiej drogi". Nie mogłem dostać nic bardziej wartościowego. Nawet gdyby Laura miała miliony przeznaczone na podarunek dla mnie. Popatrzyłem na nią ze łzami w oczach. Rodzice wyglądali na wzruszonych. Wiedziałem, jak trudno podarować komuś, kto ma wszystko, coś, co naprawdę go wzruszy. Laurze się to doskonale udało. Podszedłem do niej i wtuliłem się w nią mocno. Przez chwilę czułem się jak mały chłopiec, którego marzenia się właśnie spełniły. Moim marzeniem była Laura.

Oczami Laury

Porywacz notorycznie walił w wielkie metalowe drzwi bunkra, klnąc przy tym jak szewc. Leżałam na łóżku skulona i jedyne, o czym mogłam myśleć, to strach o własne życie. Modliłam się, by ktoś wybawił mnie z tej opresji. Liczyłam na to, że włączenie się alarmu, choć trwało to jedynie krótką chwilę, wzbudzi pewne wątpliwości w firmie ochroniarskiej, z którą rodzice Marcina mieli podpisaną umowę. Łudziłam się, że choćby przyjadą sprawdzić, co się dzieje. Prowizoryczny opatrunek na mojej stopie zaczął ponownie przeciekać. Nie podobało mi się to. Traciłam za dużo krwi, co w moim stanie nie było wskazane. Utykając, podeszłam do apteczki, drżącymi rękami szukałam kolejnych bandaży i plastrów. Moja dłoń natrafiła na coś plastikowego. Wzięłam to do ręki i niemalże zapiszczałam ze szczęścia. Telefon satelitarny był moją nadzieją. Usiadłam z nim na łóżku. Znałam na pamięć cztery numery telefonu. Swój, Marcina oraz obojga rodziców. Moi rodzice tylko by się zestresowali. Nie wiedzieliby, jak mi pomóc. I tak już wiele przeszli, próbując podnieść mnie z dna po śmierci Marcina. To właśnie do niego zadzwoniłam, licząc na to, że i tym razem odbierze. Sygnał wyczekiwania zdawał się dłużyć w nieskończoność.

– Laura? – Usłyszałam w końcu i głęboko odetchnęłam z ulgą.

– Gdzie jesteś? Już tu są.

– Nie tak łatwo będzie im wejść do bunkra. Jestem w drodze, Były pewne komplikacje.

– Jakie komplikacje? – przeraziłam się.

– Później ci opowiem. Moja mama cię szuka. Dzwoniła nawet na mój telefon. Pewnie myślała, że może masz go ze sobą.

– Podczas ucieczki zraniłam się w stopę. Rana jest dość głęboka, nie mogę powstrzymać krwawienia – wyznałam, bo wydawało mi się, że jest to dość istotny szczegół.

– Kochanie, biegnę, ile sił w nogach. Zadzwoń do mojej mamy. Powiedz jej, co się stało. Niech wyśle do ciebie pomoc. Ja będę najszybciej, jak to możliwe. Zmieniaj opatrunki i uciskaj ranę, najmocniej jak potrafisz. – Słyszałam, jak dyszy. Był zmęczony. Miałam wrażenie, że słyszę dziwny świst wydobywający się wraz z oddechem z jego klatki piersiowej. – Kocham cię, Lauro. Dzwoń po pomoc. Natychmiast! – rozkazał.

– Nie znam numeru – wyznałam.

– Zapamiętasz, jak ci podam?

– Postaram się – odparłam i skupiłam się, aby dobrze zapamiętać ciąg cyfr. Gdy mi go podał, nie chciałam dłużej zajmować myśli rozmową. – Kończę i dzwonię. Kocham cię – powiedziałam jeszcze, po czym się rozłączyłam.

Zaczęłam płakać. Dałam sobie kilka sekund na opanowanie emocji, po czym wystukałam, miałam nadzieję, że prawidłowy, numer mamy Marcina. Już po pierwszym sygnale usłyszałam jej głos.

– Lauro, czy to ty? Boże, obyś to była ty!

– Moniko. Jestem w domku letniskowym. Zatrzaśnięta w bunkrze. Potrzebuje pomocy! Zostałam porwana, ale udało mi się uciec. Porywacze są w środku. Nie wiem, ile zostało mi czasu – powiedziałam na jednym wydechu.

Mama Marcina powoli panikowała. Żałowałam, że nie znałam bezpośredniego numeru do jego ojca. On byłby na pewno bardziej opanowany.

— Mój Boże. Lauro. Drogie dziecko! — Zaczęła płakać mi do słuchawki.

— Przyślij też karetkę. Jestem ranna. Tracę dużo krwi. Moniko! — wykrzyczałam. — Skup się i wezwij pomoc. Natychmiast! — powieliłam rozkaz, który przed chwilą usłyszałam od Marcina. Kłębiło się we mnie pragnienie, aby powiedzieć jej o tym, że on żyje. Że wszystko znów będzie jak przedtem.

— Tak, tak. Już dzwonię. Boże! Nie mogę stracić i ciebie.

— Mamo! — krzyknęłam po raz kolejny.

Już nie czekała, tylko się rozłączyła. Opadłam na kolana. Zaczęłam głośno szlochać, aby dać ujście emocjom, jakie od kilku dni kłębiły się we mnie. Wyostrzałam słuch, żeby jak najszybciej móc wychwycić sygnał karetki bądź radiowozu policyjnego. Porywacz już od jakiegoś czasu zaniechał rzucania się na drzwi. Albo uznał, że to bezsensowne, albo właśnie szukał innego sposobu na to, jak mnie stąd siłą wyciągnąć.

— Radzę ci się wynosić. Zaraz będzie tu policja! — krzyknęłam przez drzwi, mając nadzieję, że to usłyszy. Nikt mi jednak nie odpowiedział. I dokładnie w tej samej sekundzie nagle zgasło światło...

Zapiszczałam z przerażenia. Macałam drzwi w poszukiwaniu jakiegoś dodatkowego wewnętrznego zamka lub choćby zasuwki. Nie wiedziałam, czy drzwi mają jakiekolwiek zabezpieczenia, które działają po wyłączeniu generatora zasilającego bunkier. Opadłam na ziemię, opierając się plecami o drzwi. Jakby masa mojego ciała mogła w jakikolwiek sposób zatrzymać porywacza. Wiedziałam, że z drugiej strony znajduje się Dobry. Liczyłam na to, że w dalszym ciągu mogę tak go nazywać. Przysporzyłam mu jednak wiele problemów. Jego cierpliwość w stosunku do mnie mogła się już skończyć. Musiałam mieć plan. Wstałam i po omacku podeszłam do małego blatu kuchennego. Otwierałam szuflady jedną po drugiej – w poszukiwaniu noża, który mógłby posłużyć mi do obrony. Gdy go znalazłam, poczułam lekką ulgę. Nie byłam całkowicie bezbronna. Co jak co, ale każdy powinien wiedzieć, że w kobiecie w ciąży buzują hormony. Zrobi wszystko, co konieczne, by ocalić swoje dziecko. Wróciłam do drzwi i stanęłam tak, by móc zaatakować, gdy tylko ktoś je otworzy.

– Nie wiedzą, z kim zadarli – powiedziałam, próbując przekonać samą siebie do wypowiedzianej na głos racji. – Jestem silniejsza, niż mi się zdaje – dodałam, bo tak zawsze mówił Marcin, gdy stawiana pod murem czułam, że nie podołam. Teraz było tak samo, a w głowie rozbrzmiewał mi jego głos. Uniosłam nóż wysoko ponad głowę, by móc szybko zaatakować w razie potrzeby.

Za drzwiami jednak panowała kompletna cisza. Stopa nadal obficie krwawiła, czułam pod nią lepką maź; do tego opierałam na niej ciężar ciała, co tylko pogarszało sprawę. Robiłam, co mogłam, aby o tym nie myśleć. W pewnym momencie usłyszałam trzask. Aż podskoczyłam ze strachu. Potem znów długa cisza. Powoli zaczynało kręcić mi się w głowie. Nie byłam pewna, jak długo jeszcze wytrzymam, stojąc w tej pozycji. Mijały długie, ciągnące się w nieskończoność minuty. Domek letniskowy znajdował się na odludziu. Nie miałam pojęcia, jak długo zajmie policji dojazd na miejsce. Byłam jednak przekonana, że Monika poruszyła już niebo i ziemię. Pozostało mi zatem cierpliwie czekać i modlić się, by zdążyli na czas.

Traciłam zbyt dużo krwi. Moja głowa wirowała, a nogi stawały się niczym z waty. Bojąc się upadku, który mógłby zagrozić życiu synka, po omacku powoli przeszłam do łóżka. Opadłam na nie jak kamień. W ręku dalej trzymałam nóż, starając się być gotową na wszelkie ewentualności. Straciłam już możliwość zaskoczenia napastnika przy wejściu. Nie miałam jednak innego wyjścia. Nawet buzująca w moich żyłach adrenalina przegrywała już z ilością utraconej krwi i osłabionym organizmem. Trwałam tak jeszcze przez jakiś czas, jakby w zawieszeniu, ciągle prowadząc walkę sama ze sobą. Próbowałam uciekać wspomnieniami do przeszłości, aby umilić sobie oczekiwanie i odegnać złe myśli. Jednak mój umysł już nie pracował tak, jak bym chciała. Wspomnienia urywały się, zanim zdążyłam je rozkręcić. Położyłam się na łóżku – poddałam się całkowicie swojemu ciału. Czułam, że ciemność mnie pokonuje. Balansowałam już na krawędzi. Wtedy usłyszałam wycie syren. Poczucie bezpieczeństwa, którego doznałam, sprawiło, że przestałam walczyć. Powoli zanurzałam się w ciemność, aż ta całkowicie mnie pochłonęła.

Oczami Marcina

Telefon od Laury sprawił, że poczułem, jakby spadła na mnie nagle łaska Boża. Wiedziałem już, że niebawem będzie bezpieczna. Biegłem jednak dalej, mimo braku tchu. Musiałem mieć pewność, że nic jej nie grozi. Zdawałem sobie sprawę, że nie będę mógł wyjść z ukrycia. Jeszcze nie teraz. Chciałem doprowadzić wszystko do końca. Diablo miał zapłacić za to, co uczynił. Nie było już odwrotu. W przeciwnym razie całe życie będziemy musieli oglądać się przez ramię. Laura na to nie zasługiwała. Nasz syn na to nie zasługiwał. Diablo musiał zniknąć. Zniknąć już na dobre.

Najpierw usłyszałem syreny policyjne, zaraz potem karetkę. Odetchnąłem z ulgą. Już po chwili nad moją głową przeleciał znajomy mi helikopter, którym ojciec często latał w delegacje. Laura dostanie każdą z możliwych pomocy. Lęk, jaki towarzyszył mi od kilku dni, nagle jakby całkowicie zniknął, pozostawiając po sobie jedynie efekt wycieńczenia organizmu. Czułem nachodzące mnie falami przypływy ciepła i zimna. Moje ciało drżało w dreszczach, a umysł jakby na chwilę przestał pracować.

To tylko adrenalina – powtarzałem sobie w myślach, by nie dopuścić do utraty kontroli nad sobą. Zmuszałem wszystkie mięśnie do dalszego biegu. Byłem już tak blisko. Po kilku minutach znalazłem się na skraju lasu, z którego idealnie było widać główne wejście do domku letniskowego rodziców.

Helikopter ojca stał na dużej polanie obok domu, a podjazd cały migotał od świateł służb policyjnych. Panowało ogólne zamieszanie. Funkcjonariusze biegali dookoła domu i po ogrodzie, najprawdopodobniej szukając mężczyzn odpowiedzialnych za porwanie Laury. Ojciec stał z boku i nerwowo chodził to w jedną, to w drugą stronę. Już dawno nie widziałem go w takim stanie.

Z domu najpierw wybiegła mama, zaraz za nią wyjechały nosze, na których dostrzegłem leżącą bez ruchu Laurę. Świat nagle jakby się zawalił. Poczułem nadchodzący atak paniki.

Mama rzuciła się w ramiona ojca i wybuchnęła głośnym płaczem. Świadomy tego, co może to oznaczać, upadłem na ziemię i zacząłem głośno płakać.

Karetka odjechała na sygnale. Zrozpaczeni rodzice zostali w towarzystwie policji, która po chwili też odjechała. Patrzyłem na stających na podjeździe rodziców i nie wiedziałem, co robić. Miałem ochotę wybiec do nich, by dowiedzieć się, co się stało. Chciałem wyznać im wszystko i się kajać. Byłby to jednak mój kolejny błąd. Nie wiedziałem tak naprawdę, czy wygram z Diablo. Równie dobrze mogłem zginąć. Dla nich już jestem martwy i dopóki nie mam pewności, że już zawsze będzie bezpiecznie, tak musi pozostać.

Dotarł do mnie nagle głos rozsądku. Nie reanimowali jej. Nie przykryli jej ciała. Żyła. Laura żyła. Być może zemdlała, straciwszy zbyt dużo krwi. Taką miałem nadzieję. Musiałem jednak zyskać pewność, że ani jej, ani dziecku nic nie grozi. Postanowiłem, że agencja się tym zajmie. Byli mi to winni.

Po kilkunastu minutach rodzice wsiedli do helikoptera i odlecieli. Wiedziałem, dokąd się udadzą. Nie będzie już sama. Usiadłem pod drzewem, by odsapnąć. Liczyłem się z tym, że porywacze Laury nadal mogą być w pobliżu. Bacznie nasłuchiwałem i obserwowałem wszystko dookoła. Z kieszeni wyciągnąłem telefon i wystukałem numer do agencji.

– Podaj kod.
– Tu Marcin. Nie bawią mnie już wasze kody. Przekaż przełożonemu, że moją żonę zabrała karetka. Niech jak najszybciej zdobędzie dla mnie informacje, co się z nią dzieje.
– Eeee... – Usłyszałem w słuchawce i zacząłem się powoli irytować.
– Przekaż mu słuchawkę – powiedziałem ostro.
– Melduj. – Głos należał do przełożonego.
– Laura jedzie do szpitala. Nie wyglądało to dobrze. Poważnie się zraniła. Proszę o informacje, czy jest bezpieczna. Ona i dziecko – powiedziałem jednym tchem, chcąc jak najszybciej to z siebie wyrzucić. – Czy z moim partnerem wszystko okej? – Starałem się na wszelki wypadek nie używać imion.
– Wyliże się. Zaraz zajmę się sprawą twojej żony. Gdzie jesteś? W domku letniskowym rodziców? Jaki masz plan? – Wyczułem zdenerwowanie w jego głosie. Byłem jednym z jego lepszych agentów.
– Tak, jestem nieopodal, w lesie. Doprowadziłem do końca każdą misję, na którą mnie wysłałeś. Doprowadzę i tę.
– Nie wygłupiaj się. Nie dasz rady sam. Wracaj do agencji.
– Nie ma mowy. Nikt więcej już nie ucierpi przez mój błąd. Czekam na informacje o stanie mojej żony. Tylko na takie.
– Jak tyko się dowiem, zaraz cię poinformuję. Gdybyś jednak czegoś potrzebował... – zaczął; dokładnie wiedział, że od moich postanowień nie ma powrotu.

Moje decyzje zawsze były ostateczne i żadna siła nie była w stanie mnie od nich odwieść. To właśnie ta cecha sprawiała, że byłem takim dobrym agentem.

– Samochód. Potrzebuję samochodu – powiedziałem. Zdałem sobie sprawę, że znajduję się w lesie, z raną w ramieniu, całkowicie wycieńczony.

— W porządku. Udaj się pięć kilometrów na wschód od twojej lokalizacji. Za pół godziny podstawię tam samochód. Będzie na ciebie czekał. Kluczyki i dokumenty będą tam, gdzie zawsze.

Już miałem zapytać, czy bliżej się nie da, bo nie podobało mi się, że znów będę musiał pokonać taki dystans. Nie w stanie, w jakim się znajdowałem. Wiedziałem jednak, że nic nie wskóram. Regulamin to regulamin. Musiałem się podporządkować. Szedł mi na rękę.

Wstałem z ziemi i wziąwszy głęboki wdech, ruszyłem w kierunku miejsca, gdzie miał być podstawiony samochód. Poruszałem się w zacienieniu drzew, zachowując szczególną ostrożność, by nikt mnie nie zobaczył. Przewrażliwiony co rusz oglądałem się za siebie na dźwięk jakiegokolwiek szelestu, jakbym zupełnie zapomniał, że w lesie żyją zwierzęta.

Tym razem szedłem powoli, nigdzie się nie spiesząc. Musiałem obmyślić plan, jak pozbyć się Diablo. Wiedziałem, że będzie to najtrudniejsze zadanie, z jakim kiedykolwiek przyszło mi się zmierzyć, włączając w to bycie martwym. Siatka kontaktów popierających Diablo była tak rozległa i potężna, że trudno było znaleźć jakąkolwiek lukę. Musiałem zadziałać niestandardowo. Popełniłem błąd, próbując stać się jednym z nich. Płaciłem za niego przez ostatnie pół roku. I wtedy coś do mnie dotarło. Jak grom z jasnego nieba. Musiałem dowiedzieć się, czego najbardziej boi się Diablo. Każdy się czegoś bał. Moim celem stał się jego najsłabszy punkt. Nie wiedziałem tylko jeszcze, co nim było.

Po półgodzinnej wędrówce dotarłem do samochodu. Z tylnego lewego kołpaka wyciągnąłem kluczyki i dokumenty. Gdy otwierałem drzwi, zadzwonił telefon. Na ekranie wyświetlił się numer agencji.

— No i? — zapytałem, chcąc jak najszybciej uzyskać informacje, aby następnie móc skupić się na zadaniu.

– Jej stan jest stabilny. Straciła dużo krwi. Dziecku nic nie grozi. Dostała kroplówkę, bo jest odwodniona i niedożywiona. Twoi rodzice z nią są, a jej rodzice są w drodze do szpitala. Ma dobrą opiekę. Nie musisz się martwić. Wysłałem do niej kilku naszych agentów na wszelki wypadek. Dopóki to wszystko się nie skończy, będą ją obserwować.

Kiedy mówił, kamienie spadały mi z serca jeden po drugim. Niemalże słyszałem odgłos, jaki wydają, obijając się o asfalt.

– Dziękuję – powiedziałem tylko i się rozłączyłem, choć miałem wrażenie, że przełożony chciał mi jeszcze coś powiedzieć. Zignorowałem to. Wsiadłem do samochodu i ruszyłem przed siebie.

Oczami Laury

Otworzyłam oczy i oślepiło mnie ostre światło. Rozejrzałam się dookoła. Ogarnęło mnie poczucie ulgi, gdy zorientowałam się, że znajduję się w szpitalu. Bezwiednie położyłam dłonie na brzuchu.

– Jesteśmy bezpieczni. Już teraz wszystko będzie dobrze – powiedziałam do synka, a on jakby mnie usłyszał. Po raz pierwszy poczułam, jak się rusza. Było to niczym dotyk skrzydeł motyla poruszających się w moim brzuchu. Rozczuliłam się i zaczęłam płakać.

Do sali wpadła mama Marcina. Bez słów podbiegła do mnie i przytuliła mnie mocno.

– Tak się cieszę, że nic ci nie jest. Odchodziliśmy od zmysłów. Od kilku dni cię szukamy.

– Już jestem. Już wszystko dobrze – pocieszyłam ją, odwzajemniając uścisk.

W progu stanął ojciec Marcina. Patrzył na mnie dwuznacznie. Z jednej strony widać było malującą się na jego twarzy ulgę, z drugiej coś wyraźnie nie dawało mu spokoju. Podejrzewałam, że wiem nawet co…

— Czy z dzieckiem wszystko w porządku? — zapytałam, bo wolałam mieć całkowitą pewność, zdawałam sobie sprawę, że rodzice Marcina są na bieżąco informowani.

— Tak. Nic mu się nie stało. Jedynie ty jesteś zaniedbana i osłabiona. I ta noga. Jak to się stało? Jak to wszystko się w ogóle stało?

Byłam już w dobrych rękach, ale w głosie Moniki wciąż dominowała histeria.

— Czemu ktoś miałby cię porwać? — nie przestawała pytać, zapętlając się coraz bardziej w swoich domysłach.

— Zaraz wszystko wam opowiem — odrzekłam i wtedy ojciec Marcina spojrzał na mnie bardzo wymownie.

Znałam to spojrzenie. Już raz tak na mnie patrzył. Chciał porozmawiać ze mną w cztery oczy, zanim cokolwiek jeszcze ogłoszę całemu światu. Nie mogłam tego zignorować. Sama jeszcze nie byłam pewna, jak wiele chcę powiedzieć i jak wiele tak naprawdę mogę.

— Moniko, jesteśmy strasznie głodni. — Pogładziłam się po brzuchu, by dać jej do zrozumienia, jak bardzo niecierpiąca zwłoki jest moja zachcianka. — Czy mogłabym najpierw coś zjeść i napić się czegoś ciepłego? — poprosiłam. Wiedziałam, że spełni moją prośbę natychmiast. To oznaczało również, że zostanę z ojcem Marcina sama, tak jak tego oczekiwał.

— Ja prosiłbym kawę, kochanie — powiedział, gdy żona wychodziła w pośpiechu, by jak najszybciej dostarczyć mi posiłek.

Gdy tylko wyszła, ojciec Marcina usiadł zaraz koło mojego łóżka. Patrzył na mnie wyczekująco, jakby chciał, żebym zaczęła. Nie wiedziałam jednak, jak i co dokładnie chciał ode mnie usłyszeć.

— Pytaj — odezwałam się krótko. Miałam nadzieję, że jego pytania nakierują mnie odrobinę na to, co mogę powiedzieć, i naświetlą mi, ile on sam już na ten moment wie.

— Nawet nie wiesz, jak się cieszę, że nic wam nie jest. Monika by tego nie zniosła... Nie przetrwałaby kolejnej straty. Ja zresztą również – wyznał na samym początku, co bardzo mnie rozczuliło. Tata Marcina, mimo że był poważnym biznesmenem, należał do ludzi, którzy nie ukrywali swoich emocji. Nie wstydził się ich. Marcin to po nim odziedziczył. – Czego oni od ciebie chcieli, Lauro? Bo wiemy na pewno, że nie pieniędzy. Te od razu by od nas dostali, i ty doskonale o tym wiesz – przeszedł do rzeczy, jak to miał w zwyczaju. – Każdy, kto nas zna, wie, że nie przedłożylibyśmy ich ponad życie twoje i naszego wnuka.

— Chcieli informacji, których nie mogłam im udzielić – opowiedziałam wymijająco, licząc na kolejną wskazówkę z jego strony.

Skwasił się i po raz kolejny popatrzył na mnie wymownie.

— Widzę, że zaczynamy prowadzić grę słowną, na którą nie mamy czasu. Monika zaraz tu będzie, a nie chcę, by dowiedziała się wszystkiego – wydusił z siebie, po czym wziął głęboki oddech i kontynuował: – Marcin był agentem specjalnym pracującym dla rządu, dowiedziałem się o tym kilka lat temu, ale to pewnie już wiesz. Nigdy mi o tym sam nie powiedział, mam jednak swoje sposoby, aby wiedzieć o swoich bliskich to, co najważniejsze. Każdego dnia żałuję, że na to pozwoliłem. Powinienem był to przerwać w dniu, w którym się o tym dowiedziałem. Nie chciałem jednak aż tak bardzo ingerować w jego życie. Był przecież dorosłym człowiekiem, podejmującym swoje decyzje. W związku z tą wiedzą domyślam się, że jego śmierć nie była wypadkiem. Nigdy nie wybaczę sobie braku interwencji w tej sprawie. – Ojciec Marcina wiedział dużo, jednak nie wiedział najważniejszego: że Marcin nadal żyje i ma się, na razie, dobrze.

— Tak, masz rację, już teraz wiem. Wcześniej jednak nie miałam o niczym pojęcia.

— Czy chodziło o niego? Czego chcieli? Nie pozałatwiał jakichś porachunków do końca? Wszystkim się zajmę. Obiecuję ci, Lauro!

— Można by to tak ująć. — Biłam się z myślami, czy mu powiedzieć. Wiedziałam, że nikomu tego nie zdradzi. Nie chciałam także, aby czuł się winny. Po raz pierwszy aż tak się przede mną otworzył. Z drugiej strony, skoro bandziory wiedzą lub przypuszczają, że Marcin żyje...

— Nie wystarczy im, że go zabili? Jak można nękać ludzi po czyjejś śmierci... Policja na pewno ich złapie, Lauro. Dosięgnie ich sprawiedliwość.

Jedyne, co ich dosięgnie, to Marcin — pomyślałam sobie w duchu i uśmiechnęłam się na tę myśl. Poczułam w sobie dumę z tego, kim był Marcin. Nie miałam pojęcia, skąd wzięło się we mnie to uczucie, ale tam było i narastało z minuty na minutę.

— Widzisz, tato. W tym właśnie cały sęk, że im się to nie udało — wydusiłam z siebie, nie mogąc już dłużej trzymać tej tajemnicy tylko dla siebie.

Oczy ojca Marcina zrobiły się wielkie i dopiero po chwili dotarło do niego to, co właśnie powiedziałam. Patrzył na mnie pytająco, jakby nie mógł uwierzyć w słowa, które wypowiedziałam i pragnął za wszelką cenę ich potwierdzenia.

— Marcin żyje. Agencja upozorowała jego śmierć. Rozmawiałam z nim zaledwie kilka godzin temu.

— Jak to? Czemu nam nie powiedziałaś? Czemu patrzyłaś... Jak mogłaś... — Już wiedziałam, o co właśnie mnie obwiniał. Emocje wzięły górę. Musiałam mu przerwać, aby zbyt daleko się nie zapędził i by jego słowa niepotrzebnie mnie nie zraniły.

— Nie wiedziałam wcześniej, jeśli to masz na myśli. Dopiero gdy mnie porwali i wypytywali o niego... Z początku było to dla mnie niedorzeczne, ale im więcej mówili, tym większe kiełkowało we mnie ziarno niepewności. Walczyłam z tym.

Nie chciałam się zawieść. Jednak to, o czym mówili, zaczynało mieć dla mnie coraz większy sens. Potem nagle przyszedł Marcin, udając jednego z bandziorów. Przepraszał i obiecał, że po mnie wróci. Nie zdążył. Przenieśli mnie w inne miejsce. Nie zrobili jednak pełnego wywiadu. Nie wiedzieli, że zabierają mnie w miejsce, które dobrze znam. Wykorzystałam pierwszą możliwą okazję i uciekłam. Z domku zadzwoniłam do Marcina. Kazał mi schować się do bunkra. Gdy porywacze byli blisko, potknęłam się i stłukłam wazon, a uciekając, nastąpiłam na szkło. Zrobiłam jednak, co Marcin kazał i zamknęłam się w bunkrze. Tam, dopiero przy którejś z rzędu zmianie bandaża, znalazłam telefon. Zadzwoniłam najpierw do niego, kazał mi was powiadomić. To tak w wielkim skrócie.

Dopiero gdy to wszystko z siebie wydusiłam, opadły ze mnie emocje. Spojrzałam na ojca Marcina. Płakał.

– Gdzie on teraz jest? – zapytał.

– Nie mam pojęcia. Nie wolno nam nikomu powiedzieć, że żyje. Nikomu. Nawet Monice. Obiecaj! To bardzo ważne!

– Zgaduję, że musi dokończyć, co zaczął… – zasugerował.

– Ten typ tak ma… – zażartowałam delikatnie, a ojciec Marcina się uśmiechnął. – Wydaje mi się, że jak tylko doprowadzi to do końca, będzie mógł wrócić do żywych – dodałam, aby wiedział dokładnie, w jakim punkcie się znajdujemy. Nie miałam bladego pojęcia o misjach Marcina. Wiedziałam natomiast, że gdyby uznał wszystko za zakończone, już by tu był. Siedziałby na tym krześle i trzymał mnie za rękę. To jeszcze nie był koniec. Marcin nie powiedział jeszcze ostatniego słowa. A ono zawsze należało do niego.

– A co, jeśli mu się nie uda? – zapytał, a ja posmutniałam.

– Jeśli mu się nie uda, właśnie sprawiłam, że nie tylko ja będę cierpiała po raz drugi. I dlatego nikt inny nie może się dowiedzieć. Póki uważają go za martwego i jedynie podejrzewają, że może to być wielki blef, póty on sam ma nad nimi pewną przewagę – mówiłam znowu jak prawniczka. Wdzięczna byłam, że mój mózg zaczyna pracować tak, jak powinien.

— Cokolwiek by się wydarzyło... dziękuję ci, że mi powiedziałaś... — Teść uścisnął mnie mocno, kończąc naszą rozmowę w idealnym wręcz momencie, bo do sali właśnie wchodziła Monika niosąca tacę pełną jedzenia i trzy kubki parujących napoi.

— Twoi rodzice zaraz tu będą. Helikopter jest już w drodze powrotnej — oznajmiła.

— Wysłaliście po nich helikopter? — zapytałam zdziwiona.

— Nie rozumiem, czemu cię to dziwi. To chyba naturalne, że chcieliśmy, aby i oni byli tutaj jak najszybciej, przy twoim boku. W zasadzie mają większe prawo tu być niż my. — Posmutniała.

— Nie mów tak i nie myśl w ten sposób. Zawsze będę waszą córką. Poza tym nie jestem sama. Tu jest ktoś — wskazałam na brzuch — kto pokocha każdego dziadka i babcię, nawet gdyby ich było kilka tuzinów.

Monika wyraźnie się rozweseliła.

— Jedz, bo ci wystygnie — ponagliła mnie, podając mi widelec. — Zaraz będzie tu policja. Chcą, abyś złożyła zeznania.

— Teraz Laura musi odpocząć. Jest już bezpieczna. Jak będzie gotowa, sama się zgłosi na komisariat — wtrącił się ojciec Marcina.

Ucieszyłam się, że mu powiedziałam. Byliśmy w tym razem. Wiedział, że jakiekolwiek działania policji zwrócą jedynie uwagę tych, których chcemy trzymać w jak największym uśpieniu.

— Całkowicie się z tym zgadzam. Nie mam ochoty z nikim rozmawiać. Jeszcze nie teraz. Teraz najważniejsze jest dziecko i to, abym doszła do siebie. Za dużo się wydarzyło. Muszę sama najpierw wszystko to sobie poukładać — potwierdziłam.

Wiedziałam, że Monika nie będzie się spierała z naszą dwójką.

Posiłek jadłam tak napastliwie, jakbym głodowała od tygodni. Nawet kroplówka nie nasyciła mnie na tyle, by zahamować to pazerne rzucenie się na talerz. Rodzice Marcina przyglądali mi się w skupieniu. Gdy Monika ponowiła pytanie o to, co się stało, ojciec zaraz ją powstrzymał, powtarzając moje słowa i prosząc, by dała mi czas, abym ochłonęła i poukładała sobie wszystko w głowie.

Niedługo później do sali wpadli moi rodzice. Mama była cała zapłakana. Stan ojca też nie był najlepszy. Musieli się bardzo martwić. Gdy tylko wymieniliśmy uściski, przywitali się z rodzicami Marcina. Gotowa byłam na kolejną salwę pytań o to, co się stało. Jednak nic takiego nie nastąpiło. Czyżby ojciec Marcina zdążył ich już poinstruować?

Teście zaproponowali rodzicom nocleg w swoim domu, na co oni się bez wahania zgodzili. Odkąd zaczęłam z Marcinem wspólną podróż przez życie, wiele się zmieniło. Także u moich rodziców. Marcin zainwestował wiele pieniędzy w rozwój ich gospodarstwa, co ich samych w końcu wyciągnęło z wiru ciągłej walki o pieniądze. Żyli godnie. Nie był to poziom, na jakim żyłam ja sama czy rodzice Marcina. Był jednak wystarczający na tyle, że rodzice ponownie zaczęli cieszyć się życiem. Zatrudnili kilku pracowników i sami nie musieli już tyle pracować. Podróżowali po świecie i chłonęli każdą daną im chwilę.

Po wieczornym obchodzie lekarz powiedział, że w zasadzie może wypisać mnie do domu, jeśli tylko będzie miał się mną kto zająć. Powiedział to przy wszystkich, co spotkało się z dziwnymi spojrzeniami ze strony rodziców. Momentalnie rozwiało to jego obawy i zajął się sporządzeniem dla mnie wypisu. Miałam pojawiać się co drugi dzień na zmianę opatrunku, a za tydzień przyjść na zdjęcie szwów ze stopy. Jak się okazało, rana była poważniejsza, niż mi się wydawało. Założyli mi aż sześć szwów zewnętrznych i trzy wewnętrzne. Na szczęście nie doszło do poważnych uszkodzeń nerwów czy mięśni.

Godzinę później byliśmy już w drodze do domu teściów. Moi rodzice niejednokrotnie już tu byli, wiedziałam jednak, że wrażenie, jakie sprawia ten dom, nigdy się nie zmienia. Nawet ja, będąc tu bardzo częstym gościem, nadal wpadałam w zachwyt.

Pan Karol przygotował dla mnie miejscówkę w dużym salonie oraz sypialnię na parterze, abym nie musiała wspinać się po schodach. Gdy wszyscy porozchodzili się po domu, podszedł do mnie i mocno mnie uścisnął.

– Istne piekło tu było, pani Lauro. W życiu nie widziałem moich państwa tak podenerwowanych. Myśleli już o najgorszym. Cała wojewódzka policja pani szukała. Na szczęście znalazła się pani i nic poważnego pani nie dolega.

– Dziękuję ci, Karolu.

Karol popatrzył na mój coraz to większy brzuch – było go już dość dobrze widać.

– Pani syn dostanie całą miłość tego świata. O nic nie musi się pani martwić – podsumował, starając się powiedzieć to w taki sposób, by nie musieć używać przy mnie słowa „Marcin".

Przed porwaniem słowo to najczęściej wywoływało nagły napływ łez lub wprawiało mnie w stan głębokiego smutku. Teraz jednak wszystko się zmieniło. Uśmiechnęłam się jedynie do pana Karola, w duchu licząc na to, że Marcinowi uda się dokończyć zadanie i wróci do mnie cały i zdrowy.

Po wyśmienitej kolacji, którą specjalnie dla mnie zrobiła pani Dominika, zostawszy w pracy po godzinach, ułożyłam się wygodnie na kanapie i zupełnie inaczej zaczęłam spoglądać na przeszłość. Jeszcze do niedawna była ona dla mnie albumem z pustymi stronami. Wszystko się jednak zmieniło. Miałam nadzieję, że Marcin wróci do nas i będziemy mogli zapisywać dalsze karty naszych losów wspólnie. Mimowolnie odpłynęłam do wspomnień. Do dnia zwieńczającego mój życiowy cel...

***

Ostatnie egzaminy były bardzo ciężkie. Jednak razem z Marcinem daliśmy radę. Nadszedł dzień odebrania dyplomu. Już od tygodni wiedziałam, że Marcin szykuje nam z tego powodu niespodziankę. Nie miałam jednak pojęcia jaką.

Po ceremonii rozdania, na której oczywiście byli nasi rodzice z dumą patrzący na to, jak ich dzieci wyrosły i spełniły swoje marzenia, udaliśmy się świętować do restauracji. Pomieszczenie wypełniło się szczęściem i spełnieniem. Unosiły się w powietrzu niczym tęczowa mgła, dzięki której wszystko wydawało się piękne. Po znakomitej kolacji i kilku godzinach rozmów Marcin przeprosił wszystkich i zabrał mnie, by pokazać mi niespodziankę. Gdy wychodziliśmy, na ustach jego ojca pojawił się szeroki uśmiech.

– Gdzie mnie zabierasz? – zapytałam, chcąc jak najszybciej się dowiedzieć, co znów wymyślił. Jego pomysły na zadziwianie mnie były z każdym dniem coraz bardziej zaskakujące. Nigdy nie wiedziałam, co się wydarzy.

– Jak ci powiem, to zepsuję niespodziankę! Nie sądzisz, że cała wartość niespodzianki kryje się w tym, że jest niespodziewana? – zapytał.

– Wiesz, jaka ostatnio się zrobiłam niecierpliwa.

– Poczekaj parę minut, to się dowiesz.

Wsiedliśmy do samochodu i ruszyliśmy do centrum Krakowa. Marcin zatrzymał się na jednej z ulic przy wysokiej i wyremontowanej świeżo kamiennicy. Już myślałam, że kupił nam mieszkanie. Dotychczas pomieszkiwaliśmy w wynajętym mieszkaniu blisko uczelni. Podejrzewałam jednak, że wspólne lokum kupimy dopiero po ślubie, który zaplanowaliśmy na sierpień przyszłego roku. Wysiedliśmy z samochodu i Marcin chwycił mnie za rękę. Poprowadził pod drzwi kamienicy. Moje emocje sięgały zenitu. Nad drzwiami wisiała płachta przysłaniająca coś, co miało być niespodzianką.

– Gotowa? – zapytał z figlarskim uśmiechem.

– Zawsze! – odparłam, nie chcąc już dłużej przeciągać momentu wyczekiwania.

– Tadam! – powiedział, pociągając za sznurek.

Spod płachty wyłonił się wielki szyld z napisem „Prawo Laury – Kancelaria Adwokacka". Nie mogłam uwierzyć w to, co widzę. Ponownie zupełnie mnie zaskoczył. Dopiero co otrzymałam dyplom, a już miałam swoją własną kancelarię. Nie mogłam być bardziej szczęśliwa.

– Powinno tam być napisane „Prawo Laury i Marcina" – dodałam po chwili, zastanawiając się, czemu tylko moje imię widnieje na szyldzie. – Poza tym jeszcze została nam aplikacja – dodałam, wiedząc, że to bardziej przyszłościowy prezent.

– Zwariowałaś? Ja mam własną. Kilka przecznic dalej – odpowiedział.

Wtedy wydawało mi się to ekstrawaganckie – pomysł, by budować nam każdego dnia tęsknotę. Dać nam te osiem lub więcej godzin na to, by zatęsknić. Teraz wiedziałam już, że miało to drugie dno. Miało być przykrywką dla tego, czym tak naprawdę zajmował się Marcin.

– Dziękuję ci! Nawet nie wiesz, jak bardzo jestem szczęśliwa! – wykrzyczałam na całe gardło, płosząc przechadzające się nieopodal gołębie.

– Chcesz wejść do środka?

Tylko czekałam na to pytanie. Wręczył mi pęk kluczy, a ja wbiegłam z nimi po schodkach niczym sarna i sekundę później wkładałam je do zamka.

Marcin ofiarował mi w trakcie naszej wspólnej drogi mnóstwo wartościowych prezentów. Gdybym miała wybrać tylko jeden z nich, miałabym wielki problem. Kancelaria była jednak na liście pierwszych od góry, była nagrodą za ciężką pracę i determinację.

***

– Lauro, chodź do łóżka. Wiem, że ta kanapa jest bardzo wygodna, ale rano ktoś cię na pewno zbudzi, krzątając się po domu.

Z marzeń wyrwała mnie Monika. Pomogła mi wstać i zaprowadziła do sypialni. Zgodziłam się z nią. Na dole już od bladego świtu coś się w tym domu działo.

Niemalże od razu zabrał mnie sen. Śniłam o Marcinie. O jego oczach i o tym, jak odbijają się w nich moje własne.

Oczami Marcina

Jechałem jak szalony. Musiałem znaleźć miejsce, gdzie będę mógł zmienić opatrunek, przespać się choć parę godzin i zacząć wiercić dziurę w szeregach Diablo. Agencja jak zawsze pomyślała o wszystkim. Lewe dokumenty i kilkanaście tysięcy złotych w gotówce. Telefon i karta z zastrzeżonym numerem. Pełen pakiet danych dostępu do internetu. W bagażniku walizka, a w niej broń, laptop, kilka kompletów ubrań na zmianę i ku mojemu zdziwieniu – mnóstwo opatrunków i leków przeciwbólowych, łącznie z morfiną. Kusiło mnie, by zadzwonić do Laury. Nie wiedziałem jednak, czy jest sama. Nie chciałem także ryzykować, jeśli jej telefon był na podsłuchu. Musiałem wymyślić inny sposób, aby się z nią skontaktować.

Podjechałem pod mały motel pod Warszawą. Chciałem być jak najbliżej operacyjnego imperium Diablo, ale na tyle daleko, by nikt nie był w stanie mnie rozpoznać lub namierzyć. Wykupiłem pokój na parę dni. Wziąłem gorący prysznic i zamówiłem pizzę, którą mieli mi dostarczyć do rejestracji motelu. Tak na wszelki wypadek. Musiałem być ostrożny. Już raz przejechałem się na zbyt pochopnej analizie sytuacji. Uczyłem się jednak na swoich błędach.

Kończyłem właśnie bandażowanie ramienia, gdy ktoś zapukał do drzwi.

– Pizza! – krzyknął koleś z rejestracji.

– Już idę! – odkrzyknąłem i pospiesznie narzuciłem na siebie świeżą koszulkę. Sprawdziłem w lustrze, czy nie widać spod niej bandażu, i otworzyłem drzwi. Zapłaciłem i dałem mały napiwek, aby się nie wyróżniać.

Już po chwili pudełko po pizzy stało puste, a ja stawałem się coraz bardziej senny. Próbując się ocucić, odpaliłem laptop i poszperałem trochę w internecie. Sprawdzałem właśnie konta społecznościowe, poszukując w nich Diablo. Musiał mieć drugą twarz. Mniej bandycką. To w nią należało uderzyć. Nagle zadzwonił mój telefon. Spojrzałem na wyświetlacz. Nieznany numer. Podejrzewając, że to agencja sprawdza, czy wszystko jest OK, zignorowałem połączenie i wróciłem do przeglądania internetu. Po chwili jednak zadzwonił ponownie. Nie dadzą mi spokoju, dopóki się nie zamelduję – pomyślałem i niechętnie odebrałem.

– Słucham? – zapytałem i nastała cisza, po której usłyszałem delikatny szloch. Wzdrygnąłem się.

– To ja! Tata! – Znajomy głos w słuchawce sprawił, że w gardle urosła mi wielka gula. Nie byłem w stanie nic odpowiedzieć. – W pierwszą wigilię, którą spędziliśmy w czwórkę, dostałeś od Laury brelok zrobiony własnoręcznie przez nią. Z napisem „Szerokiej drogi". A ty kupiłeś jej piękną szmaragdową suknię. Nikt oprócz nas tego nie wie. – Wiedziałem już, co robi tata. Naoglądał się chyba zbyt dużo filmów. Było dla mnie jasne, że już wiedział. – Nikt oprócz mnie nie wie. Z Laurą wszystko OK, jest już w domu. Dziecku także nic się nie stało – kontynuował, a ja nadal się nie odzywałem. – Kupiłem ten telefon i kartę godzinę temu – dodał, chwytając się wszystkiego, bym tylko mu odpowiedział.

– Przepraszam, tato – wyszeptałem w końcu. – To było konieczne. Nie miałem wyjścia. To było polecenie z góry.

– Od lat wiem, czym się zajmujesz. Nigdy jednak nie sądziłem... – Głos mu się załamał.

– To już koniec, tato. Muszę jedynie doprowadzić coś do końca. W przeciwnym wypadku już nigdy nie będziemy bezpieczni. Jak mi się uda, kończę z tym raz na zawsze. Będę miał dla kogo żyć.

– Zawsze miałeś. Miałeś przecież Laurę. – Jego ton postawił mnie do pionu. Miał rację. Dopiero niedawno zaczęło to do mnie dosadnie docierać. – Tak się cieszę, że cię słyszę. To najpiękniejszy dźwięk, jaki kiedykolwiek słyszałem. – Tęsknota wyryła głębokie bruzdy w sercu mojego ojca. Zawsze był człowiekiem silnym, ale i wrażliwym.

– Mam nadzieję, że już niebawem się spotkamy. Mama wie?

– Nie. Laura nie pozwoliła mi mówić nikomu więcej. Obawia się... – urwał ponownie. Nie musiał kończyć.

Znałem Laurę dobrze. Była zbyt inteligentna, by nie przewidzieć wszystkich możliwych wersji wydarzeń, łącznie z tą, w której ginę po raz kolejny, ale tym razem już naprawdę.

– Niech tak zostanie. Laura ma rację. Nadal wszyscy muszą myśleć, że nie żyję. Tak jest bezpieczniej dla wszystkich.

– Potrzebujesz czegoś? – zapytał ojciec, a ja zrobiłem szybki rekonesans w swojej głowie.

– Teraz nie. Agencja o wszystko zadbała. Ale to się może zmienić. Zapiszę sobie ten numer. Nie wypuszczaj tego telefonu z rąk. Mogę dzwonić z różnych numerów. Gdybym czegoś potrzebował, będziemy w kontakcie.

– W porządku. Jesteś cały?

– Nie do końca. Oberwałem kulkę w ramię i rykoszetem w udo, ale agencja mnie szybko załatała w terenie. Dlatego nie dotarłem do Laury na czas. Liczyłem na to, że znajdzie telefon w tym bunkrze. Nie zawiodła mnie.

— No, spisała się. Zawsze umiała o siebie zadbać. Znaleźliśmy ją leżącą na łóżku z nożem w ręku. Ciężko go było funkcjonariuszom wyciągnąć i obawiali się, że jak się wybudzi, to jeszcze kogoś zaatakuje. — Ojciec się roześmiał. Mnie samego także rozbawiła ta anegdotka.

— Tato, pamiętasz Jakuba?

— Tak. To ten twój przyjaciel. Kręcił się tu często. Koło domu.

— Uratował mi dziś życie, sam nieźle oberwał za to, że postanowił mi pomóc. Nigdy cię o nic nie prosiłem, ale chciałbym, aby dla niego to zadanie także było ostatnie. Ma rodzinę.

— Wiedziałem, że ojciec doskonale wie, o czym mówię.

— Akurat mi się ostatnio zwolniło jakieś managerskie stanowisko. Wydaje mi się, że świetnie by się na nie nadawał — podłapał temat w locie. Byłem już spokojny.

— Tato...

— Tak, synu?

— Dziękuję.

— Nie masz za co. Postaraj się tym razem nie umrzeć. Wszyscy by chcieli, abyś poznał swojego synka. A mama... Mama oszaleje, jak się dowie. Nie lubię jej okłamywać. Rób więc, co masz robić i wracaj do domu, tam, gdzie twoje miejsce.

— To jest moja największa motywacja. Dowiedziałem się dopiero przedwczoraj. Nic mi nie powiedzieli. Nawet Jakub. On jedyny oprócz najwyższych rangą wiedział, że moja śmierć była sfingowana.

— Jak tak teraz na to patrzę, to faktycznie jego zachowanie było jakieś dziwne. Skradał się i chował za żywopłotem.

— Tym bardziej musisz go zatrudnić. Miał pilnować Laury. Nie dość, że robił to nieudolnie, to jeszcze finalnie porwali mu ją sprzed nosa. — Roześmiałem się. — Jakieś typki mogą się kręcić wokół Laury. Agencja ma mieć na nią oko.

— Ja też już załatwiłem dodatkową ochronę. Muszę kończyć, idzie twoja matka. — Usłyszałem zawód w jego głosie.

— Do usłyszenia — odpowiedziałem, choć nie byłem pewny, czy zdołał to jeszcze usłyszeć, nim się rozłączył.

Rozmowa z ojcem sprawiła, że poczułem się dużo lepiej. Żałowałem, że nie przekazałem mu, aby załatwił nowy telefon także dla Laury. Może jednak tak będzie lepiej. Musiałem całkowicie skupić się teraz na swoim zadaniu. Tylko wówczas mi się powiedzie. Laura była w dobrych rękach. Nie musiałem się już o nią obawiać. Nie było możliwości, aby ktokolwiek włamał się do domu moich rodziców.

Kontynuowałem przeglądanie internetu, sprawdzając poszlaki, jakie udało nam się dopasować do Diablo jeszcze w trakcie misji. Nic jednak nie współgrało, ani wtedy, ani teraz. A co, jeśli Diablo nie był jedną osobą, a kilkoma? Myśl ta nie dawała mi spokoju. Czy ktoś mógł być tak przebiegły, by samemu wieść normalne życie, posiadając siatkę osób znanych w różnych miejscach jako Diablo? Czy ktokolwiek kiedykolwiek go w ogóle widział na własne oczy, mając całkowitą pewność, że to on? Byliśmy przekonani, że szukamy jednego człowieka, a może to nie jednostka, a grupa o tej nazwie. Musiałem kopać głębiej. Zacząłem analizować, co poszło nie tak i dlaczego Diablo szukał mnie nawet po mojej śmierci. Dlaczego tak bardzo zależało mu, by być w stu procentach pewnym, że nie żyję? Czego się bał? Może mam już informacje, które są w stanie go pogrążyć, ale nie jestem tego jeszcze świadomy. W głowie roiło mi się od przeróżnych przypuszczeń. Zmęczony opadłem na małe łóżko. Nie było zbyt wygodne. Zatęskniłem za domem. Za miejscem, jakie budowaliśmy z Laurą wspólnie. Za materacem, którego wybór zajął nam dwa tygodnie, i za satynową pościelą, którą kupiła podczas jednej z naszych zagranicznych podróży. Miałem dość czarnych myśli na dzisiaj. Odpłynąłem w marzeniach do najważniejszego dnia w naszym życiu...

***

Nie widziałem Laury od zeszłego wieczoru. Rodzice zadbali o to, aby nasze ścieżki nie mogły się skrzyżować. Taka była tradycja. Czekałem na ten dzień sześć długich i wspaniałych lat. Gdybym mógł wybierać, powiedziałabym jej sakramentalne „tak" już wcześniej, ona jednak upierała się, abyśmy najpierw skończyli studia. Wiedziałem, że nie ma w tym drugiego dna, które mogłoby sugerować mi, że się waha, dlatego przystałem na jej propozycję. To nie przeszkodziło naszym rodzicom, wręcz przeciwnie. Mieli dużo czasu na przygotowanie nam ślubu naszych marzeń.

Zajmowałem sypialnię na górze i miałem całkowity zakaz schodzenia na dół, gdzie do uroczystości przygotowywała się Laura. Jej rodzice przybyli już kilka dni temu, aby dopiąć wszystko na ostatni guzik. Powoli zjeżdżała się także rodzina. Wczorajszego wieczoru ojciec przywiózł babcię. Była już bardzo schorowana i słaba, ale za nic w świecie nie chciała przegapić ślubu swojego jedynego wnuka. Babcia wręcz uwielbiała Laurę. Cały czas, jak to babcia, mówiła w kółko, jaka Laura jest cudowna i jakim jestem wielkim szczęściarzem, że przyjdzie mi wieść życie u jej boku.

Zaraz po tym jak wyszedłem spod prysznica, do mojej sypialni wszedł ojciec, niosąc w ręku starannie wyprasowany garnitur ślubny.

— Jak się trzymasz? — zapytał, podejrzewając pewnie, że zjada mnie stres.

— Nie mogę się już doczekać — wyznałem z entuzjazmem. Nie stresowałem się w ogóle. Byłem całkowicie pewny, że jest to najlepsza decyzja w moim życiu. Nic zatem nie było w stanie zachwiać mojego szczęścia, że dzisiejszego dnia będę mógł Laurę nazywać swoją żoną.

— Dzwonił agent nieruchomości. Jak tylko będziecie mieli podpisane papiery, Karol obiecał zawieźć je do kancelarii. Tam szybko sporządzą akt własności.

— Świetnie. Dziękuję, że udało ci się to tak przyspieszyć — powiedziałem.

Moim prezentem ślubnym dla Laury był dom. Na jednej z naszych wycieczek wypatrzyła go z ulicy. Wtedy strasznie jej się spodobał i powiedziała, że gdyby kiedyś miała wybudować sobie dom, byłby właśnie taki. Nie przypominał on willi, w której mieszkali rodzice. Miał jednak piętro i poddasze oraz, co dla Laury było bardzo ważne, ogromy ogród. Dom położony był wysoko, co w ładny dzień pozwalało na obserwacje gór z najwyższego piętra. Nie można się było w nim co prawda zgubić, ale miał ponad trzysta metrów kwadratowych powierzchni mieszkalnej, do tego garaż na trzy samochody i dwa pomieszczenia gospodarcze. Był swego rodzaju kompromisem pomiędzy naszymi światami. Co bardzo jej się spodobało — na podjeździe było małe rondo. Śmiała się, że miałaby na nim zawsze pierwszeństwo. Kupiłem go już kilka miesięcy temu i odświeżyłem. Umeblowałem jedynie jeden pokój i łazienkę. Chciałem, aby to w nowym domu odbyła się nasza noc poślubna.

— Co tak dumasz? — przerwał moje rozmyślania ojciec.

— Zastanawiam się, jaka będzie reakcja Laury, jak wezmę ją do naszego nowego domu.

— Ja to się bardziej zastanawiam, jak zareaguje na podróż poślubną. Dalej jej nie powiedziałeś?

— Nie. To ma być niespodzianka. Laura jest już gotowa?

— Prawie. Ubiera się teraz w suknię.

— Widziałeś ją już?

— Nie, ale podejrzewam, że będzie wyglądała obłędnie. Twoja mama biega jak szalona, powtarzając cały czas: „jaka cudowna, jaka cudowna".

– Ha, ha. To mnie akurat w ogóle nie dziwi.

– Ona jedna widziała jej suknię. A wiesz, jak ciężko ją ostatnimi czasu zachwycić… Ach, byłbym zapomniał! Laura powiedziała, że co prawda nie możecie się zobaczyć, ale mam ci wręczyć to. – Podał mi mały rulonik przewiązany wstążeczką. – Jak będziesz gotowy, to zawołaj. My jedziemy do kościoła pierwsi. Laura dojedzie druga.

– Daj mi jeszcze z pół godziny i będę gotowy.

– Tu jeszcze się nie dogoliłeś. – Tata klepnął mnie w policzek, a ja od razu spojrzałem w lustro z zamiarem dokonania poprawek. – Żartowałem. Dodatkowy rumieniec ci się przyda!

– Kto by pomyślał, że akurat dziś tak się ciebie żarty trzymają – powiedziałem uszczypliwie.

– Tylko raz jest się na ślubie swojego syna – odparł i opuścił pokój.

Usiadłem na łóżku i odwinąłem rulonik z małym liścikiem od Laury.

Oni mnie tu katują od świtu! Makijaż, fryzjer, paznokcie. Pomocy! Ale dla ciebie wszystko! Tylko się nie udław, jak mnie zobaczysz.

Roześmiałem się na głos. Cała Laura. Uwielbiałem jej oryginalne poczucie humoru. Być może wiadomość ta miała rozpędzić mój stres, którego wcale nie było, o czym jednak Laura nie mogła przecież wiedzieć. Zastanawiałem się jednak, czy ona sama się stresuje. Dla kobiet ślub był zawsze dużo większym wydarzeniem niż dla mężczyzn.

Ubrałem się i zszedłem na dół do tylnego wyjścia. Cała rodzina była już w kościele. Zostali jedynie państwo młodzi z rodzicami. Ja pojechałem z ojcem samochodem, ale dla Laury mama przygotowała zupełnie inny środek transportu: białą karocę zaprzężoną w pięć koni. Cztery białe oraz jej najlepszego przyjaciela. Wiedziałem, że Laura się wzruszy. Miałem nadzieję, że jej makijaż będzie naprawdę solidnie wykonany.

Gdy czekałem na nią przy ołtarzu, w myślach powtarzałem słowa przysięgi. Zdecydowaliśmy się napisać je sami. Swoją miałem gotową już od roku. Nie była długa, ale za to taka „nasza".

Goście nagle wstali. Na końcu długiego czerwonego dywanu pojawiła się Laura ze swoim ojcem. Tata miał rację: wyglądała obłędnie, co nie uszło uwadze ani jednemu ze zgromadzanych gości. Wszyscy wzdychali i zachwycali się nią. Piękna długa suknia z koronkowym trenem uwydatniała jej idealne kobiece kształty, opinała się na piersiach i biodrach, ukazując idealne wcięcie w talii. Włosy miała delikatnie upięte w górę i okolone tiarą z zielonymi jak jej oczy kryształami. Do tego pasujące kolczyki, naszyjnik i bransoletka. Makijaż miała bardzo naturalny. Z reguły nie lubiła się malować i jedynym kosmetykiem, na który natykałem się w łazience, był tusz do rzęs.

Gdy zabrzmiała melodia grana przez trzy skrzypaczki, a Laura szła powoli w moją stronę, nie mogłem utrzymać emocji na wodzy. Uśmiechała się do mnie, a ja dosłownie unosiłem się w powietrzu ze szczęścia. Gdy stanęła tuż obok mnie, miałem wielką ochotę pocałować ją i patrzeć na nią w nieskończoność.

– Witaj, kochanie – wydusiła z siebie.

Zauważyłem, że – w przeciwieństwie do mnie – lekko się stresuje.

– Wyglądasz... Nie mam słów nawet, żeby określić to, jak wyglądasz... Jak marzenie... Moje marzenie...

Ceremonia się rozpoczęła. Gdy kapłan po standardowych słowach przysięgi kościelnej zgodnie z prośbą przeszedł do przysiąg napisanych przez nas, poczułem gulę w gardle. Miałem mówić jako pierwszy. Odwróciłem się twarzą do Laury, ująłem jej dłonie i zamknąłem je w swoich. Spojrzałem w jej cudowne zielone oczy i cały stres nagle zniknął. Jakbyśmy byli tylko my, teraz i do końca świata, już na zawsze razem.

– Lauro, tak piękne oczy widziałem tylko raz. Każdego dnia patrząc na twoją twarz, widzę je po raz pierwszy. Oczy te jednak są odzwierciedleniem twojej pięknej duszy, która urzekła mnie w chwili, gdy spotkałem cię po raz pierwszy. Sprawiłaś, że mój świat zawirował, a moje serce zaczęło bić szybciej i mocniej. Robisz to każdego dnia, a moja miłość z dnia na dzień jest coraz większa i silniejsza, choć wydaje mi się to już niemożliwe. Obiecuję ci być twoim przyjacielem i kochankiem, dbać o to, byś zawsze była szczęśliwa i byś nigdy nie poczuła samotności. Wiedz, że cokolwiek będzie się działo, będę obok, aby cię wspierać, dopóki śmierć nas nie rozłączy.

W oczach Laury pojawiły się łzy. Widziałem, jak przełyka ślinę, próbując pozbyć się stresu, żeby zacząć swoją przysięgę. Uścisnąłem jej dłonie mocniej, by dodać jej otuchy. Spojrzała na mnie i delikatnie skinęła głową, uśmiechając się do mnie promiennie.

– Marcinie, pierwszy pokazałeś mi, jaką wartość ma przyjaźń, jak piękna jest miłość i jak cudowne mogą być małe rzeczy. Udowodniłeś, że serce kocha serce. Każdego dnia torujesz mi ścieżkę złożoną ze szczęścia, namiętności, zaskoczenia i spełnienia. Nie wyobrażam sobie kroczenia inną drogą, niż tylko tą u twego boku. Wiernie zatem będę nią podążać, kochając cię, szanując, wspierając i miłując. Wierzę, że wszystko, co najlepsze, jeszcze przed nami, a życie nasze będzie przygodą, z jakiej oboje będziemy dumni, gdy przyjdzie czas rozstania. Kocham cię całym sercem i całą duszą i wiem na pewno, że miłość ta nigdy nie ustanie, dopóki śmierć nas nie rozłączy.

Musiałem się bardzo koncentrować, aby nie uronić łzy. Goście nie mieli tego problemu. Płakali jak bobry, co rusz smarkając w chusteczki. Na czele z naszymi rodzicami. Istna orkiestra dęta.

Wesele było cudowne, wszyscy byli zachwyceni. Bawiłem się wyśmienicie, ale cały czas nie mogłem się doczekać przygotowanej dla Laury niespodzianki. Chciałem jak najszybciej przenieść ją przez próg naszego nowego domu i ściągnąć z niej suknię, by podziwiać ją taką, jaką kochałem najbardziej – zupełnie nagą.

W końcu nadszedł upragniony przeze mnie moment. Pan Karol spisał się na medal i na czas dostarczył akt notarialny. Laura była pewna, że jedziemy do domu rodziców, aby spakować się na podróż poślubną, w którą mieliśmy wyjechać już jutro po południu. Gdy skręciłem w złą stronę na jednym ze skrzyżowań, zaczęła się czegoś domyślać. Nic jednak nie mówiła. Zatrzymałem się kilka przecznic od naszego nowego domu i założyłem jej na oczy satynową opaskę.

– Co ty wyprawiasz? – zapytała zaskoczona, gdy zawiązywałem jej oczy.

– To ma być niespodzianka.

– Jaka znowu niespodzianka? Pan młody mi chyba oszalał.

– Oszaleje to zaraz panna młoda – powiedziałem i ruszyłem.

Zatrzymałem się pod bramą i otworzyłem ją. Wjechałem na podjazd i zatrzymałem samochód. Otworzyłem Laurze drzwi i pomogłem jej wysiąść.

– Jesteśmy na miejscu – powiedziałem – możesz ściągnąć opaskę. – Szybkim ruchem wyjąłem z bagażnika dokumenty oraz klucze i schowałem je za swoimi plecami. Laura delikatnie zdjęła opaskę. Gdy zobaczyła, gdzie się znajduje, z zachwytu schowała twarz w dłoniach.

– Marcinie… czemu mnie tu przywiozłeś? – zapytała, choć znała już odpowiedź. Zza pleców wyciągnąłem dokumenty własności domu, na których widniały nasze imiona, rzuciła mi się na szyję, ściskając mnie tak mocno, iż pewny byłem, że zaraz mnie udusi. – Nie wierzę, że kupiłeś nam właśnie ten dom.

– Ten podobał ci się od dawna – powiedziałem.

– To prawda. Jest idealny. – Rozpłakała się.

– Pozwól – powiedziałem i zwinnym ruchem podniosłem ją.

Pokracznie otworzyłem drzwi, przeniosłem żonę przez próg i skierowałem się prosto do sypialni. Na łóżku leżała koperta.

– Otwórz ją – nakazałem.

– To jeszcze nie koniec niespodzianek? – zapytała zaskoczona.

– Życie ze mną to same niespodzianki, Lauro.

– No fakt. Nie pozwalasz mi ani na chwilę o tym zapomnieć. – Sięgnęła po kopertę i po cichu przeczytała zawartość.

– To bilet w podróż... Czy ja dobrze widzę? Marcinie, to...

– W podróż dookoła świata – dokończyłem, bo ona nie była w stanie powiedzieć już ani słowa.

Oczami Laury

Obudziłam się niewyspana. Całą noc w snach przetwarzałam każdy najmniejszy element mojego porwania, odczuwałam wszystkie przykre emocje na nowo. Powoli wstałam z łóżka i udałam się do toalety. Kiedy myłam zęby, w głowie cały czas brzmiało mi jedno imię: Diablo. To on był kluczem do wszystkiego. Powoli kiełkowała we mnie pokusa, by sprawdzić, kto naraził mnie na to wszystko. I odpłacić mu się tym samym. Chciałam być gotowa, jeśli jakimś sposobem Marcin zawiedzie. Musiałam mieć pewność, że zanim na świat przyjdzie nasz syn, nie będzie już niebezpieczeństwa, które mogłoby mu zagrozić. Nie wiedziałam jedynie, od czego zacząć.

  Weszłam do jadalni i z zaskoczeniem zauważyłam, że nikogo w niej nie ma. Śniadanie było naszykowane, a znad dzbanka do kawy unosiła się para. Usiadłam przy stole i zaczęłam jeść w samotności. Musiałam nadbudować deficyt kalorii, które straciłam podczas niewoli. Maleństwo znajdujące się w moim brzuchu nie rozumiało zasad dobrego wychowania i domagało się jedzenia wszędzie i o każdej porze.

Jako pierwszy do jadalni wszedł ojciec Marcina. Ucieszyłam się, że jest sam, i chyba z wzajemnością. Dosiadł się do mnie – z wielkim, szerokim uśmiechem na ustach.

– Rozmawiałem z nim wczoraj – powiedział półszeptem i rozejrzał się dookoła.

– Wszystko u niego w porządku? – zaciekawiłam się.

– Tak. Daje radę, choć podobno oberwał. Miałaś rację… Nie wróci, dopóki nie zamknie tematu.

– Potrzebujemy planu B – odezwałam się.

– Planu B?

– Na wypadek, gdyby mu się nie powiodło. Nie chcę przez całe życie oglądać się za siebie. Nie chcę, by on się oglądał. – Wskazałam na swój coraz bardziej widoczny brzuch.

– Jak niby chcesz to zrobić? Nic na ten temat nie wiemy. Pytałem go, czy czegoś nie potrzebuje. Zaprzeczył.

– Nie tak do końca nic nie wiemy. Porywacze mają to do siebie, że po czasie stają się bardzo gadatliwi. Mamy to, na czym zależy nam najbardziej.

– Czyli? – dopytywał, cały czas rozglądając się, czy ktoś nie nadchodzi.

– Diablo – wyszeptałam. – W tym wszystkim chodzi o kogoś o pseudonimie Diablo. – Ojciec Marcina momentalnie zbladł. Wyglądało na to, że doskonale wiedział, o kim mowa. Zanim jednak zdążyłam zapytać o coś więcej, w jadalni pojawili się moi rodzice, a już po chwili dołączyła do nas także Monika.

Cały czas bacznie obserwowałam tatę Marcina. Nawet śniadanie nie chciało mu przejść przez gardło. W pewnym momencie po prostu wstał i wyszedł.

– Będę w gabinecie – powiedział do wszystkich na odchodne, ale tylko ja wiedziałam, że informacja ta skierowana była bezpośrednio do mnie.

Dla stworzenia pozorów jeszcze przez chwilę siedziałam przy stole, dopijając kawę i dyskutując z rodzicami. Monika uwielbiała ich u siebie gościć. Zawsze promieniała w ich towarzystwie. Uwielbiała otaczać innych opieką. Wykorzystywała zatem każdą możliwą sytuację. Podejrzewałam, że nasz syn będzie miał babcię na każde skinienie.

Bez zbędnych wyjaśnień wstałam od stołu. Rodzice byli tak zajęci dyskutowaniem z Moniką, że nawet nie zauważyli mojego wyjścia. Jedynie lokaj Karol zerknął na mnie ukradkiem.

Szłam długim korytarzem aż do samego końca, by finalnie skręcić w lewo do biura teścia. Wcześniej byłam tu tylko raz. Zapukałam delikatnie i czekałam na zaproszenie do środka.

– Wejdź, Lauro. – Usłyszałam zza drzwi. Doskonale wiedział, że to ja.

Zazwyczaj idealnie odczytywałam jego aluzje i słowa ukryte między wierszami. Monika rzadko kiedy tutaj zaglądała. Mieliśmy więc okazję do spokojnej rozmowy, choć coś mi podpowiadało, że wcale taka nie będzie.

Weszłam do wielkiego gabinetu z ogromnym oknem, co sprawiało, że pokój był bardzo jasny. Pod oknem stała mała kanapa, na której ojciec Marcina zazwyczaj czytał dokumenty lub książki. Trzy ściany były do ostatniego centymetra zastawione półkami uginającymi się pod ciężarem woluminów.

– Usiądź proszę. – Teść wskazał mi kanapę pod oknem, a sam przysunął się do mnie na obrotowym krześle. – Nikt nie wie o tym, co teraz ci powiem. Oprócz Moniki oczywiście.

– Po twojej reakcji rozumiem, że doskonale wiesz, kim jest Diablo – zgadywałam.

– To prawda.

– To chyba dobrze. Ta wiedza ułatwi Marcinowi zadanie – zasugerowałam, nie wiedząc, dlaczego widzi w tym problem. Diablo chciał śmierci jego syna, a mnie samą przetrzymywał, nie miałam pewności, czy nie miał w planie pozbycia się także i mnie.

— Z pozoru tak, to jednak nie jest takie proste. Pozwól, że opowiem ci pewną historię. — Już tym zdaniem całkowicie przykuł moją uwagę. — Poznałem Monikę, gdy chodziliśmy na studia. Dokładnie na pierwszym roku. Podobnie jak Marcin poznał ciebie. Monika pochodziła z bardzo zamożnej rodziny. Ja sam nie byłem jakoś przeraźliwie bogaty, ale też nie biedny. Klasa średnia byłaby tutaj najodpowiedniejszym słowem. Zakochałem się w Monice od pierwszego wejrzenia, a ona także nie pozostawała na mnie obojętna. Chociaż nasza miłość rosła w siłę, Monika zdawała się wystraszona i wyobcowana. Jakby coś ją wstrzymywało. Pewnego dnia porozmawialiśmy szczerze i opowiedziała mi, dlaczego tak jest. Jej ojciec był obrzydliwie bogaty i wszyscy się go obawiali. Był królem podziemia i brudnych interesów. W jego mniemaniu to on miał wybrać dla córki partnera na całe jej życie. Ona sama nie mogła ośmielić się, by dokonać tego wyboru. Ukrywała więc naszą miłość w tajemnicy przed nim. Jej ojciec nie był potworem, sam fakt, na jakiego człowieka wychował Monikę, w pewien sposób to potwierdza. Jednak nie bał się zrobić niczego, co pozwoli mu na kolejny zarobek, choć pławił się już w luksusach. Nadszedł dzień, kiedy ojciec Moniki po raz pierwszy przedstawił ją starszemu dużo od niej mężczyźnie o imieniu Robert. Robert był wtedy po czterdziestce, a Monika miała być zapłatą za dobrze nawiązaną współpracę między nim a jej ojcem. To był ogromny deal. Wchodziły tam w grę dosłownie miliardy dolarów. Ojciec Moniki chciał zabezpieczyć transakcję więzami krwi. Wtedy po raz pierwszy Monika ośmieliła mu się postawić. Obrzydzało ją samo patrzenie na Roberta, o czymkolwiek innym nawet nie wspominając. Poza tym kochała mnie. Ojciec Moniki był człowiekiem o ponadprzeciętnej inteligencji i szybko się połapał, co jest nie tak. Znalazł mnie i groził mi. Miałem raz na zawsze zakończyć znajomość z jego córką. Byłem już bliski poddania się. Jak wszyscy wokół, lękałem się go. Miał swoich ludzi dosłownie wszędzie. To była wielka siatka przestępcza. Nikt nie był w stanie go ruszyć. Monika jednak, wiedząc, że nie skrzywdzi jedynej córki, nie dała za wygraną. Postawiła mu się i powiedziała, że nie jest sztuką mięsa, którą można rzucić byle komu. Wyraziła swoje uczucia. A na koniec powiedziała, że niczego od niego nie chce i już nigdy nie chce go widzieć na oczy. Nie mam pojęcia, czy jej przemowa wzbudziła w nim pewien rodzaj emocji, czy może złość na siebie. Miał tylko ją. Jego żona zmarła kilka lat wcześniej. Po tej rozmowie pozwolił Monice odejść. Spokojnie przyglądał się, jak pakuje walizki, zupełnie nic nie mówił. To był ostatni raz, kiedy się z nim widziała. Czasami mam wrażenie, że zupełnie zapomniała już o tym, że ma ojca. Zamieszkaliśmy razem, a krótko potem wzięliśmy ślub. Ojciec Moniki nie był na niego zaproszony. Powoli zaczynałem swoje interesy i szło mi coraz lepiej. Po kilku latach, gdy nasza majętność była już na bardzo wysokim poziomie, bo wszystko, co chciałem, szło dokładnie po mojej myśli, zacząłem zastanawiać się, czy ojciec Moniki po cichu nie macza w tym palców. Nigdy nie chciał dla Moniki źle. Pragnął, by mimo swojego wyboru żyła na tym samym poziomie, na jakim była dotychczas. To trochę podkopało wówczas moją pewność siebie. Jednak to, co zarobiłem, dobrze wykorzystywałem i dzieliłem się z innymi. Olałem to zatem po kilku miesiącach zgryzoty. Potem urodził się Marcin. I żyliśmy spokojnie i szczęśliwie, aż do dnia jego wypadku, kiedy świat Moniki, tak samo jak i mój, runął jak domek z kart i zabrał nam całą radość życia. Gdyby nie to, że mieliśmy ciebie... Podsumowując, zapewne wiesz już, jaka jest konkluzja... – przerwał, by dać mi szansę na odpowiedzenie na to pytanie.

– Diablo to dziadek Marcina – powiedziałam cicho.

– Właśnie tak, Lauro. Pytanie, czy wie, że osoba, którą chce zabić, to jego wnuk, a jeśli tak, dlaczego chce to zrobić, mimo że łączy ich pokrewieństwo.

– Marcin działał pod przykrywką. Diablo na pewno nie robi niczego osobiście. Skoro jest dziadkiem Marcina, ma już swoje lata. Może nie mieć pojęcia, na kogo wydał wyrok śmierci.

– Tego nie wiemy na pewno. Podejrzewam, że chociaż nie ingerował w nasze życie, zdaje sobie sprawę, że jest dziadkiem.

– Marcin zaburzył jego pewność siebie. I jego interesy. Jeśli to one są dla niego najważniejsze, a na to wygląda, może nic nie jest w stanie stanąć mu na drodze. Nawet jego wnuk.

– Właśnie. Obawiam się, że Marcin nie do końca wie, w co się wpakował.

– Musimy mu powiedzieć! – Prawie krzyknęłam.

– To także jest skomplikowane. Pomyśl, jeśli mu powiemy, to będziemy mieli dwie prawdopodobne wersje wydarzeń. Albo sam się z nim skonfrontuje i najprawdopodobniej nie wykona zadania. Albo wykona zadanie i przekaże agencji pełne informacje na temat Diablo i tego, kim on jest, nawet bez konfrontacji z nim.

– A co, jeśli... – Przyszła mi do głowy pewna myśl. – Co jeśli Diablo z początku nie wiedział, kim jest Marcin, ale po wypadku, o ile masz rację, że obserwuje waszą rodzinę, dotarło do niego, kto zginął... Może dał nagrodę za znalezienie Marcina, bo chciał mieć całkowitą pewność, czy przyczynił się do śmierci swojego wnuka. Może chciał za wszelką cenę udowodnić sobie, że to nieprawda i oczyścić własne sumienie?

– Jeśli tak, to dlaczego do niego strzelają i próbują go zabić? – Riposta ojca Marcina spadła na mnie jak grom z jasnego nieba.

– No fakt. Wtedy to się nie trzyma kupy – podsumowałam. – Co zatem robimy?

– Nie wiem, czy dobrym pomysłem jest informowanie o wszystkim Marcina. Obawiam się, że nasza pomoc może się obrócić przeciwko nam.

– To może zupełnie pomińmy Marcina. Niech Monika się tym zajmie.

– Nie może się dowiedzieć, że Marcin żyje.
– Ale...
– Co ci chodzi po tej mądrej głowie?
– Jeśli ktokolwiek jest w tej sytuacji całkowicie neutralny, to tą osobą jestem ja.
– Wykluczone. Nie możemy tak ryzykować. Jesteś w ciąży. Co, jeśli coś ci się stanie?
– I w tym rzecz. Jakim trzeba być człowiekiem, by skrzywdzić kobietę w ciąży, zwłaszcza że dziecko, które nosi, jest jego prawnukiem. Fakt ten sprawia, że to ja będę najbardziej bezpieczna z nas wszystkich.
– No nie wiem, Lauro. Marcin by mnie zabił, gdyby wiedział, że ci na to pozwoliłem.
– W zasadzie bez urazy, ale jestem dorosła. Nie musisz mi na nic pozwalać, a już na pewno nie możesz mi niczego zabronić. Marcin zna mnie bardzo dobrze i wie, że jak się uprę, to nie ma na mnie bata.
– Ale jak niby chcesz to rozegrać? Pójdziesz do niego do domu? I powiesz mu, żeby przestał polować na swojego wnuka a twojego męża i ojca dziecka w twoim łonie?
– No, w zasadzie to jakoś tak. Prosto z mostu i bez owijania jest zawsze najlepiej.
– Trochę się tego obawiam, ale zaczynam dostrzegać w tym szansę na zakończenie tego wszystkiego raz a dobrze i wyeliminowanie zagrożenia w przyszłości.
– Potem pozostanie nam jedynie przekonanie Marcina, że jest bezpieczny i żeby całkowicie wycofał się z tego, co robi. I w końcu zaczął żyć bez kłamstw i ryzyka, bo ma w końcu dla kogo.
– Wiele rzeczy może pójść w tym planie nie tak, jak to sobie wyobrażamy – przestrzegł mnie.
– Życie jest nieprzewidywalne, tak czy owak. A spodziewałeś się, że ktoś mnie porwie? Albo że twój syn sfingował

swoją śmierć? Sam widzisz. Jak nie spróbujemy, to się nie przekonamy. A jak coś stanie się Marcinowi, to oboje będziemy żałować do końca życia i obwiniać się za to, że nic nie zrobiliśmy.

— Jesteś bardzo dobrym prawnikiem — powiedział nagle z dumą w głosie. — Przekonałaś mnie. Czego potrzebujesz?

— W zasadzie to jedynie adresu, pod którym mogę go znaleźć.

— Myślisz, że cię wpuszczą do jego domu bez sprawdzenia, kim jesteś?

— O tym pomyślę, jak już będę na miejscu. Masz ten adres?

— Gdzieś miałem. Muszę poszukać. Nigdy nie był mi potrzebny.

— Poszukaj, a ja idę się ubrać.

— Co? Chcesz to zrobić dzisiaj? Przecież ledwo chodzisz.

— A na co mam czekać? Aż ktoś znów znajdzie Marcina i targnie się na jego życie? I dobrze, że utykam. Niech widzi, jakie są skutki jego nieprzemyślanych rozkazów. Nie sądzę, aby to był jego pomysł, żeby mnie porwać, bandziory jednak mają swoje zamiary i dla pieniędzy niejednokrotnie zrobią dosłownie wszystko. Może gdy opowiem mu, jak to wyglądało z mojej strony, w końcu coś do niego dotrze.

— W porządku. Widzę, że próba odwodzenia cię od tego nie ma sensu.

— Tu chodzi o mojego męża a twojego syna. Wszystkie chwyty są dozwolone.

— Jak na wojnie.

— Bo to wojna. O jego życie i nasz święty spokój.

— Ja nie wiem, skąd ty bierzesz te swoje riposty. W dodatku zawsze trafne.

— Taki typ... — Roześmiałam się. Uwielbiałam ojca Marcina. Gdybym mogła sama wybrać sobie teścia, nie dokonałabym innego wyboru. — Będę gotowa za godzinę. Mogę wziąć suva z garażu?

— No jasne. Nie musisz przecież pytać.

— Grzeczność i kurtuazja to cechy na wymarciu. Pielęgnujmy je, póki jeszcze istnieją — odpowiedziałam, a ojciec Marcina się roześmiał.

— Kto by pomyślał... Taka grzeczna dziewczynka, a udaje się na spotkanie z diabłem.

— Dobro zawsze zwycięży ze złem — odparłam. Po raz kolejny w tej rozmowie rozdawałam karty. — A ja jestem dobrem w tej rozgrywce.

— Idź już lepiej się szykować, a ja poszukam tego adresu.

Wyszłam z biura i natknęłam się na lokaja. Zaczęłam się zastanawiać, czy pan Karol nas czasami nie podsłuchiwał. Spojrzałam na niego wymownie, próbując wyczytać prawdę z jego wyrazu twarzy. On pozostawał jednak niewzruszony jak zawsze i skinął jedynie głową. Pozostawiona w niepewności, ruszyłam do sypialni, by wyciągnąć coś odpowiedniego z szafy. Musiało to być coś, co skutecznie wyeksponuje ciążowy brzuch. Wybrałam elegancką, ale i zwiewną sukienkę z odcięciem pod biustem. Wyglądałam w niej niewinnie. O to chodziło. Delikatny materiał opasał zaokrąglony brzuch, sprawiając, że wydawał się nawet większy niż w rzeczywistości. Wzięłam prysznic i umalowałam się delikatnie, nadal zachowując pozory zranionej niewiasty. Specjalnie nie pudrowałam sińca na głowie, który nadal, choć już blady, był widoczny i przypominał o bliskim spotkaniu z kijem. Chciałam, aby mój wygląd i zachowanie walczyły ze sobą i z jego odczuciami, gdy już się z nim skonfrontuję. Nie wiedziałam, jak potoczy się nasza rozmowa, o ile do niej dojdzie. Byłam jednak pewna, że jeśli będzie trzeba, wytoczę swoje najcięższe działa.

Oczami Marcina

Obudziłem się z nosem w pudełku po pizzy. Nie miałem pojęcia, jak znalazłem się przy stole. Byłem pewny, że zasnąłem w łóżku. Od spania w kiepskiej pozycji, w której spędziłem ostatnie dziewięć godzin, jeśli zegar na ścianie wskazywał właściwą godzinę, czułem się cały połamany. Ledwo udało mi się wstać. Jakoś doczłapałem do toalety i wziąłem zimny prysznic, żeby się obudzić. Pierwsze, o czym pomyślałem, gdy zimna woda otrzeźwiła mój umysł, to Laura. Naszła mnie nagle ogromna pokusa, by to wszystko rzucić i móc ją po prostu przytulić. Bardzo za tym tęskniłem. Dopiero teraz, kiedy uświadomiłem sobie możliwość naszego rychłego spotkania, docierało do mnie, jak bardzo tego pragnę. Pragnienie to górowało nad wszystkim innym. Myślałem o niej i o naszym synu, miałem przez chwilę głęboko gdzieś całą resztę świata. Zacząłem zastanawiać się, po co ja to w ogóle robię. Komu i co chcę tym udowodnić? Kolejny raz ryzykuję swoim życiem, nie wiedząc, czy się to w ogóle opłaci. Dla kogo? Dla agencji? Która uśmierciła mnie, by załatać sprawę?

    Całkowicie rozchwiany, narzuciłem na siebie czysty podkoszulek i spodnie i wyszedłem z motelu. Niedaleko był park. Usiadłem na jednej z ławek i wsłuchiwałem się w śpiew ptaków. Życie było takie proste, gdy się go na siłę nie komplikowało. Małe rzeczy potrafiły dawać wielką radość. Przez te miesiące rozłąki z Laurą zupełnie o tym zapomniałem. Dopiero teraz, gdy świadomie zanurzyłem się we wspominaniu, by analizować te najwspanialsze momenty swojego życia, zdałem sobie sprawę, że w większości były to drobne gesty, spojrzenia, niespodzianki. Niemal wszystkie były związane z Laurą. Zawsze to dostrzegałem. Kochałem ją za to. Teraz jednak, gdy połączyłem je wszystkie naraz, uderzyła mnie siła tego szczęścia i jego wielkość. Laura nie tylko dla mnie była płomykiem radości. Rodzice uwielbiali, gdy ich odwiedzała. Przychyliliby jej nieba, gdyby tyko mogli. Niemalże natychmiast stała się ich oczkiem w głowie. Pokochali ją bezgranicznie. Działo się tak głównie dlatego, że gdziekolwiek nie poszła, roztaczała wokół siebie ciepło i mądrość. Te dwie cechy połączone razem sprawiały, że jej towarzystwo było najlepszą rzeczą, jaką można było sobie wymarzyć. Do tego była prawdomówna. Mama, gdy tylko to zauważyła, zabierała ją ze sobą na liczne zakupy. Laura zawsze mówiła jej, jeśli nie wyglądała w czymś olśniewająco lub jeśli w jej mniemaniu coś nie było warte swojej ceny. Ojciec także niejednokrotnie przyłapywał się na tym, że bardzo liczył się z jej zdaniem. Kilka razy niby mimochodem powiedział coś o swoich rozterkach biznesowych, zawsze czekając, aż Laura się wypowie i może podda mu jakiś pomysł pod rozwagę. Nawet ze mną nikt w tej rodzinie aż tak bardzo się nie liczył. Może dlatego, że ona była obca. Mogła się wykazać większym obiektywizmem.

    Chwila rozmyślań o Laurze sprawiła, że zacząłem zadawać sobie pytanie, czy przeć dalej naprzód, czy może się zatrzymać. Dotarło do mnie, jak bardzo cenię sobie swoje życie. Był jednak problem. Nagroda za moją głowę mogła sprawić, że nigdy nie będę mógł się już ujawnić. To nie będzie normalne życie. Na pewno nie takie, jakiego chciałbym dla Laury i naszego syna. Mimo pokusy nie widziałem innego wyboru, jak dokończyć to, co zacząłem.

Szedłem parkowymi alejkami, patrząc pod nogi. Mijali mnie staruszkowie, rodziny z dziećmi i biegacze. Każdy z nich miał swoją historię. Wśród nich tylko moje życie polegało na wiecznej ucieczce przed śmiercią.

Poczułem chłód na ramieniu i z przerażeniem zauważyłem, że bandaż całkowicie mi przesiąkł. Nie chcąc przyciągać spojrzeń, szybkim krokiem wróciłem do motelu.

Prowizoryczne szwy założone przez agencyjnego medyka puściły i rana się otworzyła. Nie zapowiadało to niczego dobrego. Nie wiedziałem, czy sam dam sobie radę. Szpital odpadał. Zza drzwi łazienki usłyszałem ruch. Nim zdążyłem się odwrócić i sięgnąć po broń, zamaskowany bandzior zdzielił mnie mocno w głowę. Najpierw poczułem ogromny ból, zaraz potem zanurzyłem się w ciemności i z impetem upadłem na podłogę.

Oczami Laury

GPS kierował mnie na wprowadzony adres, pod którym miałam znaleźć dziadka Marcina. Z domu wymknęłam się niepostrzeżenie, tylnym wyjazdem, o którym mało kto wiedział. Miałam nadzieję, że nie jestem śledzona. Na wszelki wypadek zaparkowałam parę ulic dalej i pokonałam je na piechotę. Co rusz rozglądałam się, czy ktoś nie skupia na mnie swojej uwagi. Zaczynałam się coraz bardziej stresować. Decyzję podjęłam co prawda świadomie, ale bardzo szybko. Wiedziałam, że impuls i emocje nie zawsze okazują się najlepszymi doradcami. Byłam już jednak za daleko, by się wycofać.

    Gdy podeszłam pod bramę, byłam całkowicie zaskoczona. Stanęłam przed wielką metalową płachtą, zza której kompletnie nic nie było widać. Nie było też ani dzwonka, ani domofonu. Zdziwiona, machinalnie pociągnęłam za klamkę. Brama otworzyła się bez żadnego problemu. Wślizgnęłam się do środka i zamknęłam ją za sobą. Stanęłam jak wryta. Spodziewałam się kilkupiętrowej willi, zastałam jednak zwykły duży i zaniedbany dom, o którym jakby ktoś już dawno zapomniał. Naszła mnie myśl, że być może już dawno stoi pusty.

Człowiek pokroju Diablo nie pozwoliłby sobie zapewne na brak ochrony. Nadzieje, jakie miałam w związku z rozmową z nim, nagle się ulotniły. Poczułam smutek. To była jedyna szansa, aby go odnaleźć. Już miałam się wrócić do bramy, kątem oka jednak dostrzegłam, że trawnik jest dokładnie i równo skoszony, co nie mogło mieć miejsca, gdyby nikt tu nie mieszkał. Zawróciłam i ponownie skierowałam się w stronę starych, rzeźbionych drewnianych drzwi wejściowych. Wzięłam kilka głębokich oddechów, po czym zapukałam. W głowie uspokajałam się tym, że ojciec Marcina dokładnie wie, gdzie się udałam, i jeśli nie wrócę, przyjdzie mi z pomocą.

Po chwili drzwi otworzyła mi starsza pani, ubrana w fartuch kucharski. Do moich nozdrzy od razu dotarł zapach warzącego się rosołu.

– W czym mogę pani pomóc? – zapytała, a ja nie wiedziałam do końca, co mam jej odpowiedzieć. Najlepsza zawsze była prawda.

– Podejrzewam, że w tym domu mieszka pradziadek mojego dziccka – wypaliłam prosto z mostu. – Bardzo mi zależy, aby się z nim spotkać.

Mina starszej kobiety była tak zabawna, że miałam problem, by się nie roześmiać.

– A dokładnie kogo pani szuka? – dopytała.

– Mariana Lenowskiego. – Gdy wypowiedziałam jego pełne imię i nazwisko, starsza pani nie kryła zdziwienia.

– Już bardzo dawno nikt go nie odwiedzał – odpowiedziała, a ja podskakiwałam w duchu, wiedząc, że to dobre miejsce.

Słowa jej jednak wzbudziły we mnie pewne obawy.

– Zapytam go, czy panią przyjmie – dodała i zatrzasnęła mi drzwi przed nosem.

Czekałam dobrych kilka minut, ze zdenerwowania przestępując z nogi na nogę. Powoli traciłam nadzieję, gdy drzwi ponownie się otwarły.

– Zapraszam do środka. – Wskazała mi ręką kierunek, w jakim miałam się udać.

Dom, choć zaniedbany od zewnątrz, w środku aż kipiał luksusem. „Nie rzucać się w oczy" – to było najwyraźniej motto gangsterskie Diablo.

Weszłam do salonu, starając się opanować budzące się we mnie skrajne emocje. Od strachu po ekscytację.

– Proszę usiąść. Zaraz go przyprowadzę – nakazała starsza pani i zniknęła w korytarzu.

Rozejrzałam się dookoła. Niemalże wszystko, co tylko możliwe, wykonane było ze złota. Mój wzrok zatrzymał się nad małym kominkiem. W złotej lśniącej ramie, wysadzanej najprawdopodobniej drogimi kamieniami, wisiał obraz kobiety. Tą kobietą była Monika. Jej wizerunek umieszczony był w najważniejszym miejscu w salonie. Wyglądało na to, że ojciec Marcina miał rację i Diablo nigdy nie zapomniał o swojej córce. Poczułam wszechogarniający mnie smutek. Nie rozumiałam tego, jak wielu ludzi nie potrafiło przepraszać i dawać drugiej szansy. Poczułam kiełkujące we mnie pragnienie, by wszystko odwrócić. By zespolić razem tę rodzinę. Nie mogłam jednak zrobić tego bez wiedzy i aprobaty mamy Marcina. Musiałam zatem działać powoli. Na pierwszym miejscu było bezpieczeństwo Marcina i nasze własne. Od tego musiałam zacząć.

Do salonu powoli wszedł o lasce starszy mężczyzna. Gdy mnie zobaczył, przebiegł po jego twarzy cień uśmiechu. Starsza pani pomogła mu usiąść na krześle.

– Zostaw nas samych, Dagmaro – poprosił, a ona od razu wykonała jego rozkaz: wyszła i zamknęła za sobą drzwi.

Przez chwilę patrzyliśmy na siebie w milczeniu, jakby żadne z nas nie miało odwagi zacząć tej rozmowy. Chciałam, aby to on przemówił jako pierwszy. Byłam ciekawa, w jaki sposób się do mnie zwróci.

– Witaj, Lauro – odezwał się w końcu, a mnie zamurowało, choć fakt, że będzie dokładnie wiedział, kim jestem, był jednym z moich scenariuszy. – Nigdy nie przypuszczałem, że przyjdzie mi poznać cię osobiście. Jesteś dużo piękniejsza niż na zdjęciach. – Nawet nie owijał w bawełnę. Otwarcie przyznał się, że wiedział wszystko o naszym życiu.

Stało się dla mnie jasne, że zdaje sobie sprawę z tego, iż wydał wyrok na własnego wnuka.

– Co cię do mnie sprowadza? – zapytał, w moim mniemaniu udając głupiego. – Na pewno nie chęć pieniędzy, bo tych masz pod dostatkiem – odpowiedział sam sobie.

– Nie, nie o pieniądze mi chodzi… – odparłam.

– Bardzo mi przykro z powodu Marcina – odezwał się, zanim zdążyłam bardziej rozwinąć swoją wypowiedź.

I znów coś nie pasowało mi do całości. Czy to była jedynie gra?

– Bardzo chciałem być na pogrzebie, ale jego matka nie byłaby z tego powodu zadowolona. Wolałem nie dodawać jej cierpienia.

– Czy podejrzewa pan, dlaczego dziś tutaj jestem? – zapytałam prosto z mostu. Nie miałam ochoty na gierki.

– Nie. I właśnie dlatego postanowiłem się z tobą spotkać. Nikt z tej rodziny nigdy nie utrzymywał ze mną kontaktów. Nie mam pojęcia, skąd w ogóle wiesz o moim istnieniu. I czemu akurat teraz.

Byłam skołowana, jego słowa wydały mi się szczere. Postanowiłam, że ja także wykażę się jedynie szczerością.

– Przez ostatni tydzień byłam przetrzymywana przez porywaczy, głodzona i zmarznięta, ścigana i zastraszana. – Gdy to powiedziałam, na jego twarzy pojawił się wyraz lęku, kontynuowałam więc, domyślając się, że tak daleko nie sięgała jego najnowsza wiedza. – Porwali mnie ludzie, którzy chcieli dowiedzieć się, gdzie znajduje się mój mąż. Mąż, który zginął w wypadku kilka miesięcy temu.

Jego mimika się zmieniała. Miałam wrażenie, że powoli dociera do niego, co chcę powiedzieć.

– Osoby te porwały mnie i poddawały psychicznym torturom na rozkaz kogoś o pseudonimie Diablo.

Starszy pan zbladł. Obawiałam się, że zaraz będę musiała go ratować i cucić. Nie skończyłam jednak wywodu.

– Dowiedziałam się również, że za głowę mojego męża wyznaczono milion złotych i że za to także odpowiedzialny jest Diablo. Jestem tu zatem po wyjaśnienia. Szukają kogoś, kto już nie żyje i w dodatku wciągają mnie w to wszystko. To nie są wyzwania dla wdowy, w dodatku w ciąży. – Spojrzał na mnie i wziął głęboki oddech.

– Lauro, czy ty chcesz mi powiedzieć, że tajnym agentem, który niemalże rozpracował moją organizację i stał się dla mnie zagrożeniem, był mój własny wnuk? – zapytał całkowicie poważnie.

– Niestety tak. Nie rozumiem, jak możesz nie być tego świadomy. Szukali go po imieniu i nazwisku. Wiedzieli, że zginął w wypadku, bredzili jednak coś o sfingowaniu jego śmierci. – Słowa zaczęły wylewać się ze mnie bez ładu i składu.

– Przepraszam cię. Muszę pilnie wykonać telefon – powiedział i powoli uniósł się z krzesła. Jak za dotknięciem czarodziejskiej różdżki w pokoju pojawiła się Pani Dagmara i podała mu dokładnie to, czego szukał. Wystukał parę cyfr i czekał, aż osoba z drugiej strony się odezwie.

Kiedy rozmowa się zaczęła, Diablo nagle ze schorowanego staruszka zmienił się w diabła.

– Jeśli wiedziałeś, że to mój wnuk, to już jesteś martwy! – wysyczał do telefonu tak zajadle, że po całym moim ciele przeszły dreszcze. – Porwali matkę mojego prawnuka, debilu! Natychmiast odwołaj poszukiwania. Mój wnuk nie żyje!

– Wtedy osoba z drugiej strony coś odpowiedziała, a staruszek ponownie zbladł.

— Ma być cały i zdrowy! Włos nie może spaść z jego głowy. Rozumiesz?! — grzmiał, a osoba z drugiej strony najprawdopodobniej kajała się przed nim. — Jak tego nie odkręcisz, to już po tobie — zakończył i nadal blady spojrzał w moją stronę. Ponownie usiadł na fotelu.

— Jestem już stary, Lauro. Diablo to już nie jeden człowiek, a cała organizacja o wielu szczeblach. Mimo że nadal jestem na jej szczycie, już od dawna nie jestem w stanie ogarnąć wszystkiego. Przyszli młodzi, zdrowsi i silniejsi. Gdy dowiedziałem się o agencie, który stanowił dla nas zagrożenie, wydałem jedynie rozkaz, by bezsprzecznie się tym zajęli i posprzątali cały bałagan. Nie pytałem o szczegóły. Od wielu lat nie pytam. Moim głównym zajęciem jest dowiadywanie się, co słychać u moich bliskich, którzy dzięki moim rozległym kontaktom nie są mi tak do końca obcy.

— Dlaczego powiedziałeś, że ma mu włos nie spaść z głowy? — zapytałam.

Ja wiedziałam, że Marcin żyje. On jednak na razie sprawiał wrażenie, jakby nadal myślał, że zginął w wypadku.

— Nie rób sobie nadziei, moja droga. Podobno moi ludzie schwytali kogoś, kogo uważają za Marcina. Świat potrafi zaskakiwać i niejednokrotnie się już o tym przekonałem. Ludzie znikają, po czym wracają z powrotem. Teraz, gdy wiem, że szukali mojego wnuka, muszę mieć stuprocentową pewność, że to nie on. A dopóki tego nie uczynię, ma być bezpieczny.

Biłam się z myślami, czy wyznać mu prawdę. Jeśli faktycznie go złapali, już niebawem sam się dowie. Nie odezwałam się jednak, co wzbudziło podejrzenia Diablo.

— Lauro...? — Przejrzał mnie. — Czy masz mi coś do powiedzenia?

Przesłuchiwał zapewne tysiące ludzi. Nie byłam na tyle dobrą aktorką, by nie był w stanie dostrzec, że nie mówię mu wszystkiego.

— Chcę, abyś dał nam spokój. Chcę, by mój syn był bezpieczny, żebym nie musiała oglądać się cały czas przez ramię. Widzę, że pomimo tego, kim jesteś, kochasz swoją rodzinę. Zadbaj więc, by nikt jej nie skrzywdził. — Moja odpowiedź była wymijająca. Z jednej strony kusiło mnie, by mu powiedzieć, z drugiej jednak…

Marcin nie miał pojęcia, że Diablo to jego dziadek. Jeśli faktycznie go złapali, wiedziałam, że nic mu nie grozi. Może milczenie było sposobem, aby naprawić w tej rodzinie to, co zostało zepsute. Rozmawiając z Diablo, zrozumiałam, że ojciec Marcina miał rację. Diablo cały czas im pomagał, dbał o ich dobrobyt, mimo że wszyscy o nim zapomnieli, on pamiętał o wszystkich. Na tę chwilę przestała być dla mnie ważna jego demoniczna natura. Widziałam w nim samotnego staruszka, dla którego jedyną wartościową rzeczą, jaką posiadał, był obraz córki.

— To było nieporozumienie, Lauro. Nigdy świadomie nie skrzywdziłbym swoich bliskich. Bardzo cię za to przepraszam! — wyznał.

Przeprosiny płynęły prosto z serca. Nie miałam co do tego wątpliwości.

— Rozumiem, że ja i mój nienarodzony jeszcze syn możemy się czuć zatem bezpieczni? — dopytałam dla pewności.

— Tak. Nikt już nie waży się was tknąć. Osobiście się o to postaram.

— Muszę już iść. Za pół godziny mam zmianę opatrunku w szpitalu. — Wskazałam na nogę.

— Bardzo mi przykro, że musiałaś przez to wszystko przejść. — Przeprosiny z ust wodza podziemia musiały być czymś ekstremalnie rzadkim, w dodatku powtórzone kilka razy w ciągu niespełna minuty.

— Wybaczam, jeśli prawdą jest, że nie miałeś o niczym pojęcia. Nadmienię jednak, że osoby, z którymi działasz, powinny być przeszkolone. Muszą wiedzieć, że kobiety w ciąży są nie do tknięcia. Nieważne, jak bardzo istotne dla sprawy by były.

– Cenna wskazówka. Wezmę ją pod uwagę.

Wstałam z kanapy, a Diablo nagle posmutniał. W momencie zjawiła się pani Dagmara, jakby miała szósty zmysł.

– Odwiedzisz mnie jeszcze? – zapytał Diablo skruszony i ponownie zobaczyłam w nim jedynie samotnego starszego pana. – Nie poznałem swojego wnuka. Całymi latami zastanawiałem się, co zrobić, jak znaleźć się w jego życiu. Teraz jest już za późno. Nie chciałbym popełnić tego samego błędu z prawnukiem.

– Myślę, że nie jest to nasze ostatnie spotkanie. Mniemam, że doskonale wiesz, jak i gdzie mnie znaleźć – powiedziałam, a potem wyszłam z salonu i skierowałam się ku drzwiom wyjściowym. Kusiło mnie, żeby się obejrzeć za siebie, ale tego nie zrobiłam.

Po powrocie do domu teściów szybko zjadłam obiad i próbowałam znaleźć wymówkę, żeby swobodnie porozmawiać z ojcem.

– Roman, mógłbyś pojechać ze mną na zmianę opatrunku? Boję się, że poczuje się słabo. Nie chcę prowadzić wówczas samochodu – wymyśliłam na poczekaniu.

– Ależ kochanie, ja mogę z tobą pojechać – wtrąciła się Monika, której z automatu włączył się syndrom opiekunki.

– Ja ją zabiorę. I tak muszę coś załatwić w mieście. W gruncie rzeczy może mi się nawet do czegoś przydać. – Ojciec Marcina najprawdopodobniej bulgotał już wewnątrz z ciekawości.

– W porządku – powiedziała Monika. – Od kiedy Laura mówi do ciebie po imieniu? – zapytała nagle, zupełnie zmieniając temat.

— Od kiedy w pokoju znajduje się także i mój tata i trzeba dokładnie sprecyzować, o którego chodzi — tłumaczyłam się pokracznie.

Ojciec Marcina tuż po naszym ślubie poprosił mnie, bym zwracała się do niego „tato". Jego imię zatem bardzo rzadko padało z moich ust.

— No tak. Zupełnie o tym zapomniałam. — Monika się zarumieniła.

— Jedźmy! — ponaglał mnie Roman.

Pomachałam wszystkim na pożegnanie i wyszliśmy.

— Łatwo poszło — powiedziałam, gdy byliśmy już w samochodzie.

— Nie chwal dnia przed zachodem słońca. Monika jest bardziej przebiegła, niż się nam wszystkim wydaje. Jestem przekonany, że już coś podejrzewa. Opowiadaj! Kamień spadł mi z serca, jak wróciłaś cała i zdrowa. Już dawno się tak nie stresowałem — wyznał. — Chociaż w zasadzie to całkiem niedawno… — poprawił się po chwili, zdawszy sobie sprawę, że dopiero co wróciłam do domu odzyskana z rąk porywaczy.

— Bardzo zaskoczy cię zapewne to, co usłyszysz...

— Wydaje mi się, że nie będę zaskoczony aż tak, jak mogłoby ci się wydawać.

Oczami Marcina

Obudził mnie silny ból głowy. Otworzyłem oczy i oślepiło mnie światło. Dopiero po kilku sekundach przypomniało mi się, co się stało. Rozejrzałem się dookoła. Siedziałem na środku całkowicie pustego pokoju, a ręce i nogi miałem przywiązane do krzesła. Więzy nie były zbyt mocne. Bez większego problemu mógłbym się uwolnić. Tylko co potem? Jedyne drzwi w pomieszczeniu były metalowe. Nie miały zamka, podejrzewałem, że zamykają się jedynie od zewnątrz, by nikt nie mógł się stąd wydostać. W powietrzu unosił się zapach stęchlizny i – co lekko mnie przestraszyło – krwi. Jakimś cudem, mimo że starałem się być ostrożny, bandziory Diablo mnie dopadły. Pomyślałem o Laurze. Jak bardzo będzie zrozpaczona, gdy dowie się, że los nie dał nam drugiej szansy. Zawiodłem ją. Ją i naszego nienarodzonego jeszcze syna. Ganiłem się, że nie będę częścią jego życia. Wszystko spieprzyłem. Na całej linii. Tak bardzo, jak tylko się dało. Życie ofiarowało mi najwspanialszą kobietę pod słońcem, a ja goniłem za adrenaliną i zwrotami akcji, zamiast cieszyć się tym, co mam. Wiedziałem, że jestem w tym sam. Agencja całkowicie odwracała się od tych, którzy zostali schwytani. Taki był regulamin. Każdy z nas zdawał sobie z tego sprawę.

W pewnym momencie zza metalowych drzwi usłyszałem głosy.

– Jest tam? – zapytał mężczyzna.

– Tak, jest. – Usłyszałem odpowiedź.

– Zostawcie nas samych – dodał po chwili.

– A co, jeśli się uwolni? – To pytanie padło z ust osoby trzeciej. Jej głos był inny. Gruby baryton przebijał się przez ściany.

– Chyba zapomniałeś, z kim rozmawiasz – odezwał się ponownie mężczyzna, z którym zaraz miałem się spotkać.

– Przepraszam. Oczywiście. Już nas tu nie ma. W razie potrzeby...

– Nie planuję takowej. Możecie odejść.

Tuż po tych słowach stukot kilku par butów rozległ się na korytarzu i cichł z każdą kolejną sekundą.

Usłyszałem metaliczny dźwięk dźwigni. Wyostrzyłem wzrok. Chciałem być gotowy na wszystko. Adrenalina zaczynała buzować mi w żyłach. Jakież było moje zdziwienie, gdy drzwi się otworzyły i stanął w nich starszy pan o lasce. Wszedł powoli do pokoju, ciągnąc za sobą pokracznie metalowe krzesło. Ustawił je dokładnie naprzeciwko mnie. Dopiero wtedy na mnie spojrzał. Nogi lekko się pod nim ugięły i musiał przytrzymać się oparcia, by się nie przewrócić. Na chwilę zamknął oczy. Spod jego powiek wytoczyło się kilka łez. Po kilku głębokich wdechach usiadł naprzeciw mnie na metalowym krześle, patrzył we mnie jak w obrazek. Co jest grane – pomyślałem – czy to jakiś żart?

– Słyszałem, że mnie szukałeś. Oto jestem – odezwał się, a ja nie mogłem uwierzyć w to, co słyszę. Czyżbym siedział naprzeciwko wielkiego i strasznego Diablo? Nie miałem pojęcia, jak daleko sięgała historia jego rządów. Ale nie podejrzewałem, że będzie nim staruszek o lasce.

— Jeśli jesteś Diablo, to masz rację. Szukałem cię – odpowiedziałem mu. Nie miało już znaczenia, co powiem. Złapał mnie, tym samym stał się panem mojego życia. – Porwałeś moją żonę! – zasyczałem. – Głodzili ją, trzymali w zimnie, nie bacząc, że jest w ciąży!

— Już ją za to osobiście przeprosiłem.

Kompletnie zgłupiałem i nie wiedziałem, jak mam się zachować. Co on w ogóle gadał? Czyżby jakimś sposobem znów mieli Laurę?

— Gdzie ona jest!? – Drżałem o jej życie. – Odwal się od niej, ty kanalio! To mnie chciałeś. Oto jestem. Zrób ze mną, co tylko chcesz, ale ją i dziecko zostaw w spokoju. Ona nie ma z tym nic wspólnego. Nawet nie zdawała sobie sprawy z tego, kim jestem!

— Ale już to wie. Nie jestem tylko pewny, czy wie, że żyjesz. Podejrzewam, że może wiedzieć, nie mam jednak pewności. Wyszła, zanim udało mi się to wyczuć.

— Co masz na myśli, mówiąc, że wyszła…? – Czułem się zagubiony w tej rozmowie. Niczego nie rozumiałem. Nie wiedziałem, czy starszy pan naprzeciwko mnie mówi serio, czy może prowadzi ze mną jakąś dziwną grę.

— Twoja żona była u mnie dziś rano. Przyszła do mojego domu – zaczął, a ja oniemiałem. Skąd Laura wiedziała, jak znaleźć kogoś, kogo agencja szuka od lat bez skutku? – Widzę, że powoli się gubisz. Myślę, że najlepsze, co mogę zrobić, to zachować się tak, jak zrobiła to Laura. Jest bardzo silną i mądrą kobietą. Już dawno takiej nie spotkałem. Wykazała się wielką odwagą, przychodząc do mnie.

— Gdzie ona jest?! – wykrzyczałem, obawiając się cały czas najgorszego.

— W domu. Najprawdopodobniej, choć mówiła coś o zmianie opatrunku na nodze. W każdym razie nic jej nie jest. Nie krzywdzę swoich bliskich.

Jakich, kurwa, bliskich...? Czyżbym nie wiedział o Laurze wszystkiego? Czy mogła zataić przede mną to, że Diablo jest członkiem jej rodziny? Nie trzymało się to w ogóle kupy. Laura nie kłamała. Nigdy. W przeciwieństwie do mnie...

– Kim jesteś? – Byłem poirytowany. Miałem nadzieję, że zrozumie, o co pytam, że nie chodzi mi tylko o potwierdzenie jego przywództwa nad podziemiem.

– To będzie dla ciebie zapewne większy szok, niż możesz się spodziewać. Zacznę od przeprosin za to, że byłeś ścigany. Nie miałem pojęcia, że chodzi o ciebie, a niestety większość z moich ludzi to debile. Takie nadeszły czasy. Przyjdzie im za to zapłacić. Wycofałem rozkazy odnalezienia ciebie. Jesteście zatem bezpieczni. Swoją drogą symulacja twojej śmierci zwiodła i mnie. Agencja wykonała dobrą robotę.

– Chyba nie do końca, skoro szukaliście umarlaka. Dlaczego odwołałeś? – Coś się nagle zmieniło. Nie mogłem tego pojąć. Czyżby interwencja Laury zdziałała cuda? Ale czemu mieliby ją porywać, skoro była rodziną Diablo? Kompletnie nic mi się tu nie kleiło. – Kim jesteś dla Laury? – dopytałem z nadzieją, że odpowiedź ta stanie się dla mnie kluczem.

– Powinieneś zapytać, kim jestem dla ciebie, Marcinie.

Oniemiałem. Nie miałam zielonego pojęcia, co powiedzieć. Myślałem, że znam swoją rodzinę. Może był on jakimś dalekim kuzynem czy bratem dziadków z którejś ze stron?

– Zatem pytam.

– Jestem twoim dziadkiem. Ojcem twojej matki.

Po tych słowach prawie mnie ścięło, a Diablo, nie bacząc na to, kontynuował:

– Chciałem, by dawno temu twoja mama zrobiła coś, za co mnie znienawidziła. W jej oczach stałem się całkowicie martwy. Odeszła, zupełnie się ode mnie odcięła. Dopiero po latach dochodziłem do pewnych wniosków. Jako pierwsze przyszło zrozumienie, potem troszczyłem się o nią, będąc cały czas w cieniu, tak by nikt się nie zorientował. Później na świat przyszedłeś ty. Stałeś się moim oczkiem w głowie. Chciałem wiedzieć o tobie wszystko. Wiedza ta dawała mi pozorne wrażenie uczestniczenia w twoim życiu. Wiele razy próbowałem wrócić. Znałem jednak Monikę. Wiedziałem, że nie wybaczy mi krzywd, jakich chciałem się względem niej dopuścić. Bała się, że wciągnę jej rodzinę w swoje brudne gierki. Miała rację. Wtedy interesy przysłoniły mi świat do tego stopnia, że chciałem ją sprzedać w łapy plugawca, w zamian za poręczenie trwałości relacji biznesowych. Nie wiem, gdzie ja wtedy schowałem swoją duszę i serce. To były czasy, gdy gniew i zemsta kierowały mną ponad wszystko. Dopiero kiedy dotarło do mnie, że utraciłem ją całkowicie, rozum powrócił. Odezwała się tęsknota rodząca się w moim zapomnianym sercu. Ale było już za późno.

Z każdym kolejnym jego słowem w moim gardle powiększała się pustynia. Miałem już nawet problem z połykaniem śliny. Gula rosła i rosła, aż zacząłem tracić oddech. Już sam fakt, że siedziałem naprzeciw samego Diablo, był stresujący, jednak informacja o tym, że jest moim dziadkiem, który według rodziców zginął długo przed moimi narodzinami, przebijała wszystko inne. Sam nie wiedziałem, czy mam się cieszyć, czy złościć. A jeśli złościć, to na kogo. Mama miała rację, odwracając się od niego. Na jej miejscu postąpiłbym tak samo.

– Dlaczego teraz? Dlaczego ujawniasz się teraz? – dopytałem, bo tego jednego nie mogłem zrozumieć.

– Po pierwsze, sytuacja jakoby mnie do tego zmusiła. Musiałem mieć pewność, że to ty, więc przyszedłem osobiście. Od lat tego nie robię. Diablo to już nie tylko jedna osoba, a cała siatka osób pociągających za sznurki. – Potwierdził dokładnie to, czego się spodziewałem. – Po drugie, gdy umarłeś, ja umarłem wraz z tobą. Cały czas odkładałem moment naszego spotkania na później, wyszukując najlepszą ku temu sposobność. Nie wiedziałem, czy mi w ogóle uwierzysz. Kiedy zginąłeś w wypadku, ta szansa została mi odebrana. Laura przyszła do mnie i oskarżyła mnie o to, że ją porwałem. Pytała, jakim prawem zrobiłem to jej i swojemu prawnukowi. Z początku nie rozumiałem, o czym mówi, choć wiedziałem, kim jest. Obserwowałem was. Nie sądziłem jednak, że to ty byłeś agentem, którego szukałem. Moi ludzie nie kojarzą nazwiska twojego ojca. Nie posklejali faktów. Gdy dotarło do mnie, co próbuje powiedzieć mi Laura, zamarłem, zaraz potem odwołałem pościg za tobą, wycofałem nagrodę za twoją głowę. Wtedy też dowiedziałem się, że kogoś złapali. Musiałem się dowiedzieć, czy to ty. To była moja szansa. Fakt, że siedzisz w celi, związany, trochę mi pomaga. Chcę, abyś usłyszał całość historii, bez możliwości rezygnacji z tej rozmowy w połowie jej trwania. Los dał mi szansę. Właśnie teraz ją wykorzystuję.

– Jestem agentem. Jeśli agencja dowie się, kim jesteś, resztę życia spędzisz za kratkami.

– Jestem tego świadomy. Mimo to warto było zaryzykować i móc z tobą porozmawiać. Mam na swoim koncie nie tylko złe uczynki. Nie jestem człowiekiem dobrym, nie byłem nim w przeszłości, to na pewno, ale lata leciały i wszystko powoli się zmieniało. Spójrz na mnie. Co zostało z wielkiego Diablo? Twarz pokryta zmarszczkami, nogi odmawiające posłuszeństwa, serce na skraju wyczerpania. To moje imię jest nadal groźne, ja sam przestałem taki być już dawno temu, jednak widmo przeszłości cały czas unosi się w powietrzu. Na to nie mam już wpływu i pozwalam mu trwać. Daje mi to złudne poczucie bezpieczeństwa i kontroli. I właśnie tę kontrolę wykorzystam, aby zwrócić ci twoje dawne życie. Nawet jeśli to będzie ostatnia rzecz, jaką zrobię, nim trafię do więzienia, jeśli taka będzie twoja wola. Do ciebie należy decyzja. Agencja nie jest w stanie znaleźć mnie w inny sposób. Bo ja już nie jestem jednym człowiekiem, a wieloma. Nikt nie podejrzewa starca o lasce, którym się stałem. Całe życie dbałem o to, by prawie nikt nie zobaczył mnie na własne oczy. Wszystko robiłem zdalnie. Tak więc stoję, a raczej siedzę tu przed tobą, dając ci to, czego szukałeś. Diabło z krwi i kości. Chcę jednak, żebyś wiedział, że moje zniknięcie nic nie zmieni. Inni, którzy są pode mną, zaczną bić się o władzę między sobą. Dopiero wtedy zapanuje chaos. Zła nie da się pokonać, usuwając jeden pionek, nawet jeśli z pozoru najważniejszy. Dlatego powstały agencje. Ciągle walczą, a my ciągle pozwalamy im to robić.

Patrzyłem na niego cały czas z niedowierzaniem. Niby docierało do mnie to, co mówił, wszystko jednak było tak surrealistyczne, że trudno mi było w to uwierzyć.

– Wypuść mnie! Chcę wrócić do domu.

– Jeśli taka jest twoja wola. Oczywiście. Zrobię to. Mam do ciebie jednak prośbę. Poprosiłem Laurę, aby jeszcze choć raz mnie odwiedziła. Nie ukrywam, że chciałbym na własne, stare już, oczy zobaczyć swojego prawnuka. Jeden, jedyny raz. Jeśli zechcesz wydać mnie agencji, poczekaj do tego momentu. Umrę szybko w tym więzieniu. Potraktuj to zatem jako moją ostatnią wolę.

– Muszę to wszystko przetrawić. Porozmawiać z Laurą. Bez jej przyzwolenia nic nie mogę ci obiecać.

– Obiecaj więc, że chociaż postarasz się to przemyśleć.

– To mogę zrobić – odpowiedziałem, czując ponownie, jak mieszanina uczuć pędzi z prędkością światła w moim wnętrzu.

Staruszek podszedł do mnie i jednym pociągnięciem za linę zerwał więzy. Nie miałem bladego pojęcia, jak to zrobił, nie używając noża.

– Jesteś wolny. Na zewnątrz czeka taksówka. Zawiezie cię, dokąd zechcesz. Na stole w holu są twoje rzeczy. Cieszę się, że żyjesz, Marcinie – powiedział i wyszedł, nie czekając na moje ostatnie słowo.

Stałem jeszcze chwilę osłupiały. Nogi miałem jak z waty. Dopiero teraz docierało do mnie, że gdyby nie Laura, wszystko mogłoby potoczyć się inaczej. Gdyby Diablo nadal nie wiedział, że to ja, bez skrupułów wydałby rozkaz zabicia mnie.

Powoli wyszedłem z budynku. Staruszek nie kłamał. Zaraz za bramką, jak się okazało – małego baraku na obrzeżach miasta, stała taksówka. Dłuższą chwilę zastanawiałem się, co robić. Nie wsiadłem do niej. Przeszedłem obok, skierowałem się prosto przed siebie. Z kieszeni wyciągnąłem telefon i wybrałem numer agencji.

– Podaj swój kod.

– Odchodzę – powiedziałem krótko.

Cisza w słuchawce była niczym ta przed burzą.

– Poczekaj. – usłyszałem po chwili głos. Wiedziałem, że relacjonuje właśnie górze to, co usłyszał.

– Agencie – odezwał się dowódca.

– Odchodzę. Wracam do życia. Nie wykonam już tej misji. Poddaję się. Przed chwilą ledwo uszedłem z życiem. Rodzina jest dla mnie najważniejsza.

– Rozumiem. Dziękujemy ci za twoje poświęcenie. Zdaj broń i wszystko, co należy do nas, w najbliższym dogodnym dla ciebie terminie.

– Tak zrobię. Dajcie mi kilka dni, by dojść do siebie.

– W porządku.

Rozłączyłem się. Pierwsza i najważniejsza rzecz na mojej liście odhaczona – zakończenie dawnego życia i potoków kłamstw. Nie sądziłem, że będzie to takie proste. Dla agencji byłem już spalony. Większość bandziorów mnie już znała, przez zlecenie na moją głowę. Nie potrzebowali mnie. Zapewne im nawet ulżyło.

W zasadzie przed samym sobą mogłem uznać zadanie za zakończone. Znalazłem Diablo, choć tak naprawdę to on znalazł mnie. Jednak do mnie należała decyzja, co z tym zrobię.

Jeszcze nie byłem gotowy do jej podjęcia. Byłem natomiast gotowy, by wrócić do żywych. Jedyne, o czym marzyłem, to przytulić mamę i Laurę oraz uścisnąć ojca.

Wiedziałem, że nie mogę tak po prostu wejść do domu. Musiałem poinformować ojca, co się wydarzyło. Mama mogła doznać szoku.

Ponownie wyciągnąłem telefon i zadzwoniłem – tym razem do ojca. Nie odebrał. Postanowiłem być cierpliwy, uznając, że jest gdzieś, gdzie nie może tego zrobić. Szedłem chodnikiem i po raz pierwszy od bardzo dawna czułem się wolny. Spodobała mi się moc tego uczucia. Praca w agencji była ciekawa i dostarczała mi adrenaliny, ale w pewien sposób uwiązywała do siebie człowieka. Byłem na rozkazy, zmuszony stawić się na każde zawołanie, zmuszony do tego, by umrzeć dla dobra sprawy. Wciąż nie mogłem uwierzyć w to, że byłem gotów dla niej aż na takie poświęcenie: patrzeć na rozpacz swoich najbliższych. Mój sposób postrzegania w ciągu ostatnich kilku dni bardzo się zmienił. Powiedziałbym nawet, że diametralnie. Nic nie działo się jednak bez przyczyny. Wszystko, czego dotąd doświadczyłem, przywiodło mnie do miejsca, w którym jestem teraz... A jeśli ufać Diablo – byłem teraz wolnym człowiekiem. Wolnym od niego i wolnym od agencji. Zaczynam wszystko na nowo.

Cały czas rozbrzmiewała w mojej głowie prośba Diablo. O drugą szansę. Czyż ja sam właśnie jej nie dostałem? Czy nie dostała jej Laura, mój syn, mój ojciec i moja mama? I każdy, kto uznał mnie za martwego? W ich mniemaniu, w mniemaniu Laury, zrobiłem najgorszą rzecz, jaką można było zrobić. Umarłem. Mimo to ani ona, ani ojciec – nie chowali urazy. Smutek i wspomnienie piekła, przez które z mojego powodu przeszli, zostały całkowicie stłumione przez radość z mojego powrotu. Czy zatem i Diablo zasługiwał na wybaczenie? Na przestrzeni lat nigdy nas nie skrzywdził. Trzymał się z daleka, wiedząc, że to dla nas najlepsze. Uznałem, że to nie do mnie należy ostateczna decyzja. To mama musiała ją podjąć. To ona go uśmierciła i tylko ona mogła przywrócić go do żywych. Moje przemyślenia przerwał dźwięk telefonu.

— Słucham — powiedziałem i pomyślałem, że będzie mi ciężko pozbyć się starych nawyków. — Tato, to ty? — poprawiłem się.

— Jak się cieszę, że nic ci nie jest. Wypuścił cię? — zapytał nagle, zupełnie bez ogródek.

— Tak.

— Wiem, że prawdopodobnie mało z tego rozumiesz na tę chwilę... — zaczął.

— Nieważne, tato. Chcę po prostu wrócić do domu. To koniec. Koniec kłamstw. Koniec wszystkiego. Zaczynamy od nowa.

— Gdzie jesteś? — zapytał.

Rozejrzałem się dookoła. W zasadzie to nie wiedziałem, gdzie się znajduję. Diablo miał rację, że najlepiej będzie zamówić taksówkę.

— Nie mam pojęcia. To jakieś przedmieścia. Jakoś dotrę. Tylko nie wiem, co z mamą. Nie chcę, by była w szoku.

— Przeszedłem to. To jest najwspanialszy szok na świecie. Nie musisz się o nią martwić. Po prostu wracaj jak najszybciej. Będziemy na ciebie czekać. Są u nas rodzice Laury — dodał, abym wiedział dokładnie, na co się piszę. — Nie musisz mówić od razu wszystkiego.

— W porządku. Będę jak najszybciej. — Ból ręki dał o sobie znać, gdy emocje powoli opadały. — Tato?

— Tak, synu?

— Trzeba mnie zszyć. Mógłbyś...

— Oczywiście. Wezwę do nas natychmiast doktora Kilińskiego. On też będzie w szoku, że cię widzi.

– Wiem, ale nie chcę jeszcze jechać do szpitala. Musimy wyprostować pomyłkę związaną z moją śmiercią. Zastanowić się, jak to wytłumaczyć.

– Laura ma już plan. Wszystko sobie już obmyśliła.

– Sprytna ta moja żona.

– Zawsze kilka kroków do przodu.

– Uratowała mnie, tato... gdyby poszła do niego jutro, już byłoby za późno.

– Tak miało być, synu. To nie twój czas, by ponownie umierać. Wracaj do domu. Wszystko nam opowiesz. Nie mogę się już doczekać, by cię uściskać.

– Tylko nie za mocno, bo się wykrwawię – zaśmiałem się.

– Spróbuj powiedzieć to twojej mamie, jak cię zobaczy – zadrwił.

– Ech... będę musiał wytrzymać.

– To będzie odpowiednia kara za to, przez co przeszliśmy – dodał już odrobinę poważniej.

– Żadna kara nie byłaby wystarczająco surowa. Żadna. I ja doskonale o tym wiem.

– Proponuję, byś z początku nie wspominał nic swojej matce o twoim spotkaniu z Diablo. Kilka razy próbowałem lata temu coś o nim wspomnieć. Zamykała się wtedy w sobie na długo. Przeszłość jej nie służy.

– Przyjdzie nam wszystkim podjąć niełatwe decyzje. I niestety tylko cała prawda będzie mogła mamę ze wszystkiego oczyścić.

– Wiem, ale niech nacieszy się najpierw z twojego powrotu.

– W porządku. – Kątem oka zobaczyłem przejeżdżającą taksówkę, machnąłem ręką i kierowca się zatrzymał. – Złapałem taryfę. Będę jak najszybciej.

– Do zobaczenia! – Rozłączył się.

Dopiero wtedy zauważyłem, że to ta sama taksówka, która stała pod barakiem. Taksówkarz zauważył moje zmieszanie i otworzył okno.

– Zapłacił mi, bym tu krążył, dopóki nie będziesz gotowy – wyznał.

Wsiadłem do samochodu i podałem adres. Znów byłem w wielkim szoku. Nie tylko Laura zdawała się myśleć kilka kroków naprzód.

Oczami Laury

Gdy ojciec Marcina wszedł do mojej sypialni, już wiedziałam, że coś jest na rzeczy.

– Wraca – powiedział podekscytowany. – Zaraz tu będzie.

Chociaż była to dobra nowina, wyglądał na zdenerwowanego.

– Wypuścili go? – zapytałam, choć wcale mnie to nie zdziwiło.

– Tak. Ale... Nie wiem, co zrobić z Moniką... – wyznał.

– Mój Boże, Monika. – Roman miał rację: dla niej będzie to ogromny szok. – Musimy ją na to jakoś przygotować – zasugerowałam.

– I niby jak chcesz to zrobić? – zapytał ironicznie.

Tym razem nie miałam planu. Zupełnie nie wiedziałam, co zrobić. Powiedzenie ojcu Marcina było dość proste. Podejrzewał, że coś nie gra, był otwarty na wszelkie możliwości, Monika jednak...

– Nie możemy powiedzieć jej wszystkiego – wypaliłam w końcu.

– Zdecydowanie nie. Po kolei. Już prosiłem Marcina, żeby na razie nie wspominał nic o Diablo.

– Tak sobie myślę, że może nie powinniśmy nic robić. Pozwólmy na to, by akcja rozegrała się sama. Szczęście, jakie ogarnie jej duszę, gdy go zobaczy, zmiecie z powierzchni wszystkie złe emocje i niedowierzanie. Gdy kurz opadnie, wtedy będzie gotowa, by poznać prawdę. – Zabrzmiało to, jakbym od lat zamiast prawa studiowała psychologię.

– A co z twoimi rodzicami?

– Co z nimi?

– Dla nich też będzie to szok. Może uważasz, że ich trzeba na to jakoś przygotować?

– Dla nich będzie to samo wytłumaczenie, co dla całej reszty. Ale to nie dzisiaj. Godzinę temu pojechali do domu. W zasadzie jest nam to na rękę. Musimy sami najpierw wszystko poukładać i przygotować scenariusz dla innych.

– Dlaczego? Mieli zostać do końca tygodnia – zdziwił się.

– Tak, ale mieli pewność, że zostawiają mnie w dobrych rękach, a jedna z krów zaczęła ci cielić. Pracownik zadzwonił, czy mogliby przyjechać. Dla niego to pierwszy raz i nie wie, co ma zrobić. Powinniśmy być wdzięczni tej krowie. Bez niej wszystko byłoby dużo bardziej skomplikowane. A tak... Marcin będzie potem już wiedział, jak ma grać i co mówić. Na razie nie ma o niczym pojęcia, a przecież będzie musiał wyznać, co robił, czym się zajmował. To ogromny ciężar, zwłaszcza dla Moniki. Wystarczy, że my sami będziemy go dźwigać.

– Masz rację. Jak zawsze zresztą. Miałbym satysfakcję, gdyby udało mi się znaleźć choć jedną sytuację, w której się myliłaś.

– Myliłam się w wielu, ale gdy nie byłam czegoś pewna, po prostu nie zabierałam głosu w sprawie. Stąd wydaje ci się, że jestem nieomylna, choć wcale tak nie jest.

– Albo właśnie próbujesz sprawić, abym poczuł się lepiej – zaśmiał się.

– Niech to pytanie pozostanie otwarte. Mamy teraz inne, ważniejsze rzeczy na głowie niż moja domniemana nieomylność.

– I znów...

– Cicho już! – przerwałam mu i roześmiałam się głośno.

– Co was tu tak bawi? – zapytała Monika, wkraczając do pokoju.

Nie mieliśmy zielonego pojęcia, że jest w pobliżu.

– Ale nas wystraszyłaś. Miałaś kurs cichego skradania się czy co? – zapytałam.

– Nie, za to miałam wiele innych kursów. Nawet takich, jakich nie chciałam. Właśnie na jednym z nich nauczyłam się rozpoznawać, kiedy ktoś coś spiskuje i nie mówi mi całej prawdy. Do tej pory udawałam, że wszystko jest w porządku, głównie dla dobra naszych gości. Ich jednak już z nami nie ma, więc... karty na stół, moi mili... Już od szpitala cały czas coś mi tu śmierdzi.

No i się porobiło. Zdecydowanie była córką swojego ojca, choć całe życie próbowała przed tym uciec. Zerknęłam na teścia, zastanawiając się, czy jej powiedzieć. Czegoś się domyślała. To mogło być prostsze, niż się spodziewaliśmy.

– Laura, Roman! – ponaglała nas.

Skinęłam na ojca Marcina, dając mu ciche przyzwolenie. Wolałam, aby to na nim skupiła się cała złość, że jej dotychczas nie powiedzieliśmy.

– Masz rację... Nie mówimy ci wszystkiego – zaczął i wtedy w rogu pokoju stanął Marcin.

Opierał się o futrynę. Nic nie mówił. Monika go nie widziała, skupiona na tym, co miał jej powiedzieć Roman.

– Mamo... – odezwał się po cichu, a jej twarz na ten dźwięk zbladła.

Odwróciła się powoli, jakby w zwolnionym tempie, gotowa zobaczyć ducha. On jednak tam stał. Z krwi i kości. Całkowicie prawdziwy i żywy. Bez słowa rzuciła się w jego ramiona, ściskając go z całych sił, by sprawdzić, czy to nie wytwór jej umysłu. Marcin zasyczał z bólu. Dopiero wtedy się od niego odsunęła. Przez koszulkę przelała się krew.

– Nie tak mocno. Jestem ranny – wysyczał przez zaciśnięte zęby.

Emocje w momencie opadły. Monika spojrzała po wszystkich, a w jej oczach zobaczyłam jedynie ogień.

– Czy ktoś może mi, do jasnej cholery, powiedzieć, co tu się, do diabła, dzieje? Wiedzieliście? – Popatrzyła po nas wymownie, bo tylko ona była zaskoczona tym, że widzi Marcina.

Po raz pierwszy słyszałam, jak przeklina. Widząc ją taką, miałam wrażenie, że przez całe życie grała, udawała kogoś, kim nigdy nie była.

– Wiedzieli od kilku dni. – Marcin poszedł na pierwszy ogień. I słusznie, w końcu to on był wszystkiemu winny. – Usiądź, mamo. Musimy porozmawiać. O wielu rzeczach. Zaraz wszystko dokładnie ci wytłumaczę. Obiecuję. Ale musisz się uspokoić.

– Czułam, że żyjesz. Cały czas to czułam. Zaczęłam brać leki, bo myślałam, że zwariowałam... – wyznała i ponownie wróciła do nas dawna Monika.

– Szósty zmysł matki. Tak powiadają – próbował zażartować Marcin, ale Monika skwitowała to jedynie groźnym spojrzeniem. – To nie może wyjść poza naszą czwórkę – zaczął, gdy Monika usiadła na rogu mojego łóżka. W zasadzie to swojego, jako że był to jej dom. – Od lat, oprócz tego, że byłem prawnikiem, miałem także, ujmijmy to, jakby dodatkowe zajęcie. Działałem w agencji do spraw zwalczania przestępczości. Tego dnia, gdy miałem wypadek, coś poszło nie tak. Moja przykrywka została zdemaskowana. Stanowiło to dla mnie zagrożenie. Agencja uznała więc, że muszę zniknąć. Śmierć i jej upozorowanie wydawało się dla nich jedynym wyjściem. Nie chcąc, by pociągnęło to za sobą daleko idące konsekwencje dla całej mojej rodziny, na rozkaz agencji zgodziłem się na to.

– Jak mogłeś? Nie wiesz nawet, co wszyscy przeżywaliśmy.

Co czuła Laura… – Głos Moniki się załamał.

– Nie miałem wyjścia, mamo. A przynajmniej wtedy tak myślałem. Miałem się ukrywać, dopóki wszystko nie przycichnie.

– Czyli ile? Dekadę? Ty myślisz, że oni tak szybko zapominają!? – Monika doskonale wiedziała, co mówi. – To znaczy… tak przypuszczam – poprawiła się, zdawszy sobie sprawę, że powiedziała za dużo. Jej syn przecież nie wiedział, skąd się wywodzi. A przynajmniej myślała, że nie wie.

– Nie wiem, mamo… Nie pytałem. Zrobiłem, co kazali. Wtedy dowiedziałem się, że porwano Laurę. Agencja miała jej pilnować. Porwali ją, bo chcieli się dowiedzieć, gdzie jestem. Podejrzewali, że moja śmierć była sfingowana. Liczyli na to, że jeżeli ktokolwiek wie, że to nieprawda, tą osobą będzie moja żona. Kiedy się o tym dowiedziałem, od razu ruszyłem jej na ratunek. Udało mi się dostać do miejsca, gdzie ją przetrzymywali. Miałem po nią wrócić, ale nie zdążyłem, bo ją przenieśli. Już straciłem nadzieję, ale zadzwoniła do mnie z domku letniskowego. Gdy przyjechaliście na miejsce i zabierała ją karetka, ja stałem wśród drzew, modląc się, by była cała i zdrowa.

– A ty od kiedy wiesz? – zwróciła się do Romana.

– Od kiedy Laura powiedziała mi w szpitalu – wyznał.

– Mniemam, że wtedy, gdy wysłaliście mnie po jedzenie. – Monika była bardziej spostrzegawcza, niż nam się wydawało. Nigdy nie dała nam się poznać z tej strony.

– Właśnie od tego momentu – potwierdził lekko zmieszany Roman.

Szok Moniki wcale nie był tak wielki, jak się spodziewaliśmy. Być może był to jednak dobry moment, aby wyznać jej całą prawdę.

– Co teraz? Czy coś ci grozi? – zapytała z drżeniem w głosie. – Kim są ludzie, którzy cię ścigają?

– Już nic mi nie grozi. Ani mnie, ani Laurze. To już koniec. Teraz tylko musimy wymyślić bajeczkę, jakim cudem jednak żyję. Nikt nie może się dowiedzieć, że byłem agentem.

– Macie zatem jakiś plan? Zaraz, chwila... Jak to już jesteście bezpieczni? Co takiego się stało, że zostałeś wymazany z listy do znalezienia i uciszenia? – Po raz kolejny powiedziała za dużo. Emocje jednak brały górę.

Marcin przez chwilę zastanawiał się, co odpowiedzieć, skupił się jednak na pierwszej części pytania.

– Laura podobno ma pomysł, jak to zrobić. – Popatrzył na mnie, licząc na to, że oświecę wszystkich.

– To bardzo proste. Powiemy, że nie jechałeś sam. Że po wypadku wysiadłeś z samochodu, adrenalina wzięła górę i uciekłeś, zapomniałeś kim jesteś, i dopiero teraz wróciła ci pamięć. Nie kombinowałabym bardziej, bo sami możemy się zbyt bardzo zagmatwać we własnych kłamstwach.

– Jakże pospolity scenariusz – skwitował Marcin.

– W filmach zawsze działa, ludzie oglądają filmy. Nabiorą się na to. To scenariusz, jaki znają, w ich mniemaniu możliwy – wytłumaczyłam.

– No dobrze. Przyjmijmy, że w większości rozumiem, cieszę się, że żyjesz, wybaczam, postaram się przejść nad tym do porządku dziennego, ale wciąż... – drążyła.

Już teraz wiedzieliśmy, że nie tak łatwo będzie ją zbyć lub oszukać.

– Mamo, tym, który mnie ścigał, był Diablo.

Gdy Monika usłyszała ten przydomek, momentalnie zbladła.

– Kiedy dowiedział się...

– Że jesteś jego wnukiem.... – dokończyła za Marcina i spuściła głowę. – Jak wiele już wiesz, synu? – zapytała.

– Wystarczająco dużo – odpowiedział.

– Próbowałam cię chronić – tłumaczyła się. – Przepraszam cię, Lauro. Gdybym wiedziała, że to on...

— To Laura powiedziała mu, że próbuje zabić wnuka. Poszła do niego dziś rano — wtrącił się ojciec Marcina.

— A Laurze powiedziałeś ty, gdy usłyszałeś od niej, że Diablo stoi za jej porwaniem — domyśliła się Monika.

Musiałam przyznać, że imponowało mi, jak czyta między wierszami.

— Jaki on jest? — zwróciła się do mnie.

— Stary — odparłam. — I schorowany.

— Cały czas nas obserwował — wtrącił się Marcin. — Wiedział o nas wszystko. Podobno pomagał zza kulis, byś miała wszystko, na co jego zdaniem zasługujesz.

— Teraz to ma sens. Zbyt wiele razy ryzykowne działania twego ojca wychodziły na dobre. Po kilku łutach szczęścia przestałam wierzyć, że to tylko to. Ktoś musiał maczać w tym palce, a jedyną osobą do tego zdolną był mój ojciec. Kilka razy, gdy twój ojciec wspomniał o nim, rozmyślałam, biłam się sama ze sobą, by może mu wybaczyć. Jednak obawa o to, że jego świat może pochłonąć naszą wspaniałą i szczęśliwą rodzinę, była silniejsza. Podjęłam decyzję i pożegnałam się z tym światem, i z ojcem na jego czele. Wybrałam inną drogę i chciałam być jej wierna już do końca. Przepraszam, że w taki sposób musiałeś dowiedzieć się, że masz dziadka. Ale ufam teraz temu, że już nic wam nie grozi. To zawsze wychodziło mu najlepiej. Jeśli tak powiedział, to tak jest.

Monika bardzo szybko połączyła fakty.

— Zapytał mnie, czy jeszcze go odwiedzę — wymknęło mi się. Skoro już wykładaliśmy wszystkie karty na stół... czemu również nie tę?

— A mnie prosił o przysługę — wtrącił Marcin. — Wiedział, że jako człowiek z agencji mogę go w każdej chwili wydać. Pozostawił mi wybór. Poprosił jednak, abym z tym poczekał i przemyślał, czy pozwolilibyśmy mu z Laurą poznać prawnuka. Ze mną mu się nie udało. Obiecałem, że ją zapytam. — Spojrzał na mnie. – Prawda jest jednak taka, mamo, że to do ciebie będzie należała decyzja. Zostawiłaś go za sobą wiele lat temu, zamknęłaś pewien rozdział swojego życia. Mimo to chciałbym, abyś to przemyślała. Z tego, co mówił, zarówno on, jak i ty sama, żadne z was nigdy nie chciało naszej krzywdy. Wprost przeciwnie. On już jest innym człowiekiem. Być może zasługuje na drugą szansę, skoro na swój sposób dał ją i nam.

– Czy planujesz donieść na niego agencji, jak już spełnisz jego prośbę? – zapytała Monika; wyglądała na przestraszoną.

– Nie wiem, mamo. W zasadzie to nie myślałem nad tym. Skończyłem już z agencją. Nie będę już tego robił.

– Mimo to mógłbyś wyświadczyć im przysługę. Zapewne olbrzymią – dopowiedziała.

– Nie do końca – wtrąciłam się. – Diablo to już nie jeden człowiek, ale cała organizacja. Likwidacja jednego człowieka zupełnie nic nie zmieni. To jak śmierć jednej pszczoły w ulu. Życie toczy się dalej.

– Laura ma rację. To samo mi powiedział – potwierdził moje słowa Marcin.

– To twoja decyzja. Nie zamierzam się wtrącać – powiedziała po chwili Monika i gdybym jej nie znała, może uwierzyłabym w te słowa.

– To twój ojciec! – wykrzyczałam niemalże. – Nie da się tego faktu zamieść pod dywan. My go nie znamy. Nie wiemy, czy zawsze był takim człowiekiem. Ty jedyna jesteś w stanie wskazać nam odpowiednią drogę.

– Nie zawsze był zły. Ale to było bardzo dawno temu. Na tę chwilę wszystkie drogi wiodące do Diablo skończą się jednym... zgubą tych, którzy postanowili nimi podążyć.

– Nie musimy decydować dzisiaj. Dość mam wrażeń, jak na kilka dni. I bardzo bym już chciał przestać krwawić... w znaczeniu bardzo, bardzo bym chciał. – Wszyscy spojrzeli na Marcina jak na wariata.

— No tak. Doktor zaraz tu będzie – powiedział pospiesznie ojciec.

— Sam widzisz, jak się kończy zadzieranie z diabłem – dodała ironicznie Monika, wskazując na ramię swojego syna. – Co z naszym lokajem?

— Ja sądzę, że on już wszystko wie – powiedziałam. – I z całą pewnością nikomu nie powie – dodałam.

— Zejdę na dół i poproszę, by przygotowano wcześniej kolację. Proponuję, byś zadzwoniła do rodziców i sprzedała im wymyśloną przez siebie bajeczkę. Skoro Marcin nie musi się już ukrywać, nie widzę potrzeby, aby to nadal robił. – Postawa Moniki wydawała się bardzo chłodna. Zbyt chłodna jak na matkę, której syn właśnie wrócił z zaświatów. Coś tu nie grało. Monika wyszła i zostaliśmy w trójkę.

— Poszło nawet nieźle – skwitował Roman.

— Nie byłabym tego taka pewna. Czy nie uważacie, że zachowała się dość dziwnie, zważywszy na okoliczności? – zapytałam i podeszłam do Marcina, by móc w końcu go przytulić.

— To jest to, o czym mówiłem. Ona zawsze się wycofuje, gdy w grę wchodzi jej ojciec. Zmienia się wtedy nie do poznania. Jakby miała dwie osobowości. Tę, którą już dawno zostawiła za sobą, i tę nową, na której zbudowała tę rodzinę i swoje nowe życie. Ta pierwsza wraca za każdym razem, kiedy przeszłość w jakikolwiek sposób o sobie przypomni. To nie jest gra, jeśli to cię trapi, Lauro. To duchy przeszłości nękające ją, przypominające o rzeczach, o jakich nie chce pamiętać. Podejrzewam, że każdorazowo wiele kosztuje ją powrót do teraźniejszości.

— Jeśli pozwolimy, aby Diablo stał się jakąkolwiek częścią tej rodziny, już nigdy może nie wrócić – podsumowałam, zauważyłam, że Marcin posmutniał. – To musi być jej wybór. Nie nasz. Dla mnie nie ma tu nawet żadnego wyboru. Liczy się tylko Monika. I mimo że obraz schorowanego starca chcącego naprawić swoje błędy wywołał we mnie poniekąd współczucie, to nie my mamy mu wybaczyć, a ona...

Moją wypowiedź przewał dzwonek do drzwi.

– To pewnie doktor. Zaraz go tutaj przyprowadzę. – Ojciec Marcina zostawił nas samych.

– Chodź tutaj, moja kruszyno. – Marcin przyciągnął mnie do siebie mocno i namiętnie pocałował, obudził tym we mnie całą moją miłość do siebie.

– Wstałeś niczym feniks z popiołów. Fajna sztuczka. Ale obiecaj, że nigdy więcej – poprosiłam.

– Obiecuję. Następnym razem, jak umrę, to już będzie na serio!

– Przestań się droczyć! – zawołałam, a on pocałował mnie po raz kolejny i położył swoją dłoń na moim brzuchu.

– Kopie już? – zapytał, wyraźnie zaciekawiony.

– Delikatnie się porusza. To dopiero szósty miesiąc. Nie jest jeszcze aż tak duży, żebyś też mógł poczuć – wyjaśniłam.

– W sumie dobrze. Nic ważnego mnie nie ominęło – zażartował, a ja dałam mu kuksańca w bok. Zasyczał, bo odezwała się ponownie rana na ramieniu.

– Przepraszam. Nie chciałam – powiedziałam cicho.

– Zasługuję na karę. Jak mnie ukarzesz?

– Jak to jak? Dokładnie tak samo jak zawsze! – powiedziałam, zalotnie przekładając jego dłoń z brzucha na swoją pierś.

– Nie mogę się już doczekać. Poczekajmy lepiej, aż doktor mnie pozszywa. Dobrze by było już bardziej się nie rozlecieć.

Do pokoju zapukał lekarz, a Marcin odskoczył ode mnie jak oparzony.

– Proszę – powiedział.

Gdy doktor wszedł, nie był zaskoczony. Ojciec Marcina przygotował go na to, co zobaczy.

— Cieszy mnie, że przypomniałeś sobie, kim jesteś, Marcinie. Amnezja potrafi narobić człowiekowi mnóstwa kłopotów. Pomyślałby kto, że już cię pochowaliśmy. Gdzie ta rana? Ojciec mówił, że ktoś do ciebie strzelał.

— Zgadza się — odpowiedział Marcin i zaczął się rozbierać.

— Pójdę poinformować rodziców. Będą wniebowzięci — powiedziałam, zachowując pozory.

— Spotkamy się w jadalni — odpowiedział.

Schodząc w dół, zastanawiałam się, jak uda mi się odnowić swoje emocje, które buzowały we mnie tego dnia, gdy Marcin w przebraniu wszedł do celi. Gdy rozpoznałam go po blasku jego oczu już w pierwszych sekundach. Jak przekażę im to, że moje życie nabrało znów sensu, kiedy połamane serce skleiło się znów w jedną całość. I gdy o tym myślałam, wszystko do mnie wróciło. Chwyciłam telefon i udałam się do gabinetu. Wybrałam numer do mamy.

— Lauro? Coś się stało? — zapytała lekko przestraszona.

— Marcin wrócił! — powiedziałam szybko, chcąc mieć to za sobą. Zapewne tak bym się zachowała, gdybym rozmawiała z nią w chwili, gdy sama się o tym dowiedziałam.

— Jak to wrócił, Lauro? Czy wszystko w porządku?

— Marcin żyje, mamo. Stracił pamięć. Nie pamięta wypadku. Wrócił do domu przed momentem. — Rozpłakałam się do telefonu i były to łzy szczęścia.

— Córeczko! Tak bardzo się cieszę! Zaraz zawołam ojca. Przyjmuje właśnie poród.

— Mamo, kończę.

— Jasne, kochanie. Leć do niego. Ucałuj go od nas. Bóg istnieje… Cuda…

Oczami Marcina

Przez pewien czas jedliśmy w milczeniu. Każdy powoli analizował wszystko, co się wydarzyło. Służba domu rodziców z wielką radością przyjęła informację o tym, że jednak żyję. Wszyscy uwierzyli w historię wymyśloną przez Laurę. Jedynie pan Karol dziwnie mi się czasami przyglądał. Pewnie się domyślał, że nie mówimy im całej prawdy. Pozostawiał jednak te rozmyślania dla siebie. Podejrzewałem, że zna więcej sekretów naszej rodziny niż my sami. Był obserwatorem z zewnątrz. Patrzył na wszystko obiektywnie i z dużym dystansem. Mama była najbardziej nieobecna. Spodziewałem się, że informacja o jej ojcu wywrze na niej spore wrażenie. Nie chciałem poruszać już tego tematu. Potrzebowała wszystko przetrawić na spokojnie.

— Myślałaś już nad imieniem? — skierowałem pytanie do Laury; to było dla nas teraz najważniejsze i najprzyjemniejsze.

— Zastanawiałam się nad kilkoma. Ale teraz wybierzemy wspólnie — odpowiedziała mi i uśmiechnęła się promiennie.

Miałem ochotę zjeść jak najszybciej i zabrać ją do naszego domu. Byłem za nią stęskniony i wiedziałem, że ona czuje dokładnie to samo.

— Myślałam nawet, by dać mu na imię Marcin — ciągnęła. — Chciałam... ale to było zanim... — urwała.

Nie musiała kończyć. Choć zdawała się bardzo opanowana w całej tej sytuacji, wiedziałem, że przyjdzie moment, w którym wybuchnie. Umiała ukrywać emocje. Spychać je na dalszy plan, gdy musiała działać z rozwagą. Teraz jednak, gdy wszystko się zmieniło, mogła sobie w końcu na nie pozwolić.

— Już tu jestem, kochanie. Nigdzie się już nie wybieram — pocieszyłem ją i schowałem jej dłoń w swoich. Delikatnie głaskałem ją po nadgarstku, próbując przesłać jej tym dotykiem swoją wielką miłość i tęsknotę, jaką byłem wypełniony.

— Wiem, i cieszę się ogromnie, jednak nadal... nadal ciężko mi jest czasem w to uwierzyć. To tak niesamowicie nierealne. Jak jakiś cud. I mimo że cię widzę, siedzisz koło mnie i trzymasz moją dłoń w swojej... boję się, że nagle się obudzę i okaże się, że to był tylko sen.

— Rozumiem. Chyba nie tobie jednej zabierze to trochę czasu. — Wskazałem na mamę. Ona popatrzyła na mnie i uśmiechnęła się szeroko.

— Nie zrozum mnie źle, synu. Nie wiesz, jak szczęśliwa jestem, że to wszystko okazało się nieprawdą. Spadło na mnie jednak zbyt wiele różnych informacji naraz. Czuję się zagubiona. Musisz dać mi czas — wyznała mama, a ojciec przytulił ją do siebie mocno.

— Jestem pewien, że szybko odnajdziesz równowagę — powiedział do niej, patrząc jej prosto w oczy. — Tak jak zawsze — dodał, a ona skinęła jedynie głową.

Rozumieli się z ojcem doskonale. Prawie bez słów. Miałem szczęście. Laura i ja także byliśmy doskonałą parą. Nie mogłem chcieć od partnerki niczego więcej, bo więcej nie było już możliwe.

Po kolacji siedzieliśmy jeszcze przez chwilę przy stole, luźno rozmawiając, unikając wręcz poważnych tematów. Tych było już zbyt wiele. Laura coraz bardziej wierciła się na krześle.

– Wszystko w porządku? – zapytałem, a ojciec lekko się uśmiechnął.

– Tak, to znaczy... Może pójdziemy już na górę? Chciałabym trochę odpocząć. – Idealna wymówka, biorąc pod uwagę jej stan. Nikt jednak nie dał się na to nabrać.

– Nie. Nie pójdziemy – odparłem, a ona posmutniała. – Pojedziemy do domu. Do naszego domu. Tam, gdzie jest nasze miejsce.

Laura niemalże podskoczyła. Liczyła na to, by spędzić ze mną czas sam na sam. Choćby tu w domu rodziców. Propozycja wspólnego powrotu do naszego domu, który przez tyle miesięcy był wypełniony pustką, była jak wygrana na loterii. Miałem wrażenie, że mama odetchnęła z ulgą. Ona także potrzebowała teraz samotności i przestrzeni. Wiedziałem, że ojciec będzie stał na posterunku – na tyle daleko, by czuła się swobodnie, i na tyle blisko, by zareagować w razie potrzeby. On jeden znał tę historię najlepiej. Był jej częścią. Pokusą, która skłoniła mamę do zmiany życia, do ucieczki... Tym samym stał się jej przystanią, do której mogła zawitać zawsze, gdy cokolwiek ją trapiło. Byli sobie pisani. Nawet Diablo po czasie w końcu to zrozumiał.

Szybko spakowaliśmy torby i wzięliśmy jeden z samochodów ojca. Otworzyłem Laurze drzwi, a ona roześmiała się jak mała dziewczynka.

– Widzę, że w zaświatach nie zapomina się tego, jak być dżentelmenem – droczyła się.

– Musiałem zdać ponownie egzamin, zanim pozwolono mi wrócić na ziemię – podłapałem temat.

– Zdawałeś jeszcze jakieś egzaminy? – zapytała.

– Kilka... – odparłem.

– Mało istotne. Zaraz sama zrobię ci sprawdzian z kilku rzeczy, o których definitywnie musisz pamiętać. – Puściła mi oczko.

Rozwinęła się przede mną wizja cudownego wspólnego wieczoru.

– Bądź delikatna. Niektóre moje funkcje trochę się zastały. – Roześmiałem się, bo podobała mi się ta gra. Tęskniłem za tym. Uwielbiałem nasze słowne potyczki i przez te długie pięć miesięcy okropnie mi ich brakowało.

– Naoliwimy cię. Nic się nie martw. Już ja tam znajdę jakiś smar w garażu. – Oboje wybuchnęliśmy głośnym śmiechem. – Jak myślisz, co zrobi twoja mama? – Nagle zupełnie zmieniła temat.

– Szczerze powiedziawszy, nie mam pojęcia. Kobieta, jaką się staje, gdy słyszy o Diablo, jest mi zupełnie obca. Nie wiem, czego możemy się spodziewać.

– A ty?

– Co ja?

– Ty dałbyś mu drugą szansę?

– Sam nie wiem. Poniekąd ocalił mi życie. Uważam jednak, że nie wydając go agencji, już i tak wystarczająco spłacam swój dług. Zresztą to on wydał na mnie wyrok, nie zapominajmy o tym.

– Nie wiedział, że to ty.

– Być może... a może jest bardziej cwany, niż nam się wydaje. I doskonale wiedział, co robi. Może to wszystko było z góry ukartowane.

– Jego reakcja na to, co mu powiedziałam, gdy do niego poszłam... Nie wydaje mi się, by ktoś umiał tak dobrze zagrać emocje, zwłaszcza człowiek, który większość życia był z nich całkowicie wyzuty.

– A ty?

– Co ja? – przedrzeźniała mnie.

– Dałabyś mu druga szansę?

– Dla mnie to jest pierwsza szansa. Nic złego mi nie zrobił, pomijając nieświadome porwanie mnie. Przeprosił za to, a ja przyjęłam jego przeprosiny. W moich oczach jest staruszkiem cierpiącym na samotność, na którą niestety, ale sam sobie zapracował. Nie jest tajemnicą, że wielu rzeczy żałujemy na końcu swojego życia. Z nim zapewne jest podobnie.

— Czyli? — dopytywałem, bo bardzo pokrętnie odpowiedziała na zadane przeze mnie pytanie.

— Jeśli pytasz o to, czy miałabym problem z tym, by pójść tam po raz kolejny i przedstawić mu jego prawnuka, to nie. Nie czuję strachu przed jego osobą. Jeśli tym drobnym gestem sprawię, że poczuje się spełniony, to czemu miałabym mu go żałować. Ja sama nic nie tracę, a on zyskuje wiele.

— Twoje wielkie dobre serce pomieści i łotrów — podsumowałem z ironią.

— To zupełnie nie o to chodzi — usiłowała się bronić.

— Wiem, kochanie — przerwałem jej. — Tylko żartowałem.

— On nigdy nie zapomniał o twojej mamie. Nad kominkiem w złotej ramie wisi jej portret. Patrzy na nią codziennie...

— Widzę, że staruszek do ciebie trafił. Decyzja i tak należy do mamy — postawiłem sprawę jasno. Nie chciałem, aby ktokolwiek z nas robił coś za jej plecami.

— Nie zrobię nic wbrew jej woli, jeśli o to ci chodzi — odpowiedziała i na jej twarz wylał się znajomy uśmiech — a teraz zmieńmy temat, bo jest wiele rzeczy, o których chciałabym ci powiedzieć.

Głównie rozmawialiśmy o naszym synku. Laura opowiadała mi o emocjach, jakie wzbudziła w niej ciąża. Mimo że doskonale je już znałem z odsłuchanych wiadomości, nie przerywałem jej. Mówiła o tym z tak wielką pasją. Do tego doszła teraz radość, że będziemy wychowywać synka wspólnie. Gdy dojechaliśmy na miejsce, ogarnęło mnie uczucie błogości na widok naszego domu. Wróciły do mnie wspomnienia wszystkich lat, które spędziliśmy w nim razem. Jakbym narodził się na nowo. Dotarło do mnie, że poniekąd sam chyba uwierzyłem w całą tę mistyfikację dotyczącą mojej śmierci.

Gdy tylko weszliśmy do domu, Laura natychmiast chwyciła mnie za rękę i pociągnęła do salonu.

– Marzyłam o tym, byś mógł to zobaczyć – powiedziała i posadziła mnie na kanapie, a sama siadła tuż obok i sięgnęła po pilota. Z zestawu ulubionych wybrała krótki, kilkominutowy filmik. Już wtedy wiedziałem, co zaraz zobaczę. Przytuliła się do mnie i wcisnęła „play".

Na ekranie pojawił się obraz z badania USG. Mój synek na obrazie wiercił się i kręcił, a lekarz próbował złapać go w bezruchu, by dokonać niezbędnych pomiarów.

– O, teraz! Teraz, Marcinie. Ten moment lubię najbardziej. – Szturchnęła mnie.

Maluch jakby się przeciągnął, po czym wyciągnął w naszą stronę swoją maleńką dłoń. Po chwili jego małe paluszki zwinęły się w piąstkę, którą próbował usilnie włożyć sobie do buzi. Nawet nie wiem, w którym momencie zacząłem płakać. Łzy ryły ścieżki na moich policzkach, a ja nie mogłem być już bardziej szczęśliwy niż w tej chwili. Spojrzałem na Laurę. Przyglądała mi się z zaczerwienionymi oczami, próbując powstrzymać napływające łzy.

– On mnie uratował – wyszeptała po chwili. – Gdyby nie on... Ja się poddałam, Marcinie. Nie chciałam żyć bez ciebie. Miałam takie straszne myśli... Nie wiedziałam, co mam robić, dokąd pójść, jaką maskę na siebie założyć. Wszystko straciło sens. Nic mnie nie cieszyło. A czas... czas nie leczył moich ran. Tęsknota z każdym dniem była coraz większa. Nie potrafiłam się z tym pogodzić. Tamtego dnia nie spodziewałam się gości. Od tygodni nie mogłam spać, lekarz przepisał mi środki nasenne. Wzięłam nasz album, przeglądałam zdjęcia, a tuż obok na stoliku leżała fiolka z tabletkami. Byłam świadoma tego, co robię. Specjalnie patrzyłam na to, jak byliśmy szczęśliwi, by popchnąć się do tego, co chodziło mi po głowie, odkąd dowiedziałam się o twojej śmierci. Otworzyłam fiolkę, gotowa wsypać sobie do gardła całą jej zawartość. Rozejrzałam się tęsknie dookoła, świadoma, że będzie to ostania rzecz, jaką kiedykolwiek zobaczę. Modliłam się, by istniało życie po śmierci i jednocześnie bałam się, że po odebraniu sobie życia nie trafię tam, gdzie przebywasz. Kilka dni wcześniej twoja mama zabrała mnie na badania. Mało jadłam. Obawiała się, że nabawiłam się anemii. Zgodziłam się na badania, wiedząc, że kłótnia i tak nic nie da. Zanim włożyłam do ust tabletki, zadzwonił telefon. Już miałam nie odbierać, bałam się jednak, że wywoła to panikę i od razu ktoś przyjedzie mnie szukać. Nie chciałam, by mnie odratowano. Chciałam jak najszybciej być już z tobą. Odebrałam. Gdy lekarz oznajmił mi, że jestem w ciąży, fiolka z tabletkami, którą nadal trzymałam w jednej ręce, upadła z hukiem na podłogę. Tabletki rozsypały się tak samo, jak ja w tamtym momencie. Odłożyłam słuchawkę i zaczęłam płakać. Dostałam drugą szansę. On nią był. Gdyby ten lekarz zadzwonił kilka minut później… Już by mnie nie było… Już by nas nie było. – Chwyciła się za brzuch. – Ale jesteśmy, malutki. I już wszystko jest w porządku – powiedziała do niego z czułością.

– Przepraszam. Tak bardzo cię przepraszam! – Dopiero teraz dotarło do mnie, jak bardzo ją skrzywdziłem i jakie mogły być konsekwencje tego, na co się zgodziłem dla agencji. Przytuliłem ją mocno, a ona, by dać ujść emocjom, jakie się w niej nagromadziły, zaczęła głośno szlochać. Płakaliśmy wspólnie, pozwalając naszym umysłom całkowicie się oczyścić.

Zasnęliśmy w objęciach na kanapie. Ani na chwilę Laura nie przestała się do mnie przytulać. Mimo snu nie zwalniała uścisku. Bała się, że znów mogę nagle zniknąć z jej życia. W głowie próbowałem przetrawić to, co mi powiedziała. Winiłem się. To było oczywiste. Nie miałem pojęcia, jak jej to wynagrodzić i czy w ogóle był jakikolwiek sposób, by to uczynić. Po raz kolejny obiecałem sobie, że już nigdy jej nie okłamię. Dzisiejszego dnia całkowicie zamknąłem za sobą przeszłość związaną z moimi działaniami jako agent. Czułem ulgę, choć myślałem, że trudno mi będzie porzucić coś, na co tak ciężko pracowałem. Laura była ważniejsza. Zawsze była. Nie wiem, dlaczego nigdy wcześniej nie dostrzegłem tego tak wyraziście jak teraz. Mimo tej wiedzy byłem egoistą. Każda akcja mogła pójść nie po mojej myśli. Niejednokrotnie traciliśmy ludzi. Ja jednak nie uczyłem się na cudzych błędach. Sam musiałem umrzeć, by wszystko w końcu stało się dla mnie jasne.

Po kilku godzinach snu Laura nagle się wybudziła. Spojrzała na mnie i odetchnęła z ulgą.

— Myślałam, że to był tylko sen — powiedziała i przytuliła się do mnie ponownie bardzo mocno. — Coś bym zjadła — dodała.

— Sprawdzę, co jest w lodówce — Ruszyłem do kuchni, zostawiając ją tęsknie spoglądającą w moją stronę. — Hmm… — Laura chyba dawno nie robiła zakupów. A to, co znajdowało się jeszcze w lodówce, było już przeterminowane — Chyba musimy coś zamówić! — zawołałem do niej.

— Dawno mnie tu nie było. Wszystko nadaje się już do kosza? — zapytała.

— Jeśli nie całkiem do kosza, to na pewno nie jest na tyle świeże, by to jadła kobieta w ciąży. — Roześmiałem się, bo podejrzewałem, jak bardzo może być głodna.

— To te emocje spaliły mi wszystkie kalorie — zaśmiała się.

— W duecie z dzieckiem — dodałem rozbawiony.

— W zamrażarce powinny być lody. — Nadzieja w jej głosie sprawiła, że otwierając drugą część lodówki, modliłem się, by tam były.

— Są. Czekoladowe i truskawkowe. Jakie chcesz?

— Wszystkie. Przynieś wszystkie.

Zrobiłem, co kazała, i wszedłem do salonu z dwoma litrami lodów i łyżką stołową.

— Wcinaj, a ja zamówię jakieś jedzenie.

— Nie wiem, czy ci się uda. Patrz, która jest godzina — powiedziała, więc zerknąłem na zegarek. Była druga w nocy. To zdecydowanie zmniejszało wybór opcji. Znałem jednak miejsce, które serwowało jedzenie głównie dla takich jak my w tej chwili. Wspomniał mi o nich Krzysiek. Kolega z agencji. Miał żonę i czwórkę dzieci. Doskonale wiedział, jak zabezpieczyć wieczny głód swojej małżonki. Wykręciłem numer.

– „Jesteśmy w ciąży", słucham – rozbrzmiało w słuchawce.
– Yyy. To mój pierwszy raz. Co macie państwo w ofercie?

Gdy pani z drugiej strony wymieniała dania, Laura patrzyła na mnie z nadzieją, pochłaniając łapczywie jedną łyżkę lodów po drugiej.

– Biorę największy pakiet. Taki dla naprawdę głodnych – powiedziałem i usłyszałem śmiech w słuchawce.

– My już doskonale wiemy, co to znaczy. Proszę o podanie adresu dostawy.

Wymieniłem z panią jeszcze kilka uprzejmości i dosiadłem się do Laury z otwartymi szeroko ustami. Laura wpakowała mi do ust czubatą łyżkę lodów.

– Jedzenie przybywa. Powinni być do trzydziestu minut. – powiedziałem, jak tylko udało mi się przełknąć tak dużą porcję lodów.

– Co to za knajpa? – zapytała.
– „Jesteśmy w ciąży" – powiedziałem, wiedząc, że ją to rozbawi. Nie myliłem się.

– No jesteśmy. Ale że co? Serio? Tak się nazywają? – dopytała.

– No.
– Nie miałam pojęcia, że coś takiego istnieje.
– Doskonały pomysł na biznes. Cały czas ktoś jest w ciąży. I bardzo szlachetny. Nie pozwalają ciężarnym głodować.
– To im się chwali. Co zamówiłeś?
– Największy pakiet. Nie mam pojęcia, co w nim jest.
– Oj, jak ja pragnę się o tym przekonać – rozmarzyła się.

— Przestań jeść te lody, bo już potem nic nie zmieścisz — zasugerowałem.

— Nie ma takiej ilości, której w obecnym stanie nie mogłabym zmieścić. Ale masz rację. Lody nie są najzdrowszą pożywką dla dziecka. Odłożysz? — zapytała, a ja grzecznie zaniosłem je do zamrażarki.

Wtedy zadzwonił telefon. Wyświetlił mi się numer Jakuba. Nie miałem pojęcia, dlaczego dzwoni do mnie o tak późnej porze.

— Cześć, stary. Jak się czujesz? Coś się stało? — zapytałem lekko wystraszony. Miałem nadzieję, że agencja przekazała mu już informację o moim odejściu.

— Nie jest źle. Dochodzę do siebie. Dzwonił do mnie twój ojciec. Zaproponował mi pracę. Bardzo dobrą pracę... — zrobił pauzę. — Masz z tym może coś wspólnego?

— A nawet jeśli? Bierz i nie szukaj winnych — odparłem, bez ogródek przyznając się, że to moja sprawka.

— Tak zrobię. To dla mnie szansa. Dzięki. Ale mam też złe wieści.

— Jakie? — Zawrzało we mnie. Miałem dziś ochotę jedynie się cieszyć.

— Agencja dowiedziała się, że nagle wycofano nagrodę za twoją głowę. Znasz ich. Doszukują się teraz przyczyny.

— To świetnie. Bardzo mnie to cieszy. Oni też powinni się cieszyć zamiast doszukiwać się dziury w całym.

— No, ja to wiem. Mówię ci jedynie, że możesz się spodziewać jakichś niewygodnych pytań z ich strony.

— Mogą pytać. Ja nie znam odpowiedzi. Ale dzięki za informacje. Nie będę się już musiał ukrywać. Nawet nie wiesz, jak mi ulżyło — powiedziałem i Jakub się rozłączył.

Rozegrałem tę rozmowę w sposób zupełnie świadomy, tak by nikt nawet nie przypuszczał, że mogłem mieć wpływ na to, co się wydarzyło, i nie połączył żadnych faktów. Telefon

Jakuba mógł być na podsłuchu agencji. Miałem nawet cichą nadzieję, że tak było. Uniknąłbym dzięki temu dalszych pytań.

– Duchy przeszłości? – zapytała Laura.

– Agencja jest zdziwiona tak nagłym wycofaniem nagrody za moją głowę.

– O tym nie pomyśleliśmy. Myślisz, że mogą być problemy?

– Oby nie, ale nie możemy tego wykluczyć. Nic na mnie nie mają.

– Ale mogą zacząć kopać – zmartwiła się Laura.

– Nie myśl o tym. Nie będziemy się martwić na zapas.

Dzwonek do drzwi przerwał naszą rozmowę.

– Ja pójdę. – Zerwała się z kanapy Laura. Posłałem jej zdziwione spojrzenie. – No wiesz, tak na wszelki wypadek...

– A co z niemartwieniem się na zapas?

– Oj, przestań się czepiać. Wolę dmuchać na zimne. Już raz mi umarłeś, gdybyś zapomniał.

Otworzyła drzwi. Usłyszałem wesołe: „Jesteśmy w ciąży i smacznego". Laura wróciła do pokoju obładowana torbami z jedzeniem.

– Noo, tyle to chyba faktycznie nie zmieszczę... na raz – dodała i zaczęła się histerycznie śmiać.

Zajadała się niemalże bez opamiętania. Wszystko jej smakowało. Albo aż tak dobrze znali się na smakach kobiet w ciąży, albo zajadała dodatkowo stres. Zazwyczaj pełna buzia nie przeszkadzała jej w rozmowie. Tym razem jednak wydawała się milcząca i jakby trochę nieobecna. Znałem ją na tyle, by wiedzieć, że coś tam rodzi się teraz w tym jej bystrym umyśle.

– O czym tak myślisz? – zapytałem w końcu, zmęczony domysłami.

– Może Sebastian?

Zaskoczyła mnie zupełnie. To ja się martwię, że moja żona kombinuje, jak przechytrzyć węszącą agencję, tymczasem ona rozmyśla o imieniu dla dziecka.

– Ładne – odpowiedziałem zgodnie z prawdą. – Czemu akurat takie przyszło ci na myśl?

– Nie znam nikogo o tym imieniu. Nie będzie mi się zatem z nikim kojarzyło – odpowiedziała bez wahania. – A ty znasz?

– W zasadzie to chyba nie. A jeśli znam, nie jest to nikt mi na tyle bliski, bym w jakikolwiek sposób mógł go utożsamiać z synem.

– W takim razie decyzja podjęta. Będzie Sebastian – oznajmiła.

– Już myślałem, że się zamartwiasz – wyznałem, starałem się niczego przed nią nie ukrywać.

– Przecież zabroniłeś – nastroszyła się

– No tak, ale… od kiedy ty w ogóle słuchasz, co ja mówię?

– Słucham zawsze… Nie zawsze zgadzam się z tobą. A to jest wielka różnica. Poza tym stwierdziłam, że masz rację. Nie ma co się martwić, dopóki tak naprawdę nie wiemy, na czym stoimy. Może cała ta sytuacja się po prostu rozmyje. Agencja ma na głowie inne sprawy niż doszukiwanie się powodu, dla którego nie chcą cię już zabić.

– Obyś miała rację.

– Tak się akurat składa, że bardzo często mam. – Uśmiechnęła się, chcąc mnie pokrzepić. – Zjadłam tyle, że chyba będziesz mnie musiał wnieść na górę – dodała po chwili, podnosząc się z kanapy w zwolnionym tempie.

– Jak pani sobie życzy. – Podszedłem do niej i wziąłem ją na ręce. Powoli szedłem po schodach, ważąc na każdy krok. Ramię dalej mi doskwierało, nie było jednak rzeczy, jakiej bym dla niej nie zrobił.

Po chwili byliśmy na miejscu. Wystrój sypialni nieco się zmienił. Zniknęło nasze zdjęcie ślubne wiszące zaraz nad zagłówkiem. Laura zorientowała się, że to dostrzegłem.

– Musiałam… Cały czas myślałam…

– To nic. Jutro ponownie je tam powiesimy. – Położyłem ją delikatnie na łóżku. – Gotowa do spania?

– Do jakiego spania? Myślisz, że odzyskałam zmarłego męża i pójdę spać? – zaszydziła.

– A nie? – roześmiałem się.

Przypomniało mi się, jak niegdyś zawstydzona była Laura, gdy rozmowa schodziła na te tematy. Teraz w pełni świadomie używała swojego seksapilu i umiejętnie dobranych słów, by podsycać atmosferę aż do temperatury wrzenia. Uwielbiałem to.

– Chyba sobie ze mnie kpisz. Mieliśmy cię naoliwić tu i tam...

– Nie mogę się już doczekać. – Usiadłem obok i zacząłem ją namiętnie całować.

– Muszę siku – wypaliła nagle, oderwała się ode mnie i pognała w stronę toalety.

– Teraz ja – powiedziałem, gdy wróciła. Nie chciałem, by cokolwiek nam już przerwało.

– Tylko szybko – poganiała mnie.

Gdy w pełni gotowy na to, co miała mi jeszcze przynieść ta noc, wróciłem do sypialni, usłyszałem już w progu delikatne pochrapywanie. Postanowiłem nic nie mówić, by jej nie zbudzić, gdyby naprawdę głęboko już spała. Leżała na boku, z głową osadzoną wysoko na poduszce. Jedną ręką podpierała sobie policzek, jakby zachłanna na czuły dotyk, jakiego przez te miesiące jej brakowało. Okryłem ją kołdrą i położyłem się obok. Jej miarowy oddech był dla mnie niczym kojąca kołysanka. Przytuliłem się do niej i zasnąłem szczęśliwy i spełniony.

Oczami Laury

Kolejne miesiące zleciały nam bardzo szybko. Mimo że przez jakiś czas zamartwialiśmy się tematem Diablo, agencja nie podjęła żadnych działań w stronę wyjaśnienia nagłego braku zainteresowania Marcinem. Zdał broń i definitywnie zamknął tym samym ostatni rozdział swojego dawnego życia. Nie on jeden. Jakub odszedł zaraz po nim i podjął pracę w firmie ojca Marcina. Tak bardzo przyzwyczaił się do swojego partnera podczas pracy w agencji, że odkąd z niej odszedł, był w naszym domu częstym gościem. Lubiłam go. Był śmieszny i prostolinijny. Chociaż Marcin wyznał mi, że to właśnie Jakub nie dopilnował mojego bezpieczeństwa, nie winiłam go za to. Bardzo polubiłam także Agatę. Wspólne wypady na zakupy i spacery po parku stały się dla nas obu codziennością. Jakub nawet oglądał dom znajdujący się zaledwie kilka przecznic od nas. Nie do końca wiedziałam, skąd wzięło się to nagłe przywiązanie do nas, nie przeszkadzało mi to jednak. W końcu byłam szczęśliwa.

Brzuch w ostatnich miesiącach ciąży rósł w zastraszającym tempie. Marcin jeździł ze mną na każde badanie, ciesząc się za każdym razem tak samo, gdy na monitorze podczas USG pokazywał się nasz synek. Ciąża przebiegała prawidłowo i nie mieliśmy się o co martwić. Z wielkim zapałem urządzaliśmy pokój dziecięcy i wybieraliśmy kolory ścian i mebelki. Sprawiało nam to taką frajdę, że kupiliśmy wszystkiego zbyt dużo. Część wylądowała zatem na strychu – wciąż niezłożona, w kartonowych pudłach, na zapas.

Od dnia kiedy Marcin wrócił, nie poruszaliśmy z jego mamą tematu Diablo. Zachowywała się tak, jakby tej sprawy w ogóle nie było. Jakby Marcin nigdy nie umarł. Wszystko było po staremu. Dzwoniła do mnie codziennie, pytała, jak się czuję, i zabierała mnie na wycieczki po sklepach. Kupowała najpiękniejsze i najdroższe ubranka. Byłam pewna, że będzie znakomitą babcią. Ojciec Marcina także nie odstawał od reszty. Mając na uwadze, że będzie miał wnuka, co rusz zabierał Marcina na strych w poszukiwaniu jego starych zabawek, które mógłby podarować swojemu synowi. Marcina to strasznie bawiło, a jednocześnie było powrotem do przeszłości. Pewnego dnia po jednym z takich poszukiwań wrócił do domu z małą koparką. Była żółta i ubrudzona zieloną farbą.

– Zobacz. – Pokazał mi samochodzik. – Jak byłem mały, bawiłem się nim godzinami.

Rzeczywiście wskazywał na to stan koparki. Jakby pokonała setki tysięcy kilometrów w swoim zabawkowym żywocie.

– Co to za zielone kropki? – zapytałam, zastanawiając się, czy pamięta jeszcze historię ich powstania.

– Malowałem z ojcem płot. Pamiętam, że byłem rozdarty pomiędzy zabawą koparką a malowaniem wraz z nim. Wziąłem więc koparkę ze sobą. A że jako dziecko nie byłem zbyt uzdolniony manualnie... no cóż, dobrze, że trawa naturalnie także jest zielona, czego nie można powiedzieć o koparce, którą okropnie zachlapałem.

– Może będzie się ją dało wyczyścić – zasugerowałam, nie chcąc, by nasz syn dostał ją od ojca taką brudną.

– Jest świetna taka, jaka jest. Widać na niej płynący czas, ale nadal jest w pełni sprawna. Zobacz! – Zaczął jeździć minikoparką po moim brzuchu, wydając dźwięki podobne do podnoszenia i opuszczania wielkiej łopaty. Sebastianowi chyba zabawa z tatą się spodobała, bo zaczął się wiercić i kopać jak szalony.

– Teraz! – krzyknęłam, a Marcin odłożył koparkę i przykleił się do mojego brzucha.

Odkąd kopniaki zaczęły być wyczuwalne także przez Marcina, stało się dla niego jasne, że musi poczuć każde pojedyncze szturchnięcie. Gdy tylko się zaczynało, krzyczałam nasze hasło, a on każdorazowo rzucał się na mnie i leżał przytulony do brzucha tak długo, aż synek, ponownie zapadał w sen. Uwielbiałam, gdy to robił. Czułam wtedy, jak wielką miłością darzy nasze dziecko.

Mijały tygodnie, a ja czułam się coraz cięższa. Ogromny już brzuch powoli przeszkadzał w normalnym funkcjonowaniu. Cieszyłam się, że nie zostawiłam niczego na ostatnią chwilę. Termin porodu przypadał nam już za tydzień. Chodziłam jak na szpilkach, zestresowana bólem, jaki mnie czekał. W odwiedziny przyjechali moi rodzice. Chcieli pomóc na ostatniej prostej przygotowań. Z wielkim zaskoczeniem stwierdzili, że przecież wszystko jest już gotowe. Zostali jednak na parę dni, po cichu licząc na to, że może potomek postanowi przyjść na świat podczas ich wizyty. U wszystkich włączył się tryb wyczekiwania. Nawet u Jakuba i Agaty. Gdy tylko mocniej westchnęłam lub skrzywiłam się przy zmianie pozycji, wszyscy automatycznie stawali na baczność, gotowi do pomocy. Było to z jednej strony zabawne, a z drugiej delikatnie irytujące. Od tygodnia Marcin chodził za mną jak cień. Nie zostawiał mnie samej w domu. Za nic w świecie nie chciał ominąć momentu porodu – ani jednej sekundy. Nawet gdy brałam prysznic, on stał przy umywalce i golił się lub mył zęby. Zawsze znalazł racjonalny powód, by być tuż obok mnie i choć wiedziałam, że robi to specjalnie, pozwalałam mu na to. Ja sama także czułam się przez to pewniej i bezpieczniej.

Tego wieczoru czułam się bardziej zmęczona niż zwykle. Sebastian dużo spał i ruszał się bardzo sporadycznie i delikatnie. Rodzice pojechali do domu i jedynie Monika kręciła się jeszcze po kuchni, przekonując mnie, że gdy na świat przyjdzie dziecko, dobrze by nam zrobiło wynajęcie niani. Nie do końca to do mnie przemawiało. Żyłam w zupełnie innym świecie niż Marcin jako dziecko. Myślałam, że tylko jeśli będę zajmowała się Sebastianem w zupełności sama, odnajdę się w całości jako mama. Marcin leżał na kanapie, a Monika chowała resztki z kolacji do lodówki. Kiedy szłam korytarzem, poczułam, że pilnie muszę do toalety. Nacisk na mój pęcherz był tak wielki, że bałam się, że nie zdążę. Zrobiłam kilka kroków i poczułam wilgoć. Momentalnie zalała mnie fala wstydu. Stanęłam jak wryta, zupełnie nie wiedząc, jak odnaleźć się w tej sytuacji.

– Moniko, czy mogę cię prosić na chwilę? – zagadnęłam, nie chcąc, by Marcin widział mnie obsikaną. Tego nie da się odzobaczyć.

– Jasne, już idę. – Z początku szła powoli, ale gdy tylko zobaczyła, że stoję w lekkim rozkroku, z mokrymi spodniami i płynem kapiącym na kafelki, przyspieszyła. Nie chcąc siać jeszcze niepotrzebnej paniki, wzięła mnie pod ramię i zaprowadziła do toalety.

– Chyba się zsikałam – powiedziałam tak cicho, jak to było możliwe, nadal wstydząc się nawet przed samą sobą.

– Mnie na końcówce też się to często zdarzało – podbudowała mnie Monika.

Poczułam lekką ulgę. Powoli i niezgrabnie ściągnęłam spodnie i majtki. Monika czuwała obok. W tym samym momencie zauważyłyśmy strużkę krwi na mojej bieliźnie.

– Chyba jednak się nie zsikałam – zasugerowałam.
– Masz skurcze? – zapytała Monika, powoli zdając sobie sprawę, że to chyba już.
– Nie mam. Czy to nie dziwne? Z drugiej strony położna w szkole rodzenia mówiła, że skurcze mogą pojawić się dopiero, jak odejdą wody płodowe. Myślisz, że to...
– No, myślę, że to już czas.
– Marcin! – zawołałam głośno, po czym wypowiedziałam to, na co czekał od tylu dni: – Rodzimy!
Słyszałam, jak szybko zrywa się z kanapy. Biegł i po chwili usłyszeliśmy wielki huk. Monika wybiegła z łazienki sprawdzić, co się stało. Zrobiłam to samo. Chociaż nie było to wcale śmieszne, zaczęłam śmiać się tak histerycznie, że nie mogłam przestać. Marcin leżał na podłodze, trzymając się za tył głowy. Gdy biegł, poślizgnął się na kałuży, którą przed chwilą zostawiłam w holu. Gdy napinałam mięśnie podczas śmiechu, poczułam wielki chlust. Wody płodowe rozlały się po moim ubraniu i ściekały na podłogę. Wtedy poczułam pierwszy skurcz i nie było mi już do śmiechu.
– Musimy jechać! – powiedziała Monika, patrząc na mnie.
– Marcin, przynieś jej suche ubranie.
Marcin podniósł się z podłogi i wciąż trzymając się za głowę, pobiegł do sypialni po coś na zmianę. Z szafy w przedpokoju wyciągnął perfekcyjnie spakowaną już torbę do szpitala. Monika pomogła mi się przebrać.
– Chcesz, żebym jechała z wami? – zapytała.
Widziałam w jej oczach malującą się nadzieję, że się na to zgodzę. Ustaliliśmy jednak z Marcinem, że chcemy rodzić sami, tylko we dwoje.
– Damy sobie radę. Zaraz zadzwonię do swojej położnej, że jedziemy.
– W porządku. Poinformuję wszystkich, że się zaczęło – powiedziała, a ja wyobraziłam sobie, jak moi rodzice plują sobie w brodę, że nie zostali jeden dzień dłużej.

Marcin pomógł mi wejść do samochodu i ruszył jak na sygnale. Widziałam, że się stresuje. Praktycznie w ogóle się nie odzywał. Jakby był w szoku. W trakcie drogi do szpitala zadzwoniłam do położnej. Miała akurat dyżur. To mnie uspokoiło. Wiedziałam, że zajmie się mną, jak tylko przekroczę próg szpitala. Skurcze były coraz silniejsze i coraz częstsze, ale dało się jeszcze wytrzymać. Adrenalina przejęła kontrolę nad moim ciałem. Marzyłam już tylko o tym, by wziąć synka w ramiona.

Poród przebiegł dość sprawnie, zważywszy na to, że było to moje pierwsze dziecko. Już po kilku godzinach na świat przyszedł Sebastian. Gdy tylko go zobaczyłam, zupełnie zapomniałam o bólu, jakiego jeszcze przed chwilą doznawałam. Jedyne, co czułam, to najczystszą z możliwych postaci szczęścia. Marcin od samego początku cały czas trzymał mnie za rękę. Kiedy usłyszał pierwszy płacz swojego syna, też się rozpłakał, ale ze szczęścia.

— Byłaś taka dzielna, kochanie! Jestem z ciebie taki dumny — mówił, całując mnie po mokrym od potu czole. Usiadł obok mnie i razem wpatrywaliśmy się w śliczną buzię naszego synka.

— Myślałem, że to ciebie kocham najbardziej na świecie — odezwał się — Ale jego kocham chyba bardziej — wyznał.

— Wiem. Mam tak samo. Ale to jest zupełnie inny rodzaj miłości — odpowiedziałam mu. — To jest owoc naszej miłości. Ona jest idealna, więc i nasz syn musi taki być — dodałam. — Chcesz go przytulić? — zapytałam, widząc, jakimi maślanymi oczami cały czas mu się przygląda.

— Ma twoje oczy — wyszeptał.

— Podejrzewam, że moje nie będą już najpiękniejsze — roześmiałam się.

— Jego są piękne w zupełnie inny sposób. — Wziął Sebastiana na ręce i delikatnie go do siebie przytulił. Mały człowiek w objęciach dobrze zbudowanego mężczyzny wyglądał śmiesznie. Jak mała poczwarka przyklejona do torsu. — Muszę się nacieszyć, zanim zjadą się sępy.

– No tak. Na pewno są już w drodze.
– Mlaska mi tu… Ale fajny odgłos... – Zachichotał.
– Może jest głodny? – zasugerowałam. – Daj, spróbuję go nakarmić, zanim wszyscy się zjadą.

Marcin niechętnie oddał mi Sebastiana i wciąż patrzył na swego pierworodnego jak w obrazek, gdy ten jadł swój pierwszy posiłek w nowym świecie.

Na dziadków nie trzeba było długo czekać. Nie wiem, jakim sposobem wpuścili ich tu w nocy. Podejrzewałam jakąś łapówkę wpadającą w ręce pielęgniarek.

Pierwszy w drzwiach pojawił się teść. Sebastian spał słodko u mojego boku, wciąż pod baczną obserwacją Marcina.

– Nasz mały aniołek – odezwała się Monika i zamknęła za sobą drzwi. W przeciwieństwie do Romana, który nawet nie pytając o zgodę, wziął wnuka w ramiona, ona najpierw spytała mnie, jak się czuję.

– Zmęczona, ale szczęśliwa – odpowiedziałam.
– Patrz na niego. Chyba znalazł nową miłość. – Wskazała na Romana i Marcin się roześmiał.

Roman popatrzył na nas groźnie i odwrócił się plecami.
– Tylko go nie upuść – powiedział groźnym tonem Marcin.
– Masz całą głowę? – zapytał go ojciec.
– W zasadzie to mam wielkiego guza. A co to ma z tym wspólnego? – Marcin nadal był chyba w szoku, bo zupełnie nie ogarnął, o co chodziło ojcu.

– Tak się składa, że tobą także się opiekowałem. Umiem trzymać dzieci w ramionach.

– To było dawno temu. Obawiam się, że mogłeś zapomnieć.

– Ty nie miałeś czego zapominać, a mimo to wziąłeś go na ręce, prawda?

– No bo to mój syn.
– No i mój wnuk – dodał z przekąsem.

— Dobra, dobra. Koniec tego dobrego. Moja kolej — odezwała się Monika.

Gdy brała Sebastiana na ręce, tak profesjonalnie i z zadziwiającą delikatnością, za drzwiami mignęła mi postać, którą, wydawało mi się, rozpoznałam. Była nią starsza pani opiekująca się Diablo. Zadrżałam. Wiedziałam, że dziadek Marcina monitoruje nasze życie, ale nie spodziewałam się szpiegów już w kilka godzin po przyjściu mojego syna na świat. Nie chciałam denerwować innych w tym podniosłym momencie. Postanowiłam zachować swoje spostrzeżenia na wypadek, gdybym jednak się myliła.

Rodzice Marcina nie siedzieli długo. Zawsze szanowali przestrzeń innych ludzi i prawo do prywatności. Już po niecałej godzinie zostawili nas samych. Cieszyłam się. Ledwo udawało mi się utrzymać powieki w górze. Marcin od razu to dostrzegł.

— Widzę, że walczysz ze sobą — zaśmiał się.

— Jestem strasznie zmęczona, ale nie chcę przestać na niego patrzeć — wyznałam.

— Będziesz miała na to całe życie. Musisz nabrać sił. Zdrzemnij się choć troszkę, ja go przypilnuję. Gdyby się obudził, od razu dam ci znać — uspokoił mnie.

Posłuchałam go, wiedząc, że ma rację. Potrzebowałam się zregenerować. Nie musiałam długo czekać, żeby zabrał mnie sen.

Oczami Marcina

Patrzyłem na niego i napawałem się uczuciem, jakie mnie wypełniało. Czystą, niczym niezmąconą miłością do tej małej istotki. Radość na twarzy mojego ojca tylko dopełniła moje szczęście. To właśnie teraz, po raz pierwszy od dawna, pomyślałem o ostatniej prośbie Diablo. Piękno uczucia, które mi towarzyszyło, sprawiało, że zapragnąłem, aby każdy mógł się tak poczuć choć przez chwilę. Zastanawiałem się, jak bardzo zły musiałbym być na swojego ojca, by odmówić mu udziału w tym wspaniałym wydarzeniu.

Sebastian nagle się poruszył i włożył sobie piąstkę do oka, nawet się przy tym nie budząc. Poprawiłem mu maleńką rączkę i ułożyłem wygodnie na brzuszku. Po raz kolejny się rozczuliłem. Był taki maleńki i bezbronny. Przypomniało mi się wyznanie Laury i te kilka minut, które przesądziły o tym, że miałem szansę trzymać go teraz w swoich ramionach. Jak niewiele zabrakło, by ta chwila nie nadeszła. Spojrzałem na Laurę. Jej klatka piersiowa unosiła się i opadała w równym rytmie. Sebastian zaczął się wiercić i wkładać małe piąstki do buzi.

— Ktoś tu chyba trochę zgłodniał – powiedziałem do niego po cichu. – Sprawdźmy, czy jesteśmy w stanie nakarmić cię bez budzenia mamy. – Podniosłem go i ułożyłem Laurze na piersi, odsłaniając mu źródło pokarmu. Delikatnie nakierowałem jego buźkę, a on momentalnie przyssał się do piersi Laury. Lekko się wzdrygnęła i otworzyła oczy. – Śpij, kochanie. Jak skończy jeść, to go wezmę.

Laura pocałowała go w główkę, po czym ponownie zasnęła. Musiała być naprawdę zamęczona. Cały czas pilnowałem pozycji synka, tak by nie spadł, gdyby Laura podczas snu się poruszyła. Wtedy do sali weszła pielęgniarka.

– Wszystko w porządku? Może przyniosę butelkę? – Popatrzyła z uśmiechem na ustach na moje wygibasy.

– Nie, dziękujemy. Radzimy sobie. A żona zawsze chciała karmić piersią, jeśli tylko będzie miała wystarczająco dużo pokarmu – odpowiedziałem grzecznie.

Trzymałem się kurczowo listy, którą zrobiła mi Laura. Jednym z punktów było jak najdłuższe odwlekanie karmienia butelką. Pielęgniarka wyszła i ponownie zostaliśmy sami.

Po kilkunastu minutach Sebastian zasnął. Wziąłem go w ramiona z planem odłożenia do małego łóżeczka przygotowanego specjalnie dla niego, by Laura miała dla siebie więcej miejsca. Nie potrafiłem jednak znaleźć w sobie siły, by go tam odłożyć. Ułożyłem go wygodnie w swoich ramionach i usiadłem na krześle. Szczęśliwy, że mogłem do woli mu się przyglądać, zacząłem zupełnie nieświadomie nucić pod nosem melodię kołysanki. Nie miałem pojęcia, skąd ją znam. Przyszła do mnie sama. Zupełnie spontanicznie. Sebastian na krótką chwilę otworzył oczy. Spojrzały na mnie dwa błękitne oczka...

– Kocham cię, synku! Mam nadzieję, że będę dla ciebie równie dobrym ojcem, jakiego sam miałem – powiedziałem do niego w napływie uczuć. – Bo co jak co, ale lepszej mamy to nie mogłeś sobie wymarzyć – dodałem i spojrzałem na Laurę, która przyglądała się całej scenie z szeroko otwartymi oczami.

Uśmiechnęła się do mnie radośnie.

– Mamy przechlapane, co? – zapytała rozbawiona tym, jak wiele taka mała istota zmienia w życiu.

– No... świat jakby zaczął się kręcić w drugą stronę – odparłem.

– A my wraz z nim – dodała.

– Coś czuję, że jeszcze kilka osób się do nas przyłączy – zaśmiałem się odrobinę zbyt głośno, bo Sebastian wzdrygnął się delikatnie i wyciągnął w górę obie rączki.

– Wystraszył się – wytłumaczyła mi szybko Laura. – Dzieci tak mają – dodała na widok lekkiego przerażenia malującego się na mojej twarzy.

– Pomyślałem przed chwilą o...

– Diablo? – dokończyła za mnie.

– Czytasz mi w myślach.

– Ja też o nim myślałam. Może gdy emocje opadną, twoja mama sama podejmie temat.

– Czas pokaże – podsumowałem. Nie czułem potrzeby głębszego roztrząsania tematu. Znałem stanowisko Laury w tej sprawie. Ona nie widziała przeszkód, by spełnić ostatnie życzenie staruszka. Każdorazowo wniosek był ten sam. Wszystko zależało od Moniki.

– Chcesz się przespać? – zapytała Laura. Chyba sam nie zdawałem sobie sprawy, jaki byłem zmęczony. – Wyglądasz gorzej ode mnie.

– Poczekam jeszcze kilka godzin. Jak rodzice przyjadą, to pojadę do domu się przespać.

– W takim razie ja się jeszcze chwilę zdrzemnę. Zaczyna powoli świtać.

– Korzystaj. Pewnie już czatują pod szpitalem, aż się zaczną godziny odwiedzin – zażartowałem.

– Nie zdziwię się, jeśli i moi rodzice też nas dziś odwiedzą.

– Pewnie już wysłali po nich helikopter – roześmiałem się i Sebastian ponownie lekko wzdrygnął się w moich ramionach.

Laura po chwili znowu zasnęła, a ja nadal wpatrzony w małą buźkę synka, nie widziałem świata poza nim.

Zgodnie z przewidywaniami – zaraz po obchodzie, na którym dowiedzieliśmy się, że wszystko jest w porządku – do sali weszli moi rodzice. Ojciec przyniósł Laurze wielki bukiet kwiatów i małego pluszowego misia dla wnuczka. Mama przyniosła zupę i świeże pieczywo na śniadanie, świadoma, czego się w szpitalu można spodziewać. Sebastian był odkładany tylko na karmienie, bo pozostały czas spędzał na rękach u każdego po kolei.

Już miałem wyjść i udać się do domu na drzemkę, gdy do sali wszedł młody chłopak z ogromnym – dwumetrowym – pluszowym misiem.

– Mam przesyłkę dla Sebastiana – mówiąc to, bezpardonowo postawił ogromnego misia przy łóżku Laury i wyszedł tak szybko, jak się pojawił.

Spojrzałem na mamę. Coś mi mówiło, że ona już wie, od kogo ten prezent. Mina momentalnie jej zrzedła. Do ucha maskotki przyczepiona była kartka. Laura wstała i oderwała ją. Otworzyła kopertę, zachowując się zupełnie naturalnie, choć zapewne zdawała sobie sprawę, od kogo może być ten upominek. Jeszcze nie mówiliśmy nic znajomym, a jej rodzice zaraz mieli tu przybyć osobiście. Była zatem tylko jedna osoba, która mogła przysłać prezent.

Laura wyciągnęła kartkę z napisem „Wszystkiego najlepszego w dniu urodzin". Przez chwilę ją czytała. Nagle posmutniała i schowała ją szybko do koperty. Widziałem, że ojciec zaczyna się denerwować. Mama podeszła do mnie i oddała mi Sebastiana.

– Lauro? Czy ten upominek jest od tej osoby, od której spodziewam się, że jest? – zapytała po chwili, próbując zachować spokój. – I nie udawaj głupiej – dodała od razu.

— Tak — odpowiedziała zwięźle Laura. Na krótką chwilę zapanowała kompletna cisza wypełniona napięciem, jakie rozprzestrzeniało się po małej sali szpitalnej.

— Czy mogę ją przeczytać? — zapytała mama po chwili, czym zupełnie mnie zaskoczyła.

— Myślę, że nawet powinnaś. — Laura wręczyła jej kartkę.

Mama chcąc ukryć swoje emocje, podeszła do okna i odwróciła się do nas plecami. Po chwili kartka wypadła jej z ręki, a po policzkach zaczęły spływać łzy.

— Przepraszam was na chwilę — powiedziała i totalnie rozgoryczona wyszła z sali. Ojciec podniósł kartkę z ziemi, a spokój na jego twarzy powoli zamieniał się w strach.

— Co takiego jest tam napisane, do cholery, że po chwili wszyscy zamieniacie się w zombie? — zapytałem.

Ojciec popatrzył na mnie, a potem zaczął czytać:

Drogi Prawnuku!
Życzę Ci, aby Twoje życie było wypełnione jedynie szczęściem i abyś nigdy nie utracił na swojej drodze najbliższych. O Twoją przyszłość zadbałem z dużo większym powodzeniem niż o swoją własną. Niczego Ci zatem nigdy nie zabraknie. Gdy Ty przychodzisz na ten świat, ja powoli z niego odchodzę, rozgoryczony, że nie będzie mi dane patrzeć, jak dorastasz. Jednak w tym najważniejszym dla Ciebie dniu jestem bardzo blisko, niemalże słyszę Twój pierwszy płacz. Marzeniem moim jest Cię poznać, choć raz spojrzeć w Twoje oczy i pobłogosławić Cię, by żadne zło nie szło tą samą drogą, którą pójdziesz Ty. Wierzę, że rodzice i dziadkowie wychowają Cię na mądrego i rozważnego młodzieńca. Dbaj o nich tak, jak oni będą dbali o Ciebie. Bo jeśli czegokolwiek nauczyłem się od życia, to tego, że jedynie gdy sam jesteś obecny w życiu innych, wtedy też możesz liczyć na ich zaangażowanie w Twoje życie.

Kochający pradziadek

Z każdym kolejnym słyszanym słowem zamierałem coraz bardziej, podobnie jak moi poprzednicy. Nie do końca rozumiałem. Dopiero po chwili się zorientowałem, dokąd poszła mama.

– Czy ja dobrze rozumiem, że dziadek jest w tym szpitalu? – zapytałem, chcąc się upewnić.

– Tak mi się wydaje – odpowiedziała Laura.

Miałem wrażenie, że wszyscy zignorowaliśmy pozostałą część krótkiego przesłania dla naszego syna, a skupiliśmy się wyłącznie na jednym zdaniu.

– Mama poszła go szukać – powiedziałem na głos.

– A ja pójdę poszukać jej – powiedział po chwili tata.

– Nie – zatrzymałem go – ja pójdę. – Oddałem Sebastiana Laurze. Popatrzyła na mnie pytająco.

– A co, jeśli będzie potem za późno? – zapytała, nie zwracając uwagi na to, że ojciec ją słyszy.

– Najpierw upewnię się, że tu jest, i porozmawiam z mamą. Nie będę z nim biegał po szpitalnych korytarzach – wytłumaczyłem, choć doskonale wiedziałem, czego się obawia.

Laura skinęła jedynie głową i spojrzała na mojego ojca.

– Może mogliśmy rozegrać to niegdyś inaczej. Twoja matka jednak nie widziała innego wyjścia.

– Nie winię was za to, że go nie znałem. Zrobiliście, co uważaliście za słuszne. Jestem już dorosły i sam powinienem podejmować za siebie decyzje, bez względu na to, jakie obrazy rozpościera przede mną przeszłość, zwłaszcza że nie jest moja. – W końcu to powiedziałem.

Rozumiałem mamę i powód, dla którego nie chciała mieć z tym człowiekiem nic wspólnego. Ja natomiast byłem osobnym rozdziałem. Chciałem dać nie tyle jemu, ale nam czystą kartę. Bo wierzyłem po tym wszystkim, co nas spotkało, że można zacząć żyć od nowa, zostawiając przeszłość za sobą. Wierzyłem, że małe rzeczy, zrobione we właściwym czasie, mogą ratować przyszłość. On pragnął tylko jednego. By móc na niego choćby spojrzeć. Jak mógłbym odmówić mu tej szansy? Szansy na to, by – może po raz pierwszy od wielu, wielu lat – prawdziwie i szczerze się uśmiechnął. Już miałem wyjść, gdy do sali wróciła mama. Wzrok miała tępy i widać było, że płakała.

– Leży piętro wyżej w sali numer pięć. Nie rozmawiałam z lekarzami, ale nie wygląda najlepiej.

– Po co nam to mówisz? – zapytałem. Chciałem mieć całkowitą pewność, że tymi słowami tymi daje nam swoje przyzwolenie. Nie chciałem, by potem do końca życia miała do nas pretensje o tę jedną krótką chwilę, jaką ofiarowaliśmy jej ojcu.

– Nie jestem potworem – zaczęła. – Nigdy nie byłam taka jak mój ojciec. I nigdy nie będę. Poznaję jednak, że to jest już ten czas, ten ostatni, kiedy należy wybaczyć. Jeśli istnieje niebo, zapewne tam nie trafi. A to dodatkowy powód, by dać mu chwilę radości, o którą prosi.

– Rozmawiałaś z nim? – zapytała Laura.

– Nie. Spał. Nie chciałam go budzić. Idźcie oboje. Nie mam nic przeciwko. – Tym razem powiedziała to całkowicie otwarcie.

Laura oddała mi w ramiona Sebastiana, a sama narzuciła szlafrok na piżamę.

– A gdzie się państwo wybierają? – zatrzymała nas pielęgniarka. – Nie wolno chodzić z noworodkiem po korytarzu.

– Idziemy się przywitać i pożegnać – odparłem krótko i wyszedłem z sali, zostawiając pielęgniarkę w całkowitym osłupieniu. Dopiero po chwili pojąłem, że mogła to zinterpretować opacznie, więc zawróciłem. – Piętro wyżej leży pradziadek mojego synka, w ciężkim stanie. Rozumie więc pani, że nie możemy czekać – wyjaśniłem.

Pielęgniarka skinęła głową, zrozumiała, czemu łamiemy szpitalne zasady. Dołączyłem do Laury, która wychodziła już z oddziału.

– Gotowa? – zapytałem.

– Wydaje mi się, że na takie rzeczy nigdy nie jest się do końca gotowym, nawet jeśli wydaje nam się, że jest inaczej – odpowiedziała i jak zawsze miała rację.

Gdy weszliśmy do sali, leżał w bezruchu na łóżku. Lekko się przestraszyłem, że może już się spóźniliśmy. Wtedy się poruszył – obrócił się na plecy. Podeszliśmy do niego po cichu, nie chcąc go budzić. Jakby wyczuł czyjąś obecność – otworzył lekko oczy. Rozszerzyły się momentalnie, gdy tylko zorientował się, kto koło niego stoi. Sebastian lekko zakwilił, czym przykuł całą jego uwagę.

– To Sebastian. Twój prawnuk – odezwała się Laura.

Diablo podniósł się delikatnie i za pomocą pilota ustawił łóżko w pozycji siedzącej.

– Tak się cieszę, że postanowiliście przyjść – powiedział słabym głosem i rozejrzał się po pokoju. Szukał pewnie Moniki. Miał nadzieję, że tutaj będzie.

– Dziękujemy za prezent – odezwałem się, zupełnie nie wiedząc, od czego mam zacząć rozmowę, a on cały czas przyglądał się Sebastianowi.

– Chcesz go potrzymać? – zaproponowała Laura.

– Jeśli pozwolicie, byłbym wniebowzięty – odparł z uśmiechem na ustach.

Dopiero w sali szpitalnej i w pełnym świetle dnia dostrzegłem, jak bardzo był stary i wyniszczony. Laura ostrożnie podała mu Sebastiana, układając go w jego ramionach ułożonych w kołyskę. W jego oczach nagle pojawił się blask. Jakby choroba raptem odeszła, na krótką chwile zaczaiła się gdzieś z boku.

– Dałbym wszystko, by cofnąć czas – wydusił z siebie. – I by móc ciebie, Marcinie, tak trzymać w ramionach, jak jego teraz. Cieszy mnie jednak, że się odnaleźliśmy, mimo że tak późno.

Do sali weszła starsza pani i zatrzymała się w progu. Laura się odwróciła i uśmiechnęła do nieznajomej. Diablo gestem ręki nakazał jej zostawić nas samych. W mgnieniu oka zniknęła za drzwiami.

— Czemu trafiłeś do szpitala? — Laura zadała pytanie, na które ja bym się nie odważył. — Jest aż tak źle? — dopytała od razu.

— Guz w moim mózgu ponownie zaatakował. Lekarze robią badania, by sprawdzić, czy są w stanie operować. Już raz lata temu udało mi się go pokonać. Jestem już stary, a operacja jest ryzykowna. Wciąż zastanawiam się, czy warto.

Laura nic nie odpowiedziała, skinęła jedynie lekko głową ze smutną miną.

— Bardzo chciałbym zobaczyć Monikę — wyznał nagle Diablo.

— Nie mamy wpływu na jej decyzje — powiedziałem od razu, nie chcąc, by prosił nas o interwencję. W moim mniemaniu i tak zrobiła już milowy krok, bo nie miała nic przeciwko temu, abyśmy tu przyszli.

— Wiem, chciałbym jednak móc z nią porozmawiać i przeprosić za wszystko, zanim zdecyduję się na operację. Mam dziwne przeczucie, że mogę już nie wyjść z niej żywy. Przekażcie jej zatem, że z całego serca, jakie jeszcze mi pozostało, chcę ją przeprosić.

Sebastian nagle się przebudził i zaczął płakać. Laura już miała zainterweniować, gdy Diablo zaczął nucić mu kołysankę. Tę samą, którą ja nuciłem mu w nocy. Sebastian momentalnie się uspokoił.

— To jedyna, jaką znam — wyznał. — Gdy Monika była mała, śpiewałem jej tyko to, aż do znudzenia.

Laura spojrzała na mnie, rozpoznała melodię. Stało się dla mnie jasne, że moja mama musiała mi ją śpiewać, stąd ją zapamiętałem, i melodia ta wróciła do mnie, gdy jej potrzebowałem.

— Kiedy masz podjąć decyzję o operacji? — zapytałem, chciałem wiedzieć, jak wiele czasu zostało mamie, gdyby jednak zmieniła zdanie i chciała zmierzyć się z przeszłością.

— Dziś wieczorem. Już i tak wystarczająco długo to odwlekałem, czekając na tego małego brzdąca — powiedział czule.

— Ile masz czasu, jeśli się nie zdecydujesz? — dopytywałem.

— Kilka miesięcy. W większości spędzonych w męczarniach na licznych lekach przeciwbólowych. Świadomość tego, że za kilka tygodni i tak nie będę mógł już normalnie funkcjonować, sprawia, że zastanawiam się nad operacją. Jeśli się uda, da mi to zapewne kilka lat, może więcej. Jestem stary, ale nie aż tak. Jeśli się jednak nie uda, odejdę szybko i bezboleśnie. Jedyne, czego nie chcę, to zostawić po sobie samych złych wspomnień. Czy wszystko u was w porządku? — zmienił nagle temat. — Czy agencja odpuściła? — dodał po chwili, czym mnie zaskoczył.

— Tak. Skąd o tym wiesz? — zapytałem.

— Marcinie, mało jest rzeczy, o jakich nie wiem. Ale to dobrze. Miałem nadzieję, że uda się to wszystko sprawnie załatwić, zanim odejdę.

— Maczałeś w tym palce? — zapytałem trochę rozgniewany.

— Musiałem. Mieli podejrzenia co do ciebie. Nie chciałem, byś ciągle żył pod lupą. To była moja wina, więc musiałem mieć pewność, że całkowicie cię oczyszczą z jakichkolwiek podejrzeń i dadzą ci święty spokój.

— Jak to zrobiłeś? — zapytałem, bo górę wzięła ciekawość.

— Nie musisz wiedzieć nic więcej ponadto, że już nigdy nikt nie będzie stanowił zagrożenia dla waszej rodziny.

— Czy to miałeś na myśli, pisząc na kartce dla Sebastiana o tym, że zadbałeś o jego przyszłość?

— Między innymi — odpowiedział krótko.

— Ale nie będzie wyczekiwany, by w przyszłości objąć twoje stanowisko, ani nic z tych rzeczy? — zapytała Laura, a Diablo się rozśmiał. Wyraźnie go tym rozbawiła.

– Za dużo filmów, moja droga... za dużo – podsumował. – Byłem tu dotychczas, by dbać o Monikę i Marcina. Co prawda zza kulis, po kryjomu, ale cały czas byłem. Gdy Sebastian dorośnie, już mnie nie będzie. Być może to nasze pierwsze i ostatnie spotkanie. Muszę zatem mieć pewność, że niczego mu nie zabraknie.

– Ma nas – powiedziała Laura.

– Ma też mnie – podkreślił ostro, jakby zakańczając temat. Sebastian nagle się przebudził i zaczął popłakiwać.

– Jest głodny – powiedział Diablo, wyciągając go w stronę Laury. – I chyba trzeba mu już zmienić pieluchę – roześmiał się. – Choć jestem przyzwyczajony, że ludzie często na mój widok srają po gaciach, wolę nie wąchać tego smrodu – dodał. – Dziękuję wam za tę szansę. Nawet nie zdajecie sobie sprawy, ile to dla mnie znaczyło.

Diablo doskonale wyczuł moment, bo do sali wszedł lekarz z informacją, że zabierają go zaraz na badania. Pożegnaliśmy się i wyszliśmy z sali. Mama siedziała na krześle tuż obok, zanosząc się płaczem. Podszedłem do niej i mocno ją przytuliłem.

– Jak długo tu jesteś? – zapytałem.

– Od początku. Przyszłam zaraz za wami.

– Słyszałaś wszystko? – zapytałem, choć stan, w jakim się znajdowała, już dawno odpowiedział na to pytanie. Pokiwała mi jedynie potakująco głową. – Nie chciałaś wejść? – dopytałem.

– Chciałam, ale brak mi odwagi. To dla mnie bardzo trudne.

– Podejrzewam, ale jak już wiesz, nie masz zbyt dużo czasu. To może być wasza ostatnia szansa. Kolejnej nie będzie. Wiem, że chciałaś uciec od życia, jakie prowadził, i od niechcianego małżeństwa. Udało ci się. Zrobiłaś to. Żyjesz życiem po swojemu i na własnych zasadach, on już dawno temu to zrozumiał. Nie utrudniał ci życia. Puścił cię wolno, zgodnie z twoją wolą. I pomijając fakt, że chciał kierować poniekąd twoim życiem, nigdy nie był dla ciebie potworem, jakim widzieli go inni.

– Roman miał rację, niejednokrotnie mówił, że ktoś nam pomaga, wskazując mojego ojca. Nigdy w to do końca nie wierzyłam, bo nie chciałam, żeby tak było.

– To nie ma teraz już znaczenia, mamo. Jest twoim ojcem. Naturalne, że się o ciebie troszczył. Jutro może go już nie być. I choć to dla ciebie trudne, musisz zrozumieć, że albo teraz, albo nigdy. Nie chcę, byś potem żałowała, że nie zamieniłaś z nim choćby kilku zdań.

– Wychowałam cię na bardzo mądrego mężczyznę – powiedziała nagle i wstała z krzesła. Popatrzyła jeszcze na mnie, lekko się uśmiechnęła i weszła do sali.

Oczami Moniki

Do samego końca nie byłam pewna, czy robię dobrze. Biłam się z myślami. Obawiałam się, że ta jedna rozmowa może zburzyć mur, który sobie wokół siebie zbudowałam. Mój syn jednak miał dużo racji. Skoro mimo swojego pochodzenia udało mi się go wychować na współczującą i wybaczającą osobę, to sama musiałam mieć w sobie te cechy.

 Gdy weszłam do szpitalnej sali, z początku mnie nie zauważył. Patrzył w okno, napawając się kolorami wiosny. Wróciły do mnie wspomnienia. Jednak ku mojemu zdziwieniu – jedynie te dobre. Nucona Sebastianowi kołysanka przypomniała mi, jak często ojciec siedział ze mną, bym czuła się bezpiecznie, i czekał, aż zasnę. Jak opowiadał mi bajki, zabierał na łyżwy i kempingi, choć miał zawsze tak wiele na głowie. Mimo ogromu pracy zawsze miał dla mnie czas. Dopiero teraz przypomniało mi się, jak niejednokrotnie nie odbierał telefonu, bo był ze mną, lub jeśli odebrał, mówił jedynie, że jest teraz z córką i wszystko inne może poczekać. Przez te wszystkie lata jedna jego decyzja przysłoniła mi całą jego miłość do mnie. Tak bardzo się w tym zapętliłam…

Prawdą jest to, co mówią: że oczy otwierają nam się zazwyczaj wtedy, kiedy mamy już coś utracić, lub zaraz po stracie. Tak było i ze mną.

Stanęłam przy jego łóżku, cały czas mu się przyglądałam. Lata odcisnęły na nim swoje piętno. Wyglądał na dużo starszego, niż był w rzeczywistości. Poczułam ścisk w żołądku i wielką gulę w gardle.

– Witaj, ojcze – odezwałam się, a on odwrócił się natychmiast w moją stronę. W jego oczach pojawiły się łzy.

Nigdy wcześniej nie widziałam, aby płakał. Może raz, zaraz po tym, jak umarła mama. Siedział wtedy w swoim gabinecie, nie wiedząc, że na niego patrzę. To wtedy wszystko się zmieniło. Zatracił się w interesach, próbując załatać dziurę po ukochanej osobie. Dopiero śmierć Marcina uświadomiła mi, że tej pustki nie da się niczym wypełnić, jedyne, co można zrobić, to nauczyć się z nią żyć. On nie potrafił...

– Przepraszam! Tak bardzo cię przepraszam! – wydusił z siebie i rozpłakał się jak małe dziecko.

Nie wiedziałam, co zrobić. Z jednej strony chciałam do niego podejść i po prostu go przytulić, z drugiej, przez te wszystkie lata budowałam mu w swojej głowie wizerunek osoby, której nie chcę znać. Wewnętrzna bitwa myśli trochę trwała, w rezultacie wygrała jednak miłość do ojca, która, choć przez lata tłumiona, nadal się we mnie tliła. Podeszłam do niego i przytuliłam go, a on rozpłakał się jeszcze mocniej. Dotarło do mnie, że pustka po moim odejściu była jeszcze większa niż ta, którą zostawiła po sobie mama.

– Ja także przepraszam, że przez te wszystkie lata nie dałam ci szansy – wydusiłam z siebie i wyraźnie mi ulżyło.

– Nigdy cię za to nie winiłem – wyznał, nadal się do mnie przytulając i ani na chwilę nie zwalniając uścisku. – Wyglądasz przepięknie – powiedział, odrywając się w końcu ode mnie i patrząc na moją twarz. – Zupełnie tak samo jak na obrazie, który wisi nad kominkiem już trzydzieści lat.

– Właśnie zostałam babcią. – Uśmiechnęłam się. – To podobno bardzo odmładza.

– Zapomniałem już, jak bardzo podobna jesteś do matki. Usiądź. Chciałbym porozmawiać.

– Już wiem, tato. Wszystko wiem. Roman często wspominał, że wydaje mu się, że nam pomagasz. Miał wrażenie, że nadal dbasz o mnie. Odpychałam od siebie te myśli, zupełnie zaślepiona tym, że wtedy poczułam się jak przedmiot, który chciałeś sprzedać. To jedno zdarzenie przysłoniło mi wszystko inne, a kurz wzbił się tak wysoko, że w ogóle nie chciał opaść. Wiem też o tym, co zrobiłeś dla Marcina, choć w gruncie rzeczy sam się do tego przyczyniłeś, chociaż bezwiednie. Wiem też o operacji. Słyszałam twoją rozmowę z Laurą i Marcinem. Cały czas stałam za drzwiami.

– Nigdy bym cię nie zostawił, Moniko. Nigdy. Obiecałem to twojej mamie i cały czas pamiętałem o złożonej jej obietnicy. Ale ona nie tego by dla nas chciała... Wspaniale wychowałaś Marcina. To cudowny młody mężczyzna. A Laura? Gdzie udało mu się znaleźć taki skarb? Jest bardzo mądra i odważna, a uroda niespotykana. Będziesz miała wspaniałego wnuka. – Choć nie wszystkie komplementy skierowane były bezpośrednio do mnie, na moje policzki wypłynął rumieniec.

– Boisz się? – zapytałam.

– Teraz z jednej strony boję się bardziej, bo widząc szansę dla nas, nie chcę jeszcze umierać, z drugiej jednak jestem spokojniejszy, bo dostałem wszystko to, o co prosiłem, mogę więc odejść ze spokojnym sumieniem, spełniony. Miałem tyle możliwości w życiu, a wielu z nich nie wykorzystałem. Z wiekiem człowiek mądrzeje, zaczyna się rozsypywać i fizycznie, i psychicznie, analizuje. Jednak czasami jest już za późno. Cieszę się, że przyszłaś. Być może w ostatniej chwili, ale jednak.

– Nic nie dzieje się przypadkiem – powiedziałam do niego. Moje słowa miały drugie dno. Cały czas zastanawiałam się, czy to wszystko było jedynie zbiegiem okoliczności, który doprowadził do naszego pojednania, czy może ojciec wszystko skrupulatnie sobie zaplanował. Wiedziałam, że nigdy się tego nie dowiem. Nie chciałam jednak ryzykować, że mogę się mylić.

Do sali weszła pielęgniarka.

– Muszę zabrać pana na badania – powiedziała i zaczęła odpinać sprzęty monitorujące jego stan, a potem posadziła go na wózku i wywiozła z sali.

– Będę tu, gdy wrócisz! – krzyknęłam za nim. W wyobraźni widziałam już, jak mówię do niego te same słowa, gdy będzie jechał na operację. Wówczas jednak on może już nie wrócić.

Schowałam głowę w dłonie i zaczęłam płakać. Zabrałam nam tyle lat. Zabrałam je także Marcinowi...

Oczami Laury

Siedzieliśmy wszyscy jak na szpilkach. Monika co rusz szła na górę, by sprawdzać, czy operacja, na którą finalnie zdecydował się Diablo, już się skończyła. Cały czas wracała z tą samą wiadomością, że to jeszcze trochę potrwa. Wcześniej – rano, po powrocie z jego sali – nie powiedziała nam zbyt wiele. Jedynie tyle, że wszystko sobie wyjaśnili i że doszła do wniosku, że i ona popełniła kilka błędów, za co nas oczywiście szczerze przeprosiła. Pod wieczór przyszła do nas pani ordynator i zbadała dokładnie Sebastiana. Poinformowała nas po badaniu, że wszystko jest w porządku i jutro rano dostaniemy wypis do domu. Ucieszyłam się. Nie lubiłam szpitalnych pomieszczeń. Źle mi się kojarzyły. Szczególnie teraz, gdy zadowoleni z przyjścia na świat naszego syna siedzieliśmy przygnębieni, nie wiedząc, co przyniesie nam dalej dzień. Nie rozmawialiśmy wiele. Każdy był jakby w zawieszeniu. Z jednej strony czułam złość, że tak wygląda pierwszy dzień życia naszego syna, z drugiej świadoma byłam tego, że nie mogę nikogo za to winić. Zaczęłam się zastanawiać, czy los właśnie tak chciał. Czy Sebastian urodził się dziś nie przez przypadek, ale świadomie życie wybrało taki moment, by mógł spełnić ostatnie marzenie swojego pradziadka? To Sebastian połączył z powrotem Monikę i Diablo. Już pierwszego dnia swojego życia robił rzeczy wspaniałe. Liczyłam na to, że takie będzie całe jego życie. Większość czasu spał i jadł. Podawany był wciąż z rąk do rąk, by każdy mógł się nim nacieszyć. Moi rodzice przyjechali tylko na parę godzin. Udawaliśmy wtedy, że wszystko jest w porządku i nic nas nie przygnębia. Monice było najtrudniej.

Mama i tato rozpływali się nad Sebastianem. Gdyby mogli, wyrywaliby go sobie z rąk. Pokłócili się nawet, do którego z nich jest bardziej podobny, zupełnie pomijając w tej zabawie nas, rodziców. Bo podobno dziedziczy się najwięcej po dziadkach.

Roman dzielił swoją uwagę na wnuka i na Monikę. Miał już przeszkolenie. Doskonale wiedział, jak odczytać sygnały ostrzegawcze. Gdy rodzice obiecali, że przyjadą na weekend, a teraz już wracają do siebie, odetchnęłam z ulgą. Nie umiałam grać. Nie lubiłam także kłamać. Tak się jednak złożyło, że o pewnych rzeczach nigdy nie mogli dowiedzieć się prawdy.

Do sali nagle weszła znajoma mi pani. Oczy miała zapłakane. Już wiedziałam, co zaraz nam powie.

– Przykro mi – wydusiła tylko z siebie i wybiegła z sali.

Monika zamarła. Jakby świat nagle się zatrzymał. Po chwili zaczęła drżeć i opadła na kolana. Roman podbiegł do niej i chwycił ją w ramiona, a ona zanosiła się i krzyczała na cały głos. Sebastian zaczął płakać. Owinęłam go w becik i wyniosłam z sali, po drodze położyłam przelotnie rękę na ramieniu Moniki, by dać jej do zrozumienia, że mi przykro i że chcę dać jej przestrzeń.

Chodząc po korytarzu, słyszałam jej szloch. Płakała bardzo długo, nikt nie był w stanie jej uspokoić. Marcin wyszedł z sali i machając mi delikatnie, wskazał na piętro. Podejrzewałam, że poszedł upewnić się, co się stało i porozmawiać z lekarzami. Nie było go dobrych dwadzieścia minut. Monika powoli się uspokajała. Weszłam z powrotem do naszej sali i usiadłam na łóżku. Wtedy wszedł Marcin. Wszyscy patrzyli na niego w skupieniu.

– Usunęli guza. Udało im się. Ale serce mu nie wytrzymało. Próbowali go reanimować, ale organizm nie podjął pracy – zakomunikował.

Myślałam, że Monika znów się rozpłacze. Ona jednak wstała z kolan i otarła zapłakane policzki.

– Był na to gotowy. Ale ja nie byłam... – powiedziała i wyszła z sali.

Tata Marcina wstał i popędził za nią. Nawet nie próbowałam się domyślać, jak musiała się czuć. Po tylu latach odzyskała ojca dosłownie na kilka godzin. Po pewnym czasie Roman zadzwonił, żeby przeprosić i poinformować, że zabierze już Monikę do domu. Oczywiście oboje to doskonale rozumieliśmy. Przypomniało mi się, jak się czułam, gdy policja przekazała mi informację o śmierci Marcina. Nikomu nie życzyłam takich emocji.

Kolejnego dnia, zgodnie z przewidywaniami pani ordynator, wróciliśmy do domu. Roman przyjechał tylko na chwilę, a Monika jako jedyna córka Diablo zajmowała się organizacją jego pogrzebu. Podejrzewałam, że pani Dagmara, która opiekowała się nim przez ostatnie lata, miała już wszystko zaplanowane. Diablo nie mógł przewidzieć, że uda mu się naprawić wszystko między nim a córką, a wiedząc, że może umrzeć, na pewno zadbał o własny pogrzeb.

Minęło kilka dni. Przez nasz dom przewijali się znajomi i rodzina, by powitać nowego członka rodziny, i dosłownie zasypywali go prezentami.

Monika czuła się już trochę lepiej i ponownie skupiła się na radości z wnuka. Moje podejrzenia okazały się słuszne – pani Dagmara o wszystko zadbała. Teściowa jednak chciała mieć wkład w organizację pogrzebu ojca, na co Dagmara z radością się zgodziła. Podobno dużo rozmawiały na jego temat. Monika w ciągu tych kilku dni dowiedziała się o nim więcej niż przez ponad połowę swojego życia. W oczach pani Dagmary nie był wcale tak złym człowiekiem, jakim widzieli go inni. Fakt ten potęgował gorycz Moniki, ale radziła sobie z tym wszystkim nieźle, zważywszy na okoliczności.

Na pogrzeb przyszło niewiele osób. Okazało się, że prawie nikt nie znał go jako zwykłego człowieka. Wszyscy kojarzyli go jako Diablo, na którego pogrzeb zapewne przyszłyby setki, a tysiące świętowałyby możliwość przejęcia władzy. Diablo jednak nie mógł umrzeć. Był nieśmiertelny. Nie był jedną osobą, a wieloma. To sprawiało, że trwał....

Po krótkiej ceremonii urnę z prochami wsadzono do kamiennego posągu w kształcie anioła. Choć było to wydarzenie smutne, rozbawiło mnie poczucie humoru zmarłego. Nikt nie będzie szukał diabła wewnątrz anioła. Zaczynałam powoli żałować, że tak słabo znałam tego człowieka. Podejrzewałam, że mimo jego mrocznej strony – wiele mogłabym się od niego nauczyć.

Tydzień po pogrzebie zadzwonił do Marcina prawnik Diablo i zaprosił nas na spotkanie. Chwilę później dowiedzieliśmy się od Moniki, że ona i Roman także zostali zaproszeni. Zgodnie podejrzewaliśmy, że chodzi o sprawy spadkowe. Oprócz pani Dagmary i nas – nie miał nikogo.

Gdy już przybyliśmy na miejsce spotkania z prawnikiem, oprócz nas była tam jedynie pani Dagmara. Usadowiliśmy się na krzesłach wokoło biurka prawnika, a ten wyczytał nam na głos ostatnią wolę Diablo. Nikt z nas nawet nie podejrzewał, że jego majątek jest tak ogromny.

Pani Dagmara dostała od niego jego dom, w którym się nim opiekowała, oraz pokaźną sumę na wygodne życie do końca jej dni. Cała reszta majątku została równo podzielona na trzy części: dla Moniki, Marcina i Sebastiana.

W skład majątku wchodziło ponad sto dwadzieścia różnych nieruchomości, w tym wielkie domy z ogrodami i małe kawalerki, do tego cztery dobrze prosperujące restauracje, prywatne kliniki medyczne i kilka salonów samochodowych najpopularniejszych marek. Trudno nam było uwierzyć, że był w stanie tym wszystkim zarządzać. Oprócz tego cały plik akcji i obligacji giełdowych – od złota poczynając, na diamentach i kryptowalutach skończywszy. Pozostała gotówka miała zostać w ciągu tygodnia rozlokowana na wskazanych przez nas kontach bankowych. Cały majątek oszacowany został przez biegłego na ponad siedemdziesiąt milionów dolarów.

Gdy to usłyszałam, prawie spadłam z krzesła. Monika w ogóle nie była zdziwiona. Najwyraźniej była świadoma, jakimi sumami obracał jej ojciec, dla mnie jednak i dla Marcina był to wielki szok. Dopiero po odczytaniu testamentu dotarło do mnie, że to o tym wspominał w swoich życzeniach Diablo. Zapewnił dobrą przyszłość nie tylko Sebastianowi, ale i kilku następnym pokoleniom.

Epilog

W ciągu zaledwie kilku miesięcy każdy z nas dostał wiele nowych szans. Na niektóre z nich mieliśmy wpływ sami, na inne zaś osoby z boku.

Ja dostałam z powrotem swojego męża, którego śmierć przyszło mi opłakiwać, swoje życie uratowane telefonem w porę, swojego syna w zamian za garść rozsypujących się po podłodze tabletek.

Marcin dostał nowe życie, potomka i dziadka, choć miał go jedynie na chwilę.

Monika dostała drugą szansę na pojednanie się z ojcem, drugą szansę na poznanie siebie samej i wybaczenie tego, co wydarzyło się w przeszłości.

Sebastian dostał szansę na dorastanie w domu z dwojgiem rodziców w otoczeniu miłości – zamiast z poczuciem straty ciągnącym się latami.

I jeszcze Diablo. Dostał to, o czym marzył – przebaczenie córki i kołysankę zanuconą dla trzymanego w ramionach prawnuka.

Życie pokazuje na każdym kroku, że czasem warto się zatrzymać, i kto wie... może druga szansa znajduje się tuż obok nas... Dlaczego by z niej zatem nie skorzystać...?

Made in the USA
Monee, IL
11 May 2025

17258635R10150